KJB

Tanya Lieske ist Journalistin, Autorin und Literaturkritikerin, u. a. für die »Literarische Welt«. Seit 2006 moderiert sie im »Deutschlandfunk« die Sendung »Büchermarkt«. Tanya Lieske lebt mit ihrer Familie in Düsseldorf, ein zweiter Schreibtisch steht in Irland.

Tilman Spreckelsen wurde 1967 in Kronberg/Ts. geboren. Er studierte Germanistik und Geschichte in Freiburg und arbeitet heute als Redakteur der »Frankfurter Allgemeinen Sonntagszeitung«. Tilman Spreckelsen ist Herausgeber der ›Bücher mit dem blauen Band‹ bei Fischer.

Weitere Informationen zum Kinder- und Jugendbuchprogramm der S. Fischer Verlage, auch zu E-Book-Ausgaben, gibt es bei *www.blubberfisch.de* und *www.fischerverlage.de*

Tanya Lieske

Sommernachtstraum

KJB

DIE BÜCHER MIT DEM BLAUEN BAND
Herausgegeben von Tilman Spreckelsen

Die Arbeit an diesem Roman wurde ermöglicht durch ein Arbeitsstipendium des Ministeriums für Familie, Jugend, Kultur und Sport von Nordrhein-Westfalen.

FSC
www.fsc.org
MIX
Papier aus verantwortungsvollen Quellen
FSC® C083411

Erschienen bei FISCHER KJB

Lektorat: Alexandra Rak
Covergestaltung: Suse Kopp, Hamburg
Satz: Pinkuin Satz und Datentechnik, Berlin
Druck und Bindung: CPI books GmbH, Leck
Printed in Germany
ISBN 978-3-7373-4018-2

Für Patrick

Nach einer dramatischen Begebenheit erzählt

The forms of things unknown, the poet's pen turns them to shapes and gives to airy nothing a local habitation and a name.

William Shakespeare: ›A Midsummer Night's Dream‹

VERZEICHNIS DER HANDELNDEN PERSONEN UND IHRER ROLLEN

DIE SCHAUSPIELER

(Schüler der 9c und ihr Lehrer Ben Zimmermann)

Goofy (Johan Gotthart)	– *Theseus, Herzog von Athen*
Max Vanderbilt	– *Lysander*
Markus Lützow	– *Demetrius*
Nick Burkhardt	– *Philostrat, Zeremonienmeister*
	– *Flaut, ein Bälgenflicker, spielt: Thisbe*
Ben Zimmermann, Englischlehrer (Regie)	– *Peter Squenz, Zimmermann*
Henri Schneider	– *Schnock, ein Schreiner, spielt: Löwe*
Struppi (Peter Lewinski)	– *Zettel, ein Weber, spielt: Pyramus*
Karlotta Henlein	– *Schnauz, ein Kesselflicker, spielt: Wand*
Kai Brooking	– *Schlucker, ein Schneider, spielt: Mond*
Johanna Wonnefelder	– *Hippolyta, Amazonenkönigin*
Rosetta Martoni	– *Hermia (verliebt in Lysander)*
Valeria Martoni	– *Helena (verliebt in Demetrius)*
Ivan Stankowski	– *Oberon, Elfenkönig*
Mireille Fürbaß	– *Titania, Elfenkönigin*
Philipp Zurhausen	– *Puck*
Sextaner des Hubertusgymnasiums	– *Elfen (Spinnweb, Motte, Senfsamen, Bohnenblüte)*

DAS KOLLEGIUM

Friedrich Merkwart	– *Der neue Direktor*
Alfons Brinkemeier	– *Deutschlehrer*
Ludwig Dittrichs	– *Mathematiklehrer*
Franz Manderleit	– *Sportlehrer*
Michael Rübsam	– *Schulpriester*
Hannelore Weishaupt	– *Lehrerin für Chemie und Biologie*
Ben Zimmermann	– *Englischlehrer*

ELTERN UND ANGEHÖRIGE

Alexander und Geraldine Fürbaß	– *Mireilles Eltern*
Sabine und Franz Gotthart	– *Goofys Eltern*
Babette und Gabriele Lewinski	– *Struppis Schwester und Mutter*
Mary Jane McIntyre	– *Ben Zimmermanns ehemalige Freundin*
Beatrice Nowakowski	– *Ben Zimmermanns Partnerin*
Marcel Vanderbilt	– *Vater von Max*
Bo, Christine und Martin Wonnefelder	– *Johannas Bruder und Eltern*

IN WEITEREN ROLLEN

Caterina Valente	– *Tänzerin*
Die Dame im Trenchcoat	– *Der Tod*
Der Tramp im Wartesaal	– *Oberon*

Prolog

Es sei, sagt Oberon später, doch keine Frage der Gewichtung: »Auch zu unserer Zeit ist man an gebrochenem Herzen gestorben.«

»Zu meiner Zeit. Du existierst schließlich nur auf dem Papier.«

»Dafür befinde ich mich aber verhältnismäßig wohlauf«, versetzt Oberon. »Jedenfalls, wenn ich es mit Ihrem Aggregatzustand vergleiche, mein Herr.«

Touché. Wo Oberon recht hat, hat er recht.

»Doch waren wir feiner in der Methodik«, wende ich ein. »Der Dolch, die Phiole. Die Leiter, die Nachtigall. Das Liebesglück. Meine Sonette!«

Oberon winkt ab. Das alles sei Tand: »Allein mein Blütennektar hat das wahre Antlitz der Liebe enthüllt.«

Ich lasse ihm diese Eitelkeit durchgehen. Oberon ist ein Geschöpf des Waldes und der Nacht. Wir schweigen eine Weile, geben uns Erinnerungen hin. Wir kennen uns schon so lange, dass ich spüre, woran Oberon jetzt denkt. Stehende Ovationen, die wogende Menschenmenge, die Halskrausen und parfümierten Handtücher, der Pöbel mit seinen Picknickkörben, scharfe Ausdünstungen von Schnaps und Schweiß, inmitten derer er sich verbeugt, wieder und wieder und wieder, stundenlang. Wir hatten ja Zeit, damals.

»Jedenfalls war es gut!«, sage ich dann. »Es wurde raffinierter geliebt. Grandioser gestorben.«

»Gewiss«, erwidert Oberon. »Doch macht es für das einzelne Herz keinen Unterschied, ob es alleine bricht, in exquisiter Gesellschaft oder gar in rauen Mengen.« Er schaut versonnen. »Schlaftabletten oder Giftdolch: Ein Herz spürt immer nur sich selbst.«

Eines muss ich ihm zubilligen. Oberon hat Stil in Herzensdingen. Meine Neugier siegt. Ich überwinde meinen Stolz. »Zur Sache«, sage ich. »Was ist passiert?«

Erster Aufzug
Januar

Er betritt seine neue Wirkungsstätte wie eine Bühne: 1,90 laufende Meter, eingehüllt in einen Kaschmirmantel aus dem Winterschlussverkauf. Er erkennt das schmiedeeiserne Geländer im Treppenaufgang, den Terrazzoboden, abgewetzt von ungezählten Füßen. Auch an den Geruch erinnert er sich nun, Steinpolitur, altes Gebälk und ein diffuses Aroma, das sich aus den vielen hunderten junger Körper zusammensetzt, die sich hier täglich bewegen.

Sein Schritt bleibt unbeirrt, er hat sich vorbereitet. Der Aufgang und die Gänge und das niedrige Licht der Neonlampen, alles ist wie früher. Er hat sich vergewissert, dass keiner seiner ehemaligen Klassenkameraden im Kollegium ist. Er will unbeobachtet bleiben bei dieser Reprise, bei diesem Neuanfang.

Das Lehrerzimmer befindet sich hinter der alten Tür. Wann beginnt überhaupt etwas Neues? War es der Moment, als er den Brief aufschlitzte, ihn gegen das Licht hielt, das Wasserzeichen des Bischofs erkannte? Am Flughafen von Tokio, als sie ihr letztes Gepäck aufgaben? Oder jetzt, in diesem Moment, mit seiner Hand auf der Klinke?

Die ersten Sätze hat er sich zurechtgelegt. Er ist Friedrich Merkwart, Deutsch und Latein, seit kurzem Schulleiter im Kirchendienst, letzte Station die deutsche Schule von Tokio, davor Dubai, davor einige Jahre in der freien Wirtschaft mit vielen wertvollen Kontakten, die gerade in Zeiten knapper Kassen …

Er drückt die Klinke nieder. Nimmt den Schritt über die Schwelle.

Die Schüler kommen am nächsten Tag. Die Neunte ist seltsam aufgekratzt. Sie können sich nun, als sie ihre Rucksäcke der Marke Spears auf ihre Tische werfen, mit verstohlenen Blicken davon überzeugen, dass sie erwachsen werden. Jedenfalls die meisten von ihnen; Phillip darf man nicht dazu zählen, und Struppi zögert noch in seiner alten Haut.

Struppi wie Tim, nur eben etwas struppiger, sieht aus wie halbe achte Klasse. Ein Umstand, der ihm nicht bewusst ist, denn Struppi ist mit seinen Gedanken anderweitig beschäftigt. Wo wird er sitzen, wie gelingt es ihm, so nah wie möglich an Mireille heranzurücken? Das mit der Platzwahl ist schwierig, wenn man nicht gerade zur Gruppe der angesagten Jungen gehört, die sich am Fenster um Ivan herum versammelt haben. Goofy hat sich den üblichen Stuhl in der letzten Reihe gesichert, inspiziert seine Schulbrote. Struppi zögert. Der Platz neben Goofy ist ihm sicher.

Es kommt Bewegung in die Jungsclique. Ivan tippt auf den Screen. Jetzt tönt eine gepresste Stimme durch das Klassenzimmer. *Cause I stand here, wondering are you awake, wondering are you alone, as alone as me?*

Die Mädchen, schon paarweise, beste Freundin neben bester Freundin, horchen auf. Valeria und Rosetta werfen ihre Zöpfe.

»Barrit Ego, geht's noch«, murmelt Johanna, die mit ihren lackierten Nägeln ihr Handy bearbeitet.

»Barrit Ego, geht's noch«, äfft Ivan sie nach. »Hier gehen noch ganz andere Sachen, wenn du dich traust, Baby.« Ivan wiederholt die Klasse, er ist breitschultriger als die anderen Schüler, schon sechzehn. Normalerweise haben seine Ansagen Gewicht.

Es ist einen Moment lang sehr still. Dann geht ein Gelächter durch die Jungstraube.

Johanna zeigt einen Vogel. »Du spinnst«, sagt sie, lässt ihr Handy in ihrer Schultasche verschwinden und schlendert zum Fenster.

»Das neue iPad?«

»Hab ich mitgehen lassen. Lag nur rum auf der Yacht von meinem Alten.«

»Ich wusste gar nicht, dass dein Alter eine Yacht hat.«

»Musst ja nicht alles wissen. Is außerdem ganz neu. Ein Riesenteil. Er hat sie im Schwarzen Meer liegen und lässt sich an Bord Kaviar von Jungfrauen servieren. Du könntest da schon nicht mehr mitmachen, mein Vater nimmt nur Jungfrauen mit *Jung*frauen-Zertifikat.«

Johanna wird zu ihrem eigenen Ärger rot. Sie entscheidet sich zum geordneten Rückzug. »Ja, schon klar, ihr Vollidioten. Lasst mich in Ruhe.«

Valeria und Rosetta richten ihre Zöpfe aus. Sie sind in neue T-Shirts gekleidet. Auf Valerias steht in Goldschrift *Rosetta*, auf Rosettas *Valeria*. Ein Angebot an das Lehrpersonal.

»Was gibt's?«, fragt Goofy bereits kauend. Die Frage ging an Struppi. Goofy hat wie immer nichts mitbekommen.

Struppi antwortet nicht, denn jetzt schwebt Mireille durch die Tür. Ein Knoten im Haar, so dass man ihren schmalen, weißen Nacken sieht. Mireille nimmt Ballettunterricht, seit sie fünf Jahre alt ist.

Ivan versetzt Maximilian einen Stoß, der sprintet los, belegt den Platz hinter Mireille, die sich für einen Tisch in der Nähe der Tür entschieden hat. Struppi unterdrückt einen Seufzer. Das hätte er sich denken können, hier sitzt Mireille seit der fünften Klasse.

Karlotta will sich neben Mireille setzen, wird aber von Johanna verscheucht. Johanna und Karlotta müssen sich gestritten haben, ihre Freundschaftsbänder sind weg.

Nick hält einen Platz frei für Markus, der an der Tür Wache hält: »Alle Mann auf die Plätze. Brinke kommt.«

Struppi gibt sich geschlagen, nimmt seinen alten Platz ein. »Was hast du auf deinen Broten? Riecht nach Leberwurst.«

Goofy kaut bedächtig. »Tofu. Aber geräuchert.«

Die erste Stunde ist Deutsch. Ein wie immer säuerlich gestimmter Alfons Brinkemeier wünscht einen Schulaufsatz über das schönste Ferienerlebnis. Es ist weniger die Idiotie dieser Aufgabe, die sie verstimmt. Die Schüler der 9c erkennen die Demütigung: Aufsätze über das schönste Ferienerlebnis gehören in die Grundschule.

Brinke weiß das, ist aber wie immer dickfellig genug. Er sitzt schon, schnäuzt sich und kramt einen Stapel Hefte aus einer Aktentasche, die ins vorletzte Jahrhundert gehört. Daher weht also der Wind. Brinke ist wieder nicht fertig geworden mit seinen Hausaufgaben, er muss noch die Klausuren der Obersekunda korrigieren.

Struppi zückt seinen Pelikan-Füller und starrt auf die leere Seite. Er durchlebt die üblichen Minuten größter Peinlichkeit.

Dann kommt der rettende Einfall. Warum auch nicht, was weiß Brinke schon von ihm? Troja käme in Frage, eine Ausgrabungsstätte, eine Tonscherbe, während seine Mutter und Babette am Pool liegen. In der Scherbe – ein griechischer Streitwagen – läge der Beweis, dass die Griechen doch vor Ort waren, der Trojastreit würde sich zu seinen, Struppis Gunsten, neigen.

Er saugt am Ende seines Füllers. Verwirft diesen Einfall. Troja ist zu nah, die Scherbe zu auffällig. Weiter weg wäre besser – Kolumbien oder Südafrika. Südafrika ist gut. Eine Safari, ein Löwe, eine Gefahrensituation, eine spektakuläre Rettungsaktion mit ihm, Struppi, im Zentrum des Geschehens.

Struppi legt los.

Drei Seiten und eine Dreiviertelstunde weiter ist er zufrieden. Südafrika kann in jedem Fall mithalten. Die Story ist wasserdicht, aber nicht zu abgedreht, trotzdem speziell. Brinke selbst hat mal gesagt, dass ein guter Aufsatz aus Ausnahme und Wahrscheinlichkeit besteht. Auf die richtige Mischung komme es an. Für die Wahrscheinlichkeit stehen Südafrika und der Löwe. Für die Ausnahme die Dose Ravioli, mit der Wim den Löwen gefüttert hat.

Er schreibt seinen Schlusssatz: *Mein schönstes Ferienerlebnis ist es, dass ich den Angriff des wilden Löwen auf der Safari überlebt habe und wieder nach Hause gekommen bin. Auch wenn der Unterricht manchmal beschwerlich vonstatten geht am Hubertus.*

Außerdem haben Wim und meine Mutter ihre E-Mail-Adressen getauscht und wollen in Kontakt bleiben.

Struppi schaut schräg zu Goofys großen, eckigen Buchstaben. Goofy hat mit seinen Eltern vor Weihnachten eine Bildungsreise durch die Museen von Manhattan gemacht. Der Aufsatz vor ihm ist auch gut zu lesen: Da sitzt Philipp, dem ein Arzt Wachstumsblocker verordnet hat, weil ein anderer Arzt diagnostiziert hatte, Philipp würde 2,10 Meter groß werden. Die Wachstumsblocker wurden zu früh eingesetzt, jetzt ist Philipp ein Zwerg. Er hat die Gegengröße, ist bei 1,20 Meter stehen geblieben. So weit Struppi weiß, läuft der Prozess gegen beide Ärzte noch. Philipp war Snowboarden* in den Französischen Alpen. Es ist ihm gelungen, trotz seiner Kleinwüchsigkeit in den Kurs für Alpine Crashers aufgenommen zu werden.

Keine Safari bislang.

Struppi kaut nervös an seinem Füller. Da schaut Brinke auch schon auf seine Armbanduhr und sagt in seiner üblichen miesen Art: »Meine Zöglinge, Ende Gelände. Macht eure Hefte zu, die Ferien sind vorbei, der Alltag hat uns wieder. Haus-

---

* Moderne Begriffe seien auf Wanderschaft, sagt Oberon: »Dabei entstehen Bastarde.«
Das kommt mir bekannt vor. Auch ich habe zu meiner Zeit die Wörter aller Länder gemischt. Lack-lustre, fancy-free, soliloquy, obscene: Alles meine Kinder. Alles meine Bastarde.

aufgabe: Seite dreiundfünfzig Nummer eins und zwei a im Deutschbuch.«

Alle tun so, als hätten sie noch viel Zeit gebraucht, um ihre tollen Erlebnisse aufzuschreiben. Brinke sammelt ein und zischt ab.

Die zweite Stunde des neuen Jahres bestreitet Ludwig Dittrichs. Er ist den Weg mit einem ergebenen Seufzer angetreten. Er hat erkannt, dass Mathematik in der Sekundarstufe I für ein Kalenderjahr ausgesetzt werden sollte. Exakt da, wo die neunte Klasse jetzt angekommen ist, wo auch seine 9c jetzt steht, die er als Klassenlehrer betreut, bräuchten die Schüler Zeit, um hormonell und intellektuell zu reifen. Da das Gehirn im fünfzehnten Lebensjahr einen Prozess der neuronalen Umstrukturierung erlebt, ist der Homo sapiens für mathematische Erkenntnisse in dieser Zeit nicht geeignet. Ludwig Dittrichs hat diese Einsicht hin und wieder geäußert, an Konferenztischen und auf Schultagungen. Sie hat ihm scheele Blicke eingehandelt und den Verdacht, er habe sich mit der Reformpädagogik angefreundet, deren Theorien er in der Tat manchmal –

ein Papierball trifft ihn an der Stirn, dahinter kreischen die Zwillinge. Philipp Zurhausen sprintet über Tische: »Gebt mir mein Geo-Dreieck zurück!« Das Klassenzimmer, das nicht länger als zehn Minuten ohne Lehrer war, hat sich in ein

Schlachtfeld verwandelt. Ludwig Dittrichs ignoriert den Papierball, räuspert sich. »Guten Morgen. Bitte macht euch keine Umstände, bleibt doch sitzen. Ich hoffe, ihr hattet schöne Weihnachtsferien. Sinuskurven finden sich im Schulbuch auf Seite neunundfünfzig.«

Englisch gibt Ben Zimmermann. Er ist schon einige Jahre im Dienst, aber noch so jung, dass er von den Schülern als einer der ihren wahrgenommen wird. Er kennt die Charts, auch wenn er lieber Jazz hört und vor einiger Zeit selbst wieder mit dem Saxophon-Spiel angefangen hat. Seine Schüler nennen ihn Benni.

Ben Zimmermann freut sich auf die Mitteilung des heutigen Tages, eine Freude, die zu tun hat mit dem einen Jahr, das er an einem efeubewachsenen College in einer regnerischen englischen Kleinstadt verbracht hat. Zu den großen, namhaften Colleges hatte es finanziell nicht gereicht, doch auch so war es das schönste Jahr seines Lebens. Die Zeit, in der sich seine Seele ausdehnte, ihre Flügel spannte.

Das lag auch an den alten Mauern des Colleges. Die Tutoren wurden mit *Sir* angesprochen. Die Bänke waren aus Holz, sie besaßen ein Loch für ein Tintenfass. Auf ihnen fanden sich Botschaften, die Generationen von Studenten eingeritzt hatten. Auch er hat eine hinterlassen. Sein Herz setzt für einen gefühlten Schlag aus, als er an Mary Jane denkt. Das ist lange her, außerdem vorbei. Es war schon bei seiner Abreise vorbei.

Trotzdem bedauert Ben Zimmermann die leblosen Tische und Stühle seiner Schule. Die Tische sind mit einer extraharten Plastikschicht versehen, die jeglichen künstlerischen Eingebungen der Schüler Einhalt gebietet. Das ist ein Schlag für das Leben der Schüler, findet Ben Zimmermann, der auch weiß, wie seine Schützlinge sich beholfen haben. Es gibt Liebesherzen, geritzt in die Bänke des nahe gelegenen Parks; ein Hakenkreuz am dritten Pfeiler links der Eingangshalle.

Er trifft auf eine ermattete 9c. Die Oberkörper hängen über den Tischen, Stöpsel stecken in Ohren und außer dem Geraschel von Goofys Butterbrotpapier ist wenig zu hören. Ben Zimmermann bleibt gefasst. Sein »Hoi, alle Mann wach werden«, klingt freundlich, im rechten Maß energisch. »Auf zur ersten Englischstunde nach den Weihnachtsferien. Ich habe eine tolle Überraschung für Euch! Alle aufgepasst. Auch du, Goofy.« Goofy schreckt auf, schließt sein Heft. Wird rot.

*Lemniskate eins**

Transzendental oder irrational
Das ist hier die Frage
Gegen Null
Oder doch ein Kreis
Wie der Stein
Der fällt
Und fällt
Ewigkeit

---

* *Goofys erstes Gedicht, welches das Mysterium seiner Existenz beschreibt.*

Mireille wartet vor dem Loft ihres Vaters. Ein hoher Zaun mit Kamera schirmt die Wohnungen vor den Blicken der Passanten ab. Neben der dritten Klingel von oben links steht kein Name, das letzte Schild wurde hastig herausgerissen. Der neue Mieter, Dr. med. Alexander Fürbaß, wohnt erst seit kurzem hier. Er macht nicht auf, als seine Tochter getreu dem Wochenplan, den ihre Eltern in zähem Ringen und nach langem Briefwechsel zweier Rechtsanwälte verabschiedet haben, klingelt: Jeden Montag in den ungeraden Wochen, jeden Mittwoch in den geraden, und jedes dritte Wochenende soll Mireille bei ihrem Vater verbringen.

Die Rechtsanwälte standen wie Feldherren auf ihrem Hügel.

Mireille steht jetzt in der Kälte.

Sie schaut auf die Uhr. Genau fünf. Gleich wird es dunkel. Ihr Vater wollte einen Zweitschlüssel machen lassen für sein kompliziertes, teures Schloss. Eigentlich müsste er schon da sein. Vielleicht ein Notfall? Sie rutscht an dem Zaun runter, setzt sich auf ihren Rucksack, lernt im letzten Licht noch ein paar Franze-Vokabeln. Dann ruft sie ihren Vater an, hört seine warme Stimme, die um eine Nachricht bittet. Mireille schnieft. Wählt die Nummer der Praxis. Fehlanzeige. Sie wartet noch eine halbe Stunde, ruft ihren Vater erneut an, überlegt, ob sie den falschen Montag erwischt hat, und fährt dann mit der S-Bahn nach Hause. Sie schließt die Tür leise auf, horcht kurz. Stille.

Es ist immer still hier. Es ist die besondere Art von Stille, die etwas sehr Lautem folgt. All den Geräuschen vom letzten Jahr. Es begann mit Gemurmel hinter verschlossenen Türen. Dann kamen die Stimmen zum Vorschein, es knallten Türen, es gab Geschrei und Tränen, zuletzt auch offener Streit vor ihr, vor Mireille. Dann Motorengeräusche, ein Möbelwagen, Umzugskisten. Schließlich die Stille. Sie hat sich über die Räume ihres Hauses gelegt wie ein Tuch. Stille sitzt in der Küche, Stille wartet im Bad, Stille kauert in den Ecken der Zimmer. Mireilles Mutter verschwindet in der Stille. Sie liegt meistens auf der Couch. Anfangs versuchte Mireille ihren eigenen Lärm zu machen, sie schlug mit der Haustür, polterte die Treppen hoch. Heute lässt sie die Stille so schnell wie möglich hinter sich, rennt in ihr Zimmer, wo sie sich Kopfhörer aufsetzt, den PC anmacht. Bei 7'42 im Clip *Best Scenes* sagt Edward:

– I can't stay away from you any more.

– Then don't.

Sie schließt die Augen.

Sie ist Bella, und Edward schaut sie an.

*– Your scent is like a drug to me. Like an exquisite brand of heroin.**

Er kommt ihr langsam näher. Den Kuss gibt es eigentlich an einer anderen Stelle, aber sie kennt jede Szene auswendig, sie kann sie beliebig aneinanderreihen.

– Don't move.

Sie bewegt sich doch, öffnet die Augen. Wenn er sie kennenlernen würde, würde alles anders werden. Das weiß sie genau. Sie steht auf, geht zu der Ballettstange vor dem Spiegel. Sie nimmt die fünfte Position ein, beugt dann den Oberkörper. Sie richtet sich wieder auf, zieht die Nadeln aus ihrem Knoten. Schwarze Haare fallen über ihre Schultern. Sie sieht viel besser aus als Bella. Nicht so dick.

Sie schaut nach, was die anderen machen. Jojo ist schon online.

Was haste gemacht?

Klamotten bei H&M. Du?

---

* *»Stärker als Muscat, Campher, Tabacum.«*
Das treibt mich um. Welche Stücke ich mit diesem Stoff geschrieben hätte!

Echt öd. Vatertag, hat mich versetzt.
Meine Mutter heult unten rum.

Is schlimm?

Nö. Is wie immer.

Komm doch rüber!

☺

Bei Johanna gibt es Lasagne. Mireille soll zum Abendessen bleiben. Sie zögert. Jetzt stellt die Mutter viertausend dampfende Kalorien* auf den Tisch. Mireille sieht vor ihrem inneren Auge die andere, die aufgeblähte Mireille mit grotesk dicken Gliedern.

Es riecht nach geschmolzenem Käse. Und es riecht nach Erdbeeren und Vanille, das ist der Geruch, den Herr Wonnefelder heute an sich hat. Er muss seinen weißen Laborkittel immer draußen in der Diele an den Haken hängen, das hat Jojos Mutter so verordnet, aber natürlich riechen seine Hände, sein Hemd – alles an ihm riecht. Johannas Mutter zieht eine Grimasse und hält sich in gespielter Abscheu die Nase zu. Herr Wonnefelder grinst und setzt sich.

---

* *Neue, zu unserer Zeit unbekannte Zähleinheit. Ebenso: neues, zu unserer Zeit unbekanntes Schönheitsmaß.*

Mireille bricht ihre Disziplin und nimmt eine winzige Portion Salat. Sie registriert dankbar, dass niemand das kommentiert. Den Nachtisch lehnt sie ab. Johannas kleiner Bruder nervt und kippelt mit dem Stuhl. Er wird ermahnt. Bo schmollt und freut sich erst wieder, als Johanna ihm eine Runde Tischtennis verspricht. Die spielen sie später zusammen im Fitnessraum. Sie lassen den Knirps gewinnen. Bo lacht, und Mireille fühlt sich besser, bis sie ihre eigene Haustür aufschließt.

Die Stille lauert. Mireille geht ins Wohnzimmer. Ihre Mutter ist auf der Couch eingeschlafen. Sie schnarcht leise, der Mund steht offen, etwas Speichel läuft auf das Kissen. So etwas hat es früher nicht gegeben, auf die teuren Kissen im Wohnzimmer sabbern. Im Wohnzimmer schlafen, auch das wäre unmöglich gewesen, aber jetzt ist alles anders. Immer seltener schafft es ihre Mutter hoch ins eigene Bett. War sie überhaupt dort, seit Papa weg ist? Mireille richtet das Kissen unter dem Kopf ihrer Mutter, wischt den Sabber weg, deckt sie mit einer Wolldecke zu. Dann geht sie nach oben, zieht sich aus, putzt sich die Zähne, zieht sich die Decke über den Kopf und wartet auf den Schlaf. Sie bohrt sich die Fäuste in den Magen: Wenn sie jetzt einschläft, muss sie erst morgen wieder essen. Es ist gut, nichts zu essen. Es macht sie leicht, und wenn sie leicht ist, kann die Stille einfach durch sie hindurchziehen.

Struppi schließt die Haustür um halb sechs auf. Er hat das Silentium um fünf Uhr verlassen, auf dem Weg hierher getrödelt. Er wollte Zeit gewinnen, hat sein altes Spiel gespielt, bei dem er sich niemals erwischen lassen darf. Eine ungerade Zahl von Ritzen zwischen den Pflastersteinen machen einen ungeraden Tag. Das sind die schlechten Tage. Eine gerade Zahl von Ritzen machen einen geraden Tag. Das sind die guten Tage.

Er hat einen guten Tag erwischt.

Er steigt die Treppe hoch, grüßt Frau Mayerfelder, die in dieser Woche Treppendienst hat, schließt die Wohnungstür auf.

Seine Mutter ist auf und frisch geduscht. Sie trägt ein geblümtes Kleid. Der Geruch von Schlemmerfilet zieht durch den Flur, sie hat sogar Kartoffeln aufgesetzt. Struppis kleine Schwester Babette sitzt am Küchentisch und malt ein Piratenschiff. Sie trägt eine Augenklappe und ein Tuch um ihren Kopf. Struppi stellt seinen Rucksack ab, gibt seiner Mutter einen Kuss, versetzt Babette einen Klaps: »Du siehst aus wie Captain Jack Sparrow.«

»Gefährlicher.«

»Klar, viel gefährlicher.«

Sie teilen das Schlemmerfilet. Struppi gibt seinen letzten Happen an Babette, obwohl er locker weiteressen könnte. Er hilft ihr bei ihren Hausaufgaben, und dann spielen sie ›Mensch ärgere dich nicht‹. Später geht er auf ›Diggit‹. Struppi gewinnt drei Runden um den Schatz von Troja. Er findet eine Amphore, eine Münze und einen Speer. Er macht das Licht früh aus, wegen Babette. Kann noch lange nicht schlafen, lauscht Babettes Schnaufatem, ihre Nase ist mal wieder verstopft. Er fragt sich, was Babette jetzt träumt. Toll, wenn man in anderer Leute Träume herumspazieren könnte. Ein Leben voller gerader Tage wäre auch toll.

Gegen Mitternacht hört er, wie seine Mutter in der Diele rumort, wie sie sich fertig macht für den Club. Er wandert jetzt über Klippen, sieht ein Piratenboot, hat es doch in Babettes Traum geschafft. Dann träumt er seinen eigenen Traum. Brinke schreit und meckert, aber jemand hat den Ton abgestellt, weshalb Brinke nur noch komisch aussieht.

Ben Zimmermann lässt seinen VW-Golf in den Carport seiner Doppelhaushälfte einrollen. Er fletscht die Zähne, grinst: im Nachbargarten schwingen die Sieben Zwerge ihre Schaufeln und Äxte. Eine Hollywoodschaukel trotzt, eingewickelt in Plastikplanen, den Belastungen des mitteleuropäischen Winters. Die Rentiere sind verschwunden, bald kommen wetterfeste Ostereier. Beatrice hält mit losen Bambusgruppen auf weißem Kies dagegen.

Es ist kurz vor sechs. Ben hat daran gedacht,

einen Strauß Rosen zu besorgen. Heiraten lohnt nicht, sagt Beatrice. Sie sind zu zweit geblieben, vermeiden es, das kleine Zimmer neben ihrem Schlafzimmer anders zu nennen als: das Bügelzimmer. In dem Zimmer stapelt sich die Wäsche, Beatrice packt hier ihren Koffer, wenn sie auf Dienstreisen geht. In der Ecke steht ein alter PC, den Ben irgendwann aufschrauben und auseinandernehmen will. Beatrice duldet seine Unordnung wortlos. Wenn er in einem halben Jahr sein Vorhaben nicht in die Tat umgesetzt hat, wird sie das Gerät ebenso wortlos auf den Sperrmüll geben. Sie ist zu praktisch veranlagt, um an ihm herumzunörgeln. Zu ordentlich, um sich zumüllen zu lassen. Sie hat sogar die Briefe weggeworfen, die er ihr nach Amerika geschrieben hat. Er hatte eigens Luftpostpapier besorgt!

Jetzt sitzt Beatrice am Tresen, pickt Oliven mit einem Zahnstocher, studiert eine Tabelle. Sie blickt überrascht auf, als er mit den Rosen in die Küche marschiert. Lächelt zerstreut.

»Hätte ich beinah vergessen.« Sie streicht sich die Haare glatt.

Er grinst, fröhlicher als ihm zumute ist. »Eigentlich ist das mein Job. Jahrestage vergessen und so. Als Mann, meine ich.«

»Stimmt.« Sie springt auf, nimmt die Rosen und findet die passende, mattgraue Vase. »Du vergisst keine Jahrestage, ich lade dich zum Italiener ein.

Wir gehen um sieben, ich mach mich fertig.« Sie gibt ihm einen flüchtigen Kuss auf die Wange. Sagt, dass er seine Fünf-Uhr-Stoppeln noch wegrasieren soll, bevor sie bei Luigi aufkreuzen.

Ein Hauch ihres Parfüms bleibt in der Küche zurück. Ben setzt sich, blickt ratlos auf die Zahlenkolonnen ihres Tablets. Die Zahlen sind wie geheime Zeichen, magische Formel an einer Pforte, die man durchschreiten müsste, wollte man mithalten, Schritt halten mit Beatrice. Sie ist ständig online, immer unterwegs in den virtuellen Räumen der Welt.

Sein Leben hat einen Haarriss bekommen, als sie ihre Umzugskisten in das neue Haus gestellt haben. Manchmal wird er nachts von seinen eigenen Zahlenkolonnen geweckt. Schräge Zinstürme stürzen auf ihn herab, und er fragt sich, ob er jemals wieder schuldenfrei sein wird, oder ob er sich für den Rest seines Lebens nach einer kleinen Wohnung in der Stadt sehnen wird: Er braucht kein Obergeschoss, keinen Keller, keinen Carport. Auch keinen Garten. Er braucht seine Schüler. Und er braucht Beatrice.

Beatrice hat den grauen Business-Zweiteiler gegen eine enge Jeans vertauscht, darüber trägt sie ein figurbetontes Oberteil aus flauschigem Mohair, das er noch nie an ihr gesehen hat. Es muss einer ihrer Schnellkäufe sein, JFK oder Charles de Gaulle. Sie hat sich auch die Haare hochgesteckt.

Luigi wird sich wieder nicht einkriegen, wenn er sie sieht. Wird den ganzen Abend um sie herumscharwenzeln. Und dann … Ben hofft, dass sie morgen keinen allzu frühen Flug hat, sie zählt die Stunden immer ab, wenn sie ihre Nachttischlampe ausschaltet. Sechs Stunden schläft sie mindestens, damit sie fit ist für den nächsten Tag. Eine Ausnahme macht sie höchstens in der Mitte ihres Zyklus. Ob sie den beobachtet wie die Börsenkurse? Die entsprechende Kurve kann er sich gut vorstellen. *Die App für Ihre Familienplanung. Ihre Schwangerschaft – online on demand.*

Um halb fünf klingelt der Wecker. Es kommt Struppi vor, als hätte er gar nicht geschlafen. Er quält sich aus seinem Bett und wankt ins Bad, wischt sich den Schlaf aus den Augen. Er versucht, seine Haare zu glätten, was vergebens ist; er sieht aus wie ein Mopp. Struppi schlüpft in seine Hose, zittert und merkt erst jetzt, wie kalt es in der Wohnung ist. Er schmiert sich ein Brot. Zwei Scheiben sind noch da für Babette. Er legt ihr ihre Frühstücksdose hin. Er schreibt sogar einen Zettel: *Ahoi, Piratenlady!*

Punkt fünf steht er am Büdchen. Er bekommt seinen Trolley und einen Packen mit Prospekten. Er ist schnell fertig, denn er fährt mit dem Skateboard. Bis halb acht schafft er immer hundert Stück. Fünf Cent, das ist der Schülerpreis. Macht fünf Euro, die ihm der Typ vom Büdchen so misstrauisch hinschiebt, als hätte Struppi die Prospekte in den nächsten Container geworfen. Er hat gehört, dass der Büdchenmann Verdächtigen nachschleicht und sie kontrolliert! Struppi ist auf der Hut. Er arbeitet ehrlich.

Die drei Münzen fühlen sich hart und gut an in seiner Tasche. Es ist seine Sicherheit, seine Währung für die schlechten Tage. Er quetscht sich durch das hintere Schultor und sieht Mireilles geraden Rücken. Sein Herz rennt los, und er fragt sich, ob es ihm heute aus der Brust fallen wird.

Ben Zimmermann stolpert über das rot-weiße Absperrband um den Westflügel, die Aula wird renoviert.

Ben soll in der Turnhalle proben, einem Erweiterungsbau aus den 80er Jahren. Ihm ist es recht. Er liebt den miefigen Geruch der Turnhalle, so hat es schon zu seiner Zeit gerochen. Genau genommen, das fällt ihm jetzt auf, hat es auch in England so gerochen. Dort hat er selbst mit einem Shakespeare-Stück auf der Bühne gestanden. Er spürt das Glücksgefühl von damals, als sich der Vorhang öffnete, neugierige Gesichter ihn anschauten. Er hat den Narren gespielt und Mary Jane die Viola. Es war der Abend vor ihrem Abschluss. Am Tag darauf haben sie die kantigen Bachelor-Mützen getragen, wurden fotografiert. Es war feierlich, er fühlte, wie ein Strom von Tradition ihn erfasste. Er würde seinen Platz in der Welt finden! *Meet the time, as it seeks us,** sagte sein Shakespeare dazu.

---

* *Ein Fehler der Überlieferung, Folge meiner schlechten Handschrift. Gemeint war: Greet the time as it seeks us.*

Doch dann – haben die Dinge sich anders entwickelt. Er ist nach Deutschland zurückgekehrt. Hat Beatrice getroffen.

So ist die Lage heute, 11. Januar, zweites Jahrzehnt des ersten Jahrtausends nach Shakespeare.

Er versucht eine einfache Aufwärmübung.

Seine Schüler sollen gehen, nicht schreiten, nicht schlendern, nicht schubsen. Sie sollen sich auf einen Punkt an der Wand konzentrieren, auf ihn zugehen.

Die Mädchen geben ihr Bestes. Ben sieht, wie ihr Schritt sich verändert, einige laufen, als hätte die Hand eines Uhrmachers eine Feder in Gang gesetzt. Mireille schreitet, ihre Fußspitzen sind leicht ausgestellt, die Ballerina in ihr hat die Führung übernommen.

Die Jungen sind sich unschlüssig, wie sie auf die Anweisung reagieren sollen. Ivan setzt sich vorsichtshalber hin. Nick traut sich, er geht zögernd, wie über Glas. Max schaut stur geradeaus, Struppi stolpert über seine Füße, Goofy schlurft an Ben vorbei, als sei er Atlas und schultere die Last der Welt.

Ben löst die Übung auf. »Je mehr wir uns einer Tätigkeit bewusst sind, umso künstlicher wirkt sie in der Ausführung. Das Theaterspiel aber soll beiläufig aussehen. Es ist wie Fahrrad fahren – erinnert ihr euch noch daran, wie schwer es am ersten Tag war? Heute denkt ihr euch nichts mehr dabei. Auf dem Vergessen der Aktion beruhen ganze Theaterschulen – und auch auf dem Gegenteil, auf dem ausgestellten Schauspiel, das als Spiel gesehen werden will.« Seine Schüler blicken ratlos.

»Wisst ihr, dass zu Shakespeares Zeiten die Frauen in den Stücken von Männern gespielt wurden? Es waren also lauter Männer auf der Bühne, auch bei den Liebesszenen.«

»Ich küsse keine Jungs«, erklärt Nick.

»Geht klar«, sagt Ben. »Also, das mit den Männern, die Frauen spielten, das führte zu richtigen Verwicklungen, weil es in den Stücken öfter vorkam, dass sich Frauen als Männer verkleideten. Man hatte also Männer, die Frauen spielten, die Männer spielten. Und dabei hat es ganz schön gefunkt, in alle Richtungen.«

Seine Klasse schaut auf ihre Füße, und Ben fragt sich, ob er nicht zu viel geredet hat. Das falsche Stück, die falsche Klasse, der falsche Jahrgang? Er hätte mit fünfzehn auch nicht so gerne was zur Liebe gesagt oder gehört.

»Einen Shakespeare erkennt man sofort, wisst ihr, woran?«

Seine Frage hängt wartend im Raum.

»Johanna?«, fragt Ben und nickt aufmunternd.

»Ehem. Weiß nich.«

»Sonst wer?«

Eben noch hatte Ben seine Antwort im Kopf,

aber jetzt ist sie weg, jetzt ist da Mary Jane auf dem Weg nach Hause, nach der Probe. Ihre nächtlichen Schritte in regenfeuchten Gassen, der Geruch ihres Wollschals. Sie mussten sich allerhand einfallen lassen, denn Mary Jane teilte sich ein Studentenzimmer mit einer Freundin. Er wohnte zur Untermiete bei einer ältlichen Witwe, die Damenbesuch streng verboten hatte.

Einmal, als die Witwe zu ihrem Bingoabend unterwegs war, hatte er Mary Jane dennoch ins Haus geschmuggelt. Das Paisleymuster auf dem Sofa des Salons, Mary Janes weiße Schulter, ihr leicht geöffneter Mund. Die Erinnerung ist überraschend sinnlich. Ben holt tief Luft.

»Bei Shakespeare geht alles über das gesprochene Wort.« Er setzt sich seine Brille wieder auf und greift seinen zerfledderten Band, die gesammelten Dramen aus seiner Studienzeit. »Wenn Theseus im ersten Aufzug zum Beispiel sagt: *Doch die gepflückte Ros' ist irdischer beglückt, / Als die, am unberührten Dorne welkend, / Wächst, lebt und stirbt in heil'ger Einsamkeit,* dann beschreibt er einerseits das Nonnenleben, das Hermia droht. Könnt ihr die Klostermauer sehen? Sie ist mit Rosen bewachsen, genau wie ein Dornröschenschloss. Andererseits bricht Shakespeare das Bild der jungfräulichen Rose, indem er sie *pflückt,* und er führt als Gegenstück zur Rose den *Dorn* an. Er sagt alles, ohne dass das eigentliche Wort gefallen ist.«

»Sex«, steuert Ivan fachmännisch bei. Betretenes Schweigen. Ben ist dankbar, wild entschlossen, Ivan zu retten, Shakespeare zu retten, seine erste Probe zu retten.

»Ja, genau. Danke, Ivan. Es geht bei Shakespeare immer um die drei Dinge, die den Menschen am meisten bewegen: Um die Liebe, und damit ist ausdrücklich auch der Sex gemeint, um das Leben und um den Tod. Das Leben und den Tod konnte er beim Namen nennen, den Sex hat er umschrieben, so war es damals Sitte.«

»Is ja klar«, murmelt Max. »Die war'n ja total verklemmt, vor hundert Jahren.«

»Vor mehr als vierhundert Jahren. Und nein, die Leute zu Shakespeares Zeiten waren wahrscheinlich weniger verklemmt als wir heute. Sie waren sogar ziemlich … frivol. Aber man hatte ein anderes Verständnis von den Dingen. Shakespeare schreibt nicht vom Sex, und trotzdem ist der Sex immer präsent. Alle seine Zuschauer haben verstanden, was er meint. Auch wenn er andere Worte gefunden hat, wie eben die Rose und den Dorn. Das war Teil des Spiels mit dem Publikum.«

Ben Zimmermann verteilt die gelben Reclamheftchen. »Wie dem auch sei, wir werden das schon schaukeln. Lest bitte bis zur nächsten Stunde den ersten Akt.«

In der großen Pause hat die 9c ihre übliche Apartheid aufgegeben. Die Jungen haben ihren Platz hinter dem Fahrradschuppen verlassen, sich zu den Mädchen gesellt, die neben dem Tor stehen.

»Pervers«, sagt Ivan. »Wir sollen auf der Bühne pimpern.«

Beifälliges Gemurmel.

»Quatsch«, erklärt Johanna. »Davon war überhaupt nicht die Rede.«

»Trotzdem grenzwertig«, findet Markus. »All das mit dem Sex. Man könnte das Jugendamt informieren. Oder unsere Eltern. Oder gleich die Bullen.«

»Zuerst das Fernsehen«, meint Philipp. »Da sind die doch scharf drauf. Entgleisung an katholischer Schule. Gruppensex auf der Bühne. Englischlehrer verhaftet. Eltern unter Schock.«

Jetzt lachen alle, auch weil Philipp so piepst.

»Ich fand's gar nicht so doof«, sagt Mireille dann. Ben Zimmermanns Ausführungen haben sie an das erinnert, was Edward sagt: *Your scent is like a drug to me. Like an exquisite brand of heroin.*

»Ich fand's auch nicht so doof.« Struppi springt Mireille bei. »Es war … äh … es war toll.« Er wirft Mireille einen Blick zu. Spürt, wie das Blut in seinen Kopf steigt. Heiß von innen, rot von außen. Max stößt Ivan an.

»Hört, hört«, sagt der und tänzelt auf Struppi zu. »Was haben wir denn da? Hab ich richtig gehört? *Ich liebe dich, ich liebe dich!* Ich sag dir was, du Baby …«

Johanna tritt dazwischen.

»Bist du bekloppt? Struppi hat nur gesagt, dass ihm das Stück gefällt, sonst nichts. Sonst gar nichts.« Sie schlägt Ivans Faust runter.

Ivan lässt den Arm sinken. »Glück gehabt. Ich schlage mich nicht mit Mädchen.« Er spuckt Struppi vor die Füße. »Pass besser auf, du Bodenturner.«

Struppi starrt auf seine Schuhspitzen.

Was ist nur in ihn gefahren? Wie konnte er sich so gehen lassen? Direkt mit Mireille sprechen?

Alle wissen jetzt, wie es um ihn steht.

Er wartet darauf, dass die Erde sich auftut und ihn verschlingt. Doch nichts geschieht. Die Unterhaltung um ihn herum geht weiter. Die Welt dreht sich weiter. Johanna schenkt ihm sogar einen aufmunternden Blick.

Dann kommt der Schulgong. Sie schlurfen in ihre Klasse. Struppi hat eine ungute Vorahnung. Tatsächlich hat Brinke ihre Aufsätze dabei. Zu Anfang des Schuljahrs macht Brinke gerne einen auf fleißiger Lehrer. Das legt sich später. Aber sein Spott ist immer da, beständig, schnell, scharf wie das rote ungarische Zeugs, das seine Mama so liebt. Brinke spottet zu allen Jahreszeiten. In Struppis Eingeweiden rumort es. Er hat keine Zeit mehr, zur Toilette zu gehen.

Er hätte doch lieber Griechenland oder die Türkei nehmen sollen. Die Tonscherbe. Troja. Hoffentlich muss er jetzt nicht aufs Klo.

Alfons Brinkemeier sitzt, scharf gescheitelt und mit frisch geputzter Brille, die ihm das Aussehen eines Froschs gibt, schon am Pult, als sie ihren Klassenraum betreten. Er schreibt etwas ins Klassenbuch und tut, als bemerke er sie gar nicht. Das ist seine Methode, eine neunte Klasse zum Schweigen zu bringen. Irritiert schleichen sie zu ihren Plätzen und fragen sich, was sie falsch gemacht haben. Brinke sieht jetzt auf und schnüffelt wie ein Tier, das Witterung aufgenommen hat. Obwohl das Jahr gerade angefangen hat, obwohl ihr Sündenregister noch klein ist – obwohl sie sich noch gar nichts Schlimmes geleistet haben können.

Brinke hat sich jetzt vor der Klasse aufgebaut wie ein Dirigent vor seinem Orchester. Er faltet die Hände zu einem spitzen Zelt und stellt sich auf seine Fußspitzen, was ihn nur unwesentlich größer werden lässt. Die Neunte fröstelt.

Brinke lässt sich Zeit. Spricht dann ganz leise. »Die ersten Aufsätze des Jahres.« Er zieht seine Brille ab. Er putzt sie bedächtig, setzt sie wieder auf. »Rechtschreibung, Grammatik, Ausdruck, alles eine Katastrophe, mit einer Ausnahme.« Seitenblick zu Johanna, die auf ihre Fingernägel starrt.

»Ich frage mich, wie ich euch durch dieses Jahr

bringen soll. Wie ihr eure Matura bestehen wollt. Es ist ja nicht so, als hätte ich euch mit diesem ersten Aufsatz viel abverlangt, und doch! Wen sehe ich vor mir sitzen? Einen Haufen Idioten sehe ich vor mir sitzen. Eingeschläfert durch zu viel Fernsehen, durch das Internet, in dem ihr euch tags und nachts bewegt, um zu schätten, so heißt es doch, zu schätten?« Albert Brinkemeier ist etwas lauter geworden. Wenn er sich aufregt, hört man, dass er aus Österreich kommt.

»Zu meiner Zeit hätten Versager wie ihr auf die Mittelschule gemusst. Aber nein, ich vergaß!« Alfons Brinkemeier schlägt sich in gespieltem Erkennen den Handrücken vor die Stirn. »Wir kommen ja aus gutem Hause, ist es nicht so? Unsere Väter sind Unternehmer, Bankiers, Zahnärzte.«

Er baut sich vor Mireille auf, die den Kopf gesenkt hält. »Kieferchirurg, nicht wahr, Fräulein Fürbaß? Winterferien mit viel Herumtollen im Schnee in der Schweiz. Ist es nicht so?«

Mireille starrt auf ihre Tischplatte. In Struppi kommt ein Zorn hoch, der ihn seine Angst vergessen lässt. Er wird Brinke zur Strecke bringen, Mann gegen Mann, wie damals in Troja.

Brinke, wieder ganz leise: »Ach ja, ich vergaß, wir haben bedeutende und wichtige Väter, die diese Schule selbst besucht haben, die ihre Netzwerke spinnen, ihre Konnäktschions, sagt man nicht so? Ist das nicht so, Fräulein Fürbaß? Wir sind mit dem goldenen Löffel im Mund geboren, wir haben den Freibrief zur Matura und in die gehobenen gesellschaftlichen Unternehmungen, so ist es doch, wen kümmern da solche Trivialia wie Zeichensetzung und die Orthographie der deutschen Sprache?«

Mit einem theatralischen Seufzen geht er zum Pult zurück und legt seine Hand auf den Stapel Hefte. Er fixiert seine Klasse. »Skifahren auf alpinen Pisten, schoppen in New York. Wie ich sehe, habt ihr schöne Ferien gehabt. Sehr geruhsame, sehr abwechslungsreiche Ferien. Einer eurer Mitschüler war sogar in Südafrika. Man stelle sich das vor. Südafrika.«

Er lässt seinen Blick über Struppi hinweggleiten. Struppi starrt auf den vergilbten Fleck über der Tafel.

»Was ich mich nur frage, ist Folgendes.« Er nimmt das oberste Heft vom Stapel. »Ich frage mich, wie es wohl sein kann, dass ein Bure, ein Afrikaaner, so sagt man wohl auch – dass ein solcher Mensch Dänisch spricht. Das frage ich mich. Herr Lewinski, da könnten wir eine sprachliche Demonstration gut gebrauchen. Das würde den Unterhaltungswert der heutigen Stunde erheblich steigern, die ja nun wahrlich traurig genug angefangen hat, ist es nicht so?«

Der gelbe Fleck hinter der Tafel, der gelbe Fleck über der Tafel.

Brinke läuft den Mittelgang entlang und trägt Struppis Heft wie eine Kostbarkeit. »Zumal die Landessprache Südafrikas nicht Dänisch, sondern Afrikaans ist. Aber wir wollen uns nicht mit solchen Details aufhalten, sondern gleich zum Kern der Sache kommen. New York. Zermatt. Südafrika. Offenkundig gibt es für euch keine Grenzen mehr. Es muss höher sein, und weiter und schneller. Aber was bleibt auf der Strecke, das frage ich mich, was bleibt dabei auf der Strecke?«

Brinke steht vor Struppi.

Der gelbe Fleck über der Tafel. Struppi spürt, wie seine Wangen glühen. Die Neunte schweigt benommen. Die Schüler haben keinen blassen Schimmer, was Brinke von ihnen will.

»Nun, die Antwort ist so einfach, dass sie euch wohl nicht einfällt. Ich will es euch verraten – es sei denn, der glückliche Teilnehmer der Safari will selbst an dieser Stelle das Wort ergreifen.«

In Struppis Ohren rauscht das Blut.

Alfons Brinkemeier seufzt, als hätte er eine schlechte Nachricht bekommen.

»Das habe ich mir gedacht. Nun, dann will ich es euch verraten. Die Antwort ist so lächerlich, so klein, so winzig und so banal! Eure Moral bleibt auf der Strecke. Eure Bescheidenheit! Mancher Schüler dieser ehrenwerten Anstalt greift sogar zur Lüge, der Vorbotin schlimmerer Verfehlungen. Aber warum tut er das, das frage ich mich und euch. Warum?«

Stille in der Klasse.

»Nun, es ist ganz einfach. Man will nicht auffallen in eurer goldenen Mitte. Darum greift einer unter euch zur Lüge. Ihr seid vom rechten Weg abgekommen, werdet vom schnöden Mammon regiert, tanzt um das Goldene Kalb. Schon mal gehört? Das Goldene Kalb? Nein? Wie bedauerlich. Und wie wahr. Das Goldene Kalb.«

Ein Schauder geht durch Alfons Brinkemeier. Er legt das Heft sehr langsam vor Struppi ab. Dann geht er zurück zum Pult, teilt die übrigen Hefte aus.

Die Schüler der 9c schlagen ihre Ferienaufsätze auf und sehen einen Wald voll roter Korrekturzeichen. Alle Hefte bis auf Johannas sind mit einem *Mangelhaft* gekennzeichnet. Johannas Rechtschreibung ist makellos, außerdem war sie mit ihren Eltern im Schwarzwald.

Struppi lässt sein Heft ungeöffnet vor sich liegen. Er sitzt, es rauscht in seinen Ohren, und er überhört den Gong zur Pause.

Kurz vor Schulschluss schaut Friedrich Merkwart noch einmal im Lehrerzimmer vorbei. Er will einiges ändern, bevor er sich an diesen Ort gewöhnt hat, bevor er ihn in all seiner verlebten Alltäglichkeit nicht mehr sieht. Die Seerosen von Degas, auf der Fensterbank kränkelt eine Aloe Vera vor sich hin. Er braucht neue Möbel, neue Fächer für Nachrichten an die Lehrer, eigentlich eine neue Schule. Friedrich Merkwart denkt an die hellen, modern möblierten Räume in Tokio. Verschiebt probeweise einen Sessel.

Wie erwartet, er kannte niemanden. Trotzdem hat er alle Gesichter erkannt, auf seine Art. Als gäbe es irgendwo im Universum eine Blaupause für die Besetzung einer höheren Schule wie die des bischöflichen Gymnasiums St. Hubertus, zu seiner Zeit noch eine reine Knabenschule. Alle waren sie da, saßen erwartungsvoll um den Konferenztisch. Die ältliche Spindeldürre, Geographie wahrscheinlich, alleinstehend sicher. Der dynamische Kunstlehrer, daneben Musik im Kurzarmhemd, das mathematische Fach mit randlosen Brillen besetzt, die Fremdsprachen mit jungen Frauen, die soeben ihr Referendariat beendet hatten. Ein alter Haudegen kauerte in der Ecke, Physik oder Deutsch. Dann sah er den sarkastischen Zug um den Mund des Faches Physikdeutsch (Latein?). Offenbar hatte es noch einen Anwärter auf den Posten des Schuldirektors gegeben. Sein Probelächeln ist gestern an der steinernen Mimik von Physikdeutschlatein zerschellt. Er hat sich nichts anmerken lassen, schnurstracks weitergelächelt in Richtung Geographie, dort eine Kernschmelze verursacht.

Ben Zimmermann kommt in den Raum, reißt ihn aus seinen Gedanken. Der junge Lehrer sieht aufgeräumt aus.

»Wie haben sie es aufgenommen?«

Ben grinst. »Dreizehn Mädchen wollten wissen, ob sie die Hauptrolle bekommen. Zwanzig Jungen, ob sie wirklich zur Probe müssen. Ob sie nicht stattdessen unterrichtsfrei haben könnten. Sie könnten die Zeit mit dem Nacharbeiten von Unterrichtsstoff in der Altstadt verbringen.«

»Besteht die 9c nicht aus vierunddreißig Schülern?« Friedrich Merkwart hat sich vorbereitet, die Klassenbücher studiert. Er gibt viel auf sein Zahlengedächtnis.

»Stimmt. Struppi war eingeschlafen.«

»Struppi?«

»Peter Lewinski. So nennt ihn nur niemand. Begabter Junge. Etwas zerstreut vielleicht. Wuschelhaare.«

Ben deutet eine Zauselfrisur an.

»Passiert das öfter?«

»Was?«

»Schlafende Schüler?«

Ben zögert. »Bei Struppi – ehrlich gesagt, nur bei Struppi. Aber er ist ein williger Schüler. Er gibt sich Mühe … meistens schafft er sein Pensum.«

»Verstehe.« Friedrich Merkwart ist kein Freund schlafender Schüler. Auch hat er Dringenderes zu tun als Schultheater. Der Neubau der Aula steht an. Die Nachfolge des in Ungnade gefallenen Schulpriesters. Generelles Auskehren und Aufräumen, auch der Finanzen. Nachdenklich streift Merkwart über das Polster des Sessels.

Während Struppi im Silentium sitzt, in einem gleichschenkligen Dreieck gefangen, in einem Gefecht mit seiner Müdigkeit, seinem Hass auf Alfons Brinkemeier und auf funktionale Gleichungen, während Friedrich Merkwart seinen Mitsubishi auf das heimische Garagentor zusteuert, während Mireille und Johanna durch ein Kaufhaus streifen, sitzt Goofy in gebückter Haltung an seinem Stammplatz am Tresen. Er wartet auf seine Eltern.

Goofy langweilt sich. Er hat die radioaktiven Elemente wiederholt und seine Kenntnisse der Zahl Pi bis auf die sechsundsiebzigste Position hin verbessert. Nun liest er wieder seine Lieblingsseiten von ›Dr. Alchimus und der magische Zirkel‹. »Wahr ist nicht, was wir sehen. Wahr ist nicht, was wir glauben oder denken. Wahr ist einzig, was wir tun!«, sagt Dr. Alchimus zu seinem Novizen. Goofy liebt solche Sätze. Sie sind für ihn wie ein Licht in der Welt, die immer dunkler wird. Goofy weiß, dass sie nicht viel älter als April*, höchstens

---

* *Weltuntergänge. Sehr en vogue zu meiner Zeit. Ja, als ich meinen ›Midsummer Night's Dream‹ schrieb, stieg das Wasser, es stieg und stieg – wir glaubten, das Ende sei nah. In nicht wenigen Hütten wurde an einer Arche gezimmert.*

Mai des soeben angebrochenen Jahres werden wird. Darauf verweisen der alte Inka-Kalender genau so wie die Kurseinbrüche in New York und Tokio. Noch hat Goofy nicht entschieden, ob die Bewohner der übrigen Galaxien auf dem Planeten Erde landen werden. Eine Invasion wäre denkbar. Dann werden die Außerirdischen eine freiheitliche Reform durchsetzen. Oder sie werden eine Zwangsgesellschaft einführen, alle laufen in Uniform rum. Der Inhalt der Apokalypse ist noch unklar, ihre Ankunft gewiss.

Goofy, der seinen Spitznamen seiner dunklen Hornbrille und stets gebeugten Haltung, aber auch seinem Familiennamen Gotthart verdankt, weiß, dass er am Abgrund tanzt. Er hat sich dem Zölibat verschrieben. Wer will schon weitere Nachkommen auf einem sterbenden Planeten ansiedeln? Es war ziemlich unvernünftig, dass seine Eltern ihn gezeugt haben. Sein Vater ist Physiker, seine Mutter Statikerin. Beide haben genug mit der schwankenden Wirklichkeit zu tun, sie hätten es besser wissen müssen. Beide sind, genau wie Goofy, immer grau gekleidet. Sie tragen ebenfalls Hornbrillen, nähern sich nun untergehakt dem Café, wo sie ihren Sohn an der immer gleichen Stelle um 17.30 Uhr in Empfang nehmen.

»Es wurden Spuren von Wasser auf dem Mars entdeckt«, sagt sein Vater.

»Ich wusste es.«

Goofys Mutter verlangt einen Chai Latte. »Die Stahlträger bleiben sichtbar, dürfen Rost ansetzen. In mehreren Räumen soll Wasser fließen.« Das ist aus dem Zusammenhang gerissen, aber niemand stört sich daran. Die Familie redet dort weiter, wo sie bei ihrer letzten Zusammenkunft aufgehört hat. Vater und Sohn nicken andächtig.

»Ist die Bank erdbebenfest? Was ist mit einem nuklearen Endschlag?«, fragt Goofy nach.

»Erdbeben ja, Endschlag nein. Es ist ja nur eine Bank, kein Regierungsbunker.«

»Wasser auf dem Mars, ehrlich?«, fragt Goofy.

Sein Vater nickt wieder. Dann kommen die Brötchen, und die Kleinfamilie versinkt in einem einträchtigen, kauenden Schweigen.

Wie eine leuchtende Kapsel hängt der Bahnhof im grauen Morgen. Eine Raumstation im Dunkel des Winters, ein pulsierendes, synthetisches Herz*. Der Bahnhof bietet Zuflucht, Nahrung und Obdach: den Vorortpendlern eine Raucherecke, den Hungrigen Chicken McNuggets, den letzten Nachtschwärmern einen Automaten, an dem sie Kondome ziehen können.

Ein Passbildautomat erinnert an die Zeit, in der ein Passfoto in den Pass eingestanzt wurde. Zöge man die Negative heraus, sähe man viele schmale Bildstreifen. Sie zeigten zwei bis drei Heranwachsende, die sich zögernd und feixend dem ersten gemeinsamen Blitzlicht aussetzen. Das Papier ist zu grob, die Aufnahme zu unscharf. Das Foto wird dennoch auf Jahrzehnte in einer Brieftasche verschwinden, bis es ledrig wird und rissig, trotz Tesafilmstreifen zerbröselt.

---

* *Oberon spricht gerne von Herzen. Er ist eine Kreatur des Waldes und der Dunkelheit. Alles Wogende und Üppige, die Flora und die Fauna sind sein Metier. Ich habe ihm ein dreifach springendes Herz mit auf den Weg gegeben. Muss ich mich wundern?*

Einen Aufenthaltsraum gibt es auch, unbeheizt, aber trocken. Hier sitzt der Tramp vom Wartesaal. Er sitzt auf dem zweiten orangefarbenen Schalensitz von links. Er hat nicht viel Gepäck, eine Plastiktüte, eine mausgraue Wolldecke, eingerollt, mit Paketschnur gebunden. Von seinen Schuhen löst sich die Sohle. Seine Haare sind verfilzt, seine Fingernägel rissig und schwarz.

Man sieht ihn nicht, denn der Tramp verschmilzt mit seiner Umgebung. Er ist die graue Steinfliese, die braune Raufasertapete, die durchsichtige Scheibe aus bruch- und schusssicherem Glas, die nach einer Terrorwarnung angebracht wurde.

Die Augen des Tramps im Wartesaal sind unbeschadet von dem Zerfall, der seinen Körper überzieht wie Rost. Es sind scharfe Augen. Sie sehen das Taxi, das am Bahnhof vorbeifährt, darin ein Arzt, der den Airbus nach Boston erwischen will. Jetzt kommen die Schulkinder. Sie torkeln aus der S-Bahn, die sie aus den grünen Vororten und Randbezirken ins Herz der Stadt gebracht hat. Sie sind müde. Die erste Liebe eines jungen Lebens will in durchwachten Stunden bemessen werden, das weiß der Tramp im Wartesaal.

Er erkennt die Zwillinge, Valeria trägt jetzt das Valeria-Shirt, Rosetta das Rosetta-Shirt. Er sieht auch, ohne den Blick zu heben, denn sein Kopf ist fest auf seine Brust gesunken, wie Max durch die Halle schlurft. Die Sehnsucht von Max ist schon so groß, dass er den Passbildautomaten in Erwägung zieht. Mireille weiß allerdings nichts davon. Sie ahnt nicht, wie gerne Max ein solches Foto in seinem Portemonnaie neben seinem Schülerausweis tragen würde, Mireilles Gesicht belichtet, Max' Gesicht unbelichtet oder auch umgekehrt. Wüsste sie es, so wäre es bedeutungslos, denn Mireille hebt sich auf für Edward, den Vampir.

Auch Ivan sieht der Tramp, er schaut sich um, zieht sich dann wieder zurück in das Halbdunkel des Passbildautomaten. Dort wird er erwartet von einem Typen in enger Lederhose. Was die beiden verhandeln, weiß der Tramp, aber er kann es nicht hören; sie verständigen sich mit Zeichen.

Jetzt zuckt er zusammen. Mireille ist am Schultor angelangt, und dort hat Struppi ihren geraden Rücken entdeckt.

Struppi sieht Mireille von hinten, er rennt los, schließt mit ihr auf. »Oh, hallo, Morgen, Mireille, ich hab dich gar nicht gesehen.«

Mireille schaut zur Seite. Struppis Hosen haben Hochwasser, und er hat doch tatsächlich Flicken auf den Knien.

»Jetzt siehst du mich aber.«

»Ja, genau, jetzt sehe ich dich, und ich wollte dir sagen, also, ich wollte dir sagen, das mit gestern, das war nicht so gemeint.«

Mireille kramt in ihrem Gedächtnis nach einem

Vorfall, der mit gestern und mit Struppi zu tun hat. Fehlanzeige.

»Was mit gestern?«

»Also, dass ich gesagt hab, dass ich das nicht doof finde mit dem Theater und so, ich wollte sagen, ich meine das auch, und nicht nur, weil du gesagt hast, dass du das nicht doof findest. Und ich finde es toll, dass du mitmachst.«

Mireille blinzelt.

»Du machst doch auch mit.«

»Ja, und das finde ich auch toll, dass du mitmachst, und ich mache auch mit. Wir machen alle mit. Also, find ich gut.«

»Is gut«, sagt Mireille. »Aber ehrlich, mir ist das scheißegal mit dem Theater von Benni. Ich hab andere Sorgen.«

»Andere Sorgen, ach so, ja, ich auch, geht klar.«

Mireille bleibt stehen.

Struppi sucht nach dem nächsten Satz. Er sucht zu lange. Mireille sieht Johanna, winkt ihr zu, und dann ist sie weg.

Struppi ist sich nicht sicher, wie die Sache gelaufen ist. Eines weiß er bestimmt: So viel hat er noch nie mit Mireille gesprochen, an einem einzigen Tag.

Ben sitzt am Küchentisch und schreibt Namenslisten. Johanna ist ganz klar die königliche Braut Hippolyta. Doch wer wäre der König an ihrer

Seite? Johanna … Mireille … Max … sogar einen Gustav gibt es in der Parallelklasse. Diese Namen, denkt Ben. Wo sind die einfachen, ehrlichen Namen von früher geblieben, Namen, die nichts darüber aussagen, wie reich die Eltern sind. Namen wie Andrea, Martina, Sven?

Johanna … sie überragt die meisten Jungen in ihrer Klasse um Haupteslänge. Wer könnte zu Johanna passen?

Ivan, schreibt er auf und streicht den Namen durch. Lässt im Geist die Jungen Revue passieren. Goofy ist der Einzige, der von der Größe her in Frage kommt. Goofy?

Ben kaut auf seinem Stift. Komischer Kauz, ein Eigenbrötler, dieser Goofy. Obwohl … in Ben regt sich die Intuition des Regisseurs. Eine höhere Stimme, ein inneres Wissen.

Goofy, das könnte klappen.

Er schaltet sein Handy ein. Die Nachricht ist von heute Mittag.

Gut angekommen, Meeting später. Wird spät. Bea

Er schaut auf die Uhr. Gleich zwei Uhr in Boston, Beatrice ist vom Flughafen ins erste Kundengespräch gegangen, dem wird ein Lunch folgen, dann ein Cocktail in irgendeinem Penthouse, vielleicht ein Abendessen mit weiteren Kunden, bevor sie ins Hotel geht. Fragt er sie danach, winkt sie ab. Ganz die Frau von Welt.

Viel Spaß, hab dich lieb.

Die Unterbrechung hat seine Konzentration gestört. Ivan geht nicht. Auch nicht als Lysander. Für Ivan bleibt nur Oberon, aber mit dem Elfenkönig steht und fällt die ganze Inszenierung. Ob auf Ivan Verlass ist?

Ben schaut in den Kühlschrank. Sieht ordentlich gereihte Aufstriche und italienische Delikatessen. Die Majo ist von ihm. Ben ist jetzt in seinem eigenen Film, er sieht sich, wie er den Kopf in den Kühlschrank steckt. Es ist gut, so zu leben, wie er lebt, wenn Bea weg ist. Wie ein Student, dicke Majo auf Schinkentoast.

Kauend schaltet er den PC an, zögert kurz, gibt dann den Namen ein. *Mary Jane McIntyre.* Google spuckt den Namen einer amerikanischen Schönheitschirurgin aus und den einer britischen Beraterfirma. Da ist sie. Mary Jane leitet diese Firma. Sie lächelt genau richtig, professionell, aber nicht zu glatt. Sie trägt einen weißen V-Neck, der ihren langen Hals betont, das rote Haar etwas länger als früher. Schön sieht sie aus, seriös natürlich, und erfolgreich, so erfolgreich. Er seufzt und fragt sich, was ihn eigentlich immer zu den erfolgreichen Frauen treibt. *Fatally star-crossed lovers* behauptet der innere Regisseur. Mary Jane ist auch direkt per E-Mail zu erreichen.

Hi tippt er ein und lässt es wieder verschwinden.

Dear Mary Jane,

you may not remember me.

Das klingt nach Spam und irgendwie weinerlich.

Dear Mary Jane,

it has been a long time.

Er erlaubt sich zwei volle Zeilen, erklärt, dass er sie durch reinen Zufall gefunden hat. Er drückt auf *Send** und verflucht sich, das mit dem Zufall soll glauben, wer will. Er hat sich eine Blöße gegeben! Eine so kluge Frau wie Mary Jane wird das durchschauen.

Er tigert eine Runde durch das Haus, spielt ein paar Tonleitern auf seinem Saxophon, schaut die Nachrichten, isst noch ein Sandwich, diesmal nur mit Majo. Er schaut sich ein paar Szenen Armstrong auf Youtube an, geht dann über zur Big Bang Theory. Mehrfach klickt er sein Postfach an und drückt einige Viagra-Spams weg. Um neun Uhr gibt er auf und zieht sich mit einem zerfledderten Krimi von Ian Rankin ins Bett zurück. Gegen Morgen fiept sein Handy erneut. *Muss bis Freitag, vielleicht noch länger bleiben. Sorry Bea.***

---

* *»Früher Zweifel stört die Liebe«, findet Oberon.*
Mich interessiert eher der Weg, den die Botschaft genommen hat. Wir nutzten zu unserer Zeit Türpfosten, parfümierte Taschentücher und Papier … In jedem Fall dauerte es, bis sich die Liebe bewegte von da nach hier.

** *»Eine Nachricht, die von ehebrecherischer Absicht kündet.«*
»Die beiden sind doch keine Eheleute.«
Oberon nickt. Und doch sei die Nachricht in solcher Absicht verfasst. Die schöne Beatrice habe auf dem Weg zum Flughafen den Kieferchirurgen Alexander Fürbaß getroffen: »Ich konnte hören, wie Amors Pfeile durch die Luft schwirrten.«

Mireille und Johanna sitzen im Park auf der Bank unter der Eiche, die ihre knorrigen Äste in einen fahlen Winterhimmel reckt.

Wie ein Tier aus der Urzeit, denkt Mireille. Eben noch haben sie die raue Borkenhaut abgetastet, die eine ganze Schulchronik birgt, eingeritzte Herzen und Pfeile und Liebesschwüre verraten, wer sich nach wem verzehrt, und dies seit Jahrzehnten. Ein M&M ist neu, und Johanna legt ihre kluge Stirn in Falten. »Max und Mireille«, schlägt sie vor. »Der Typ ist scharf auf dich.«

»Red keinen Unsinn.«

»Neulich in Bio hat er die ganze Zeit geglotzt.«

»Und wenn schon.«

»Kein Interesse?«

»Nö.«

Mireille lässt einen Taschenspiegel aufschnappen und zieht die schwarzen Kajalstriche unter ihren Augen nach. Ihre Augen werden größer und noch dunkler dadurch. Mireille denkt über ein Piercing nach. Augenbrauen oder Lippe? Vielleicht doch eher der Bauchnabel.

»Wer ist es dann? Struppi vielleicht? Der ist auch zu haben. Weißt du noch? *Ich fand's auch äh nicht doof äh.* Und so.«

Die Mädchen prusten los.

»*Der* doch nicht.«

»Mir tut er leid«, sagt Johanna.

»Mir nicht. Ivan hat nämlich recht. Struppi ist ein Baby. Was hältst du eigentlich von Ivan?«

Johanna windet sich.

»Nun sag schon, ich bin doch keine Petze.«

Johanna rückt endlich mit der Sprache raus. Mireille traut ihren Ohren nicht: »Der ist doch voll proll!«

»Ich weiß.«

»Seit wann?«

»Seit letztem Jahr.«

Mireille denkt an einige Begebenheiten der letzten Tage. »Den könntest du haben. Ich glaube, der Typ steht auf dich.«

»Glaube ich auch. Das ist ja das Problem. Wer will schon mit einem Brutalo zusammen sein? Niemand, außer mir natürlich.«

»Vielleicht ist er ja ganz okay.«

»Klar«, sagt Johanna. »Ivan ist *okay*. Brinke ein netter Lehrer. Morgen kommt der Osterhase. Sonst noch was? Wir haben doch keine Märchenstunde!«

Zur Märchenstunde fällt Mireille einiges ein.

Edward könnte schreiben. Ihre Mutter könnte aufstehen. Ihr Vater mal zu Hause sein.

Sie steckt ihren Taschenspiegel wieder ein. »Franze oder H&M?«

»Erst Franze, dann H&M.«

»Dann nur Franze. Ich muss noch ins Ballett.«

Als Mireille gegen sieben nach Hause kommt,

wartet die Stille schon im Flur. Mireille wird übel. Sie zählt schnell ihre Kalorien, geht in die Küche, macht den Kühlschrank auf. Später geht sie ins Bad, kniet vor der Toilette, steckt sich den Finger in den Hals. Sie wischt sich den Mund, putzt sich die Zähne, horcht. Ganz leer sein innerlich ist gut. Es ist stiller als sonst, eine dicke Stille, die mehr sein muss als alle Geräusche, die fehlen.

Sie geht ins Wohnzimmer. Erschrickt. Ihre Mutter* sollte auf der Couch liegen, doch sie ist nicht da, es ist überhaupt niemand da. Es ist vollkommen still.

Mireille nimmt das Telefon.

Sie haben die Nummer von Alexander Fürbaß gewählt. Leider kann ich Ihren Anruf derzeit nicht entgegennehmen.

Mireille schmeißt das Telefon durch das Wohnzimmer. Sie hebt es wieder auf und tippt mit zitternden Händen Johannas Nummer, drückt sie dann aber schnell weg. Schließlich fällt ihr ein, was sie tun kann. Sie wählt erneut. »Hier spricht Mireille Fürbaß«, sagt sie. »Ich habe meine Mama seit drei Tagen nicht gesehen.« Sie sagt es zur rechten Zeit, denn nicht weit von ihrem Haus geht eine große, schlanke Dame im Trenchcoat

---

* *Verlassene Ehefrauen in so großer Zahl seien eine Neuheit, meint Oberon. Manche griffen zum Branntwein. Andere zu Beruhigungsmitteln. Andere verschwänden auf eine gewisse Zeit. Nicht wenige kehrten aber früher oder später zurück ins Geschehen.*

durch die Straßen ihres Viertels. Sie hat Witterung aufgenommen. Steckt die Hände tiefer in die Taschen und setzt ihren Weg zielstrebig fort.

Gleich nach der Deutschstunde hat Struppi sich im Schulklo eingeschlossen, dort ist er bis zur vorletzten Stunde geblieben. Zum Schluss noch Franze und das Silentium. Und dann hat er vergessen, auf die Ritzen im Pflaster zu achten. Wegen Brinke.

Keine Ritzen, kein Glück, das ist die Regel.

Er weiß es schon, als er die Haustür aufschließt. Babette heult in der Küche rum. Im Spülbecken stapeln sich die verkrusteten Teller.

»Wo ist Mama?«, fragt er. »Weg«, heult Babette. »Ich schaff Mathe nich. Und ich will was essen.«

Er macht den Kühlschrank auf, sieht das Bier und eine matschige Gurke. Er findet Toast, will zwei Scheiben in den Toaster schieben und bemerkt den Schimmel. Er schneidet die Kante ab.

»Schmeckt nich«, sagt Babette und zieht ein Gesicht. Sie fängt wieder an zu weinen.

»Halt die Klappe«, schreit Struppi. »Mir geht dein Geheul auf die Nerven.« Am liebsten würde er Babette eine scheuern. Er tut es nicht. Kinder soll man nicht schlagen, sagt Mama. Stattdessen tritt er eine von den Flaschen durch die Küche. Sie fliegt gegen die Heizung und geht kaputt. Das gibt ihm den Einfall. »Los«, sagt er zu seiner Schwester. »Wir sammeln die Flaschen. Da ist noch Pfand drauf.«

Bei Netto guckt die Kassenfrau schräg, weil auch Schnapsflaschen dabei sind. »Die sind Recycling«, sagt sie. »Habt ihr keine Augen im Kopf?«

Struppi zerrt Babette am Arm weg, sie jammert schon wieder. Seine Nerven liegen blank, er schüttelt Babette, und sie heult los wie eine Sirene. »Wenn du weiter so machst, gibt's nichts zu essen«, sagt Struppi. Das wirkt. Babette ist jetzt still.

Sie gehen zu Mäckes, und es reicht für zweimal Chicken Nuggets und zwei Cola. Babette tropft das Fett vom Kinn. Sie schluckt gierig. »Ich will noch ein Eis«, sagt sie mit vollem Mund.

»Gibt's nich«, sagt Struppi. Babette setzt ihr Bettelgesicht auf. Jetzt bricht Struppi eine von den drei Münzen an, von seiner harten Währung, und kauft ihr ein Eis. Babette lutscht und plappert auf dem Heimweg, alles gleichzeitig.

»Wo ist Mama?«, fragt sie, als sie im Flur stehen.

Typisch, sie hat schon vergessen, dass Mama weg ist.

»Unterwegs.«

»Ich will Mama!«

»Morgen wieder«, sagt Struppi. »Geh schlafen.«

Babette legt sich mit Sweatshirt, Hose und Socken ins Bett. Struppi gräbt auf Level drei bei ›Diggit‹. Er findet zwei Kelche und eine Amphore.

Dann legt er sich ins Bett. Er wälzt sich hin und her, hört Babette schnaufen, wünscht Brinke den Tod und schläft dann doch ein.

Schläft ein und überhört den Wecker.

Was zur Folge hat, dass der Büdchenmann ihn am nächsten Morgen fortschickt. »Da könnte ja jeder kommen«, sagt der Büdchenmann. Und streicht seinen Namen dick durch, so dass sein Kuli einen Druckstrich auf der Zeitung hinterlässt, die unter seiner Liste liegt.

Freitag der Dreizehnte. Mama ist immer noch nicht da. Die Flaschen sind alle, und es wird langsam eng für Struppi. Und für Babette, für die Struppi immer sorgt, wenn Mama unterwegs ist.

»Mama ist auf Schatzsuche«, sagt er, und das stimmt gewissermaßen. Außerdem wirkt es, denn Babette ist eine Piratenlady.

Noch wirkt es.

Struppi will nichts Bestimmtes, als er zu Netto geht. Seine Füße haben den Weg von selbst eingeschlagen, er ist hungrig und sieht lauter Dinge, die er jetzt gerne essen würde. Brathähnchen, Nudeln, Knödel.

Ivan sieht er nicht. Ivan lungert an der Tanke und raucht eine Marlboro. Ivan ist Ivan von unten nach oben mit Chucks, Jeans, Nietengürtel, Kunstlederjacke, verspiegelter Sonnenbrille – ein gestähltes Gesamtbild ist dieser Ivan, gegelt und parfümiert lehnt er an der Tanke, schlägt die Zeit tot, 90 % Hormone, 10 % blauer Zigarettendunst.

»Hey, du Opfer«, ruft Ivan und winkt Struppi zu sich. Struppi steckt noch fest im Schlaraffenland und versucht den, der da ruft, zu erkennen. Ivan schiebt seine Marlboro von einem Mundwinkel in den anderen. »Lass die Pfoten von Mireille«, sagt er. »Die Süße ist vergeben.«

Struppi wacht auf.

»An wen?«

»An meinen speziellen Freund Max.«

Das ist neu für Struppi. Er sucht nach Bildern, die Max und Mireille zeigen, auf dem Schulhof oder in der Bahn oder bei Mäckes. Fehlanzeige. Kein Bild, nirgends.

»Seit wann denn?«

»Geht dich nichts an.«

Struppi schlottert jetzt, das sind der Hunger und die Nerven, und Ivan zieht einen Kleinen Zocker aus seiner Jeans.

»Also, hast du verstanden? Du bleibst weg von Mireille. Wir besiegeln das unter Männern«, sagt er und schraubt die Flasche auf.

Struppi nimmt einen Schluck, hustet, verschluckt sich. Er will die Flasche zurückgeben, aber Ivan besteht darauf, dass er alles trinkt. »Und jetzt zieh Leine.«

Struppi zieht Leine.

Sanft wölbt sich das welke Laub unter der Eiche hin zum Rand des Parks. Der Boden gibt nach. Struppi weiß jetzt, dass er alles tun kann, was er tun will und tun muss. Struppi rast quer durch den Park. Weiter durch die Stadt, bis zum Bahnhof. Im Wartesaal döst der Tramp über seinen Plastiktüten. Ein Schauder rinnt durch den alten Körper des Tramps, er öffnet seine Echsenaugen* einen Spaltbreit. In Struppis wehendem Gehopse erkennt er ein Liebeshüpfen, dann ist Struppi schon durch sein Blickfeld gespurtet, weiter zum Bahnhof, wo er die nächste S-Bahn erwischen will, die ihn an den Stadtrand bringt.

Minuten später steht er vor Mireilles Haustür. Er klingelt Sturm, denn er wird Mireille sagen, dass er –

er wird es ihr sagen –

Struppi klingelt Sturm –

dass er jetzt endlich –

Struppi klingelt Sturm –

dass er jetzt –

aber es bleibt still, und es beginnt zu regnen, ein feiner städtischer Ende-Januar-Nieselregen fällt auf Struppi herab. Er kotzt auf eine braune Fußmatte, auf der in ganz großen Buchstaben *Willkommen* steht. Wendet sich ab. Schlurft zurück zur S-Bahn. Struppis Schädel dröhnt, ihm ist schlecht, und seine Augen wollen aus ihren Höhlen springen. Er fragt sich nicht zum ersten Mal

* *Ja, ich kann mich überzeugen: Die vielen Jahrhunderte des Branntweintrinkens sind an Oberon nicht spurlos vorübergegangen. Ich habe ihn schön geschaffen, muskulös, mit Elfenohren und Augen, die auf viele Kilometer hin scharf sehen konnten, einer Haut wie Alabaster. Doch nun … Oberons Gesicht ist knittrig wie der Handschuh eines alten Falkners.*

in seinem Leben, warum die Leute eigentlich so gerne Alkohol trinken. In ihm verebbt eine Welle der Zuversicht.

Kinder, denkt Ben ohne ersichtlichen Grund, bevor er mit seinem Freitagsgefühl in seinen Carport einfährt. Er hat seinen Sextanern heute den *Present Tense Continuous* erklärt, er hat in einer Freistunde Klausuren der Oberstufe korrigiert, und er hat mit Mireille Fürbaß und einer Handvoll ebenjener Sextaner eine durchaus ergiebige Probe gehabt. Die Sextaner geben die Dienstelfen Bohnenblüte, Spinnweb, Motte, Senfsamen, sie hopsen um die Elfenkönigin herum, die sich zu einer Musik bewegt, die er vorerst nur in seinem Kopf hören kann. Über Musik muss er noch nachdenken. Braucht Titania Flötentöne? Mireille tanzt sicher gut. Sie wird eine gute Titania abgeben, da macht er sich keine Sorgen. Aber die Sextaner? Ob von ihm erwartet wird, dass er denen das Tanzen beibiegt?

Er ist Regisseur und kein Ballettmeister.

Ohne Elfentanz geht es nicht.

Sein altes Handy auf dem Beifahrersitz neben ihm meldet sich zu Wort: *nicht vergessen probe heute 18.00 uhr Bea.*

Verständnislos starrt er auf das Display. Probe war doch gerade, und überhaupt, seit wann weiß Beatrice von seinen Proben?

Dann fällt es ihm wieder ein. Er wirft einen gehetzten Blick auf seine Armbanduhr, sieht den gemütlichen Freitag mit Majosandwich und Videofilm entschwinden. Seine Vorfreude weicht einem vagen Schuldgefühl. Weder hat er mit Beatrice gerechnet, noch hat er die von ihr erwarteten Vorkehrungen getroffen. Er hat nicht Staub gesaugt und nicht eingekauft und nicht aufgeräumt. Vor allem aber hat er sich vor einigen Tagen dazu verleiten lassen, eine dusselige E-Mail an Mary Jane zu schreiben, die bislang ohne Antwort blieb, was bedeutet, dass ihre Antwort günstigstenfalls ganz ausbleibt. Schlimmstenfalls aber entdeckt Mary Jane seine E-Mail irgendwann in ihrem Spam-Folder und antwortet, wenn Beatrice vor ihrem gemeinsamen Computer sitzt.

Was sie zugegebenermaßen selten tut.

Ben hastet ins Haus, er wirft seine Mappe und seine Jacke in den Flur, stürzt in sein Arbeitszimmer, fährt den PC hoch. Eine Mahnung der Bücherei. Seine Schwester mailt aus Bayern und sonst – nichts.

Er tadelt sich selbst. Er hat schließlich nichts Verbotenes getan! Es wird doch noch erlaubt sein, einer ehemaligen Kommilitonin zu schreiben. Weiß er, wem Beatrice schreibt, weiß er, wen sie trifft, wenn sie unterwegs ist?

Auf dem Weg nach unten stolpert er über Schmutzwäsche. Er hat keine Zeit zu verlieren!

Während er saugt und räumt und wischt, kommt Ärger in ihm hoch. Beatrice genießt alle Freiheiten, und er ist der Hofnarr, der sich zu viele Gedanken macht. Ein Hofnarr, der wischt und putzt. Er poliert den Wasserhahn in der Küche, wirft schimmeliges Obst weg. Dann rennt er wieder los, den Deli schafft er noch, bevor er sich pünktlich einfinden wird um achtzehn Uhr zur … Probe.

Die Dame am Tresen lächelt ihr Empfangslächeln. Termine im Kinderwunschzentrum gibt es bis in die späten Abendstunden. Drei Frischversuche* haben Beatrice und Ben schon hinter sich. Bevor sie auf die tiefgefrorenen Eizellen zurückgreifen, hat ihnen die behandelnde Ärztin ein Spermiogramm empfohlen.

Ben wird in eine funktionale Kabine geführt. Plastikbecher, Kleenex, ein Handwaschbecken. Ein Monitor in der Ecke und ein Katalog mit eingeschweißten Hochglanzbildern: Pobacken, Brüste, Strapsen. Ein halbwegs bequemer Stuhl, eine Liege.

Er entscheidet sich gegen die Hochglanzbilder. Für die Liege. Gibt ihr das Paisleymuster des Salonsofas. Er zieht Mary Jane in seiner Vorstellung ein rotes Kleid an, dann wieder aus. Er schiebt es

---

* *Von der heutigen Alchemie machte ich mir keinen Begriff, sagt Oberon. Ganze Kinder würden mittlerweile in der Phiole gemischt. Ich solle mir das vorstellen. Kinder!*

über ihre Pobacken. Er fühlt ihre Brüste, so weich, viel schwerer, irgendwie *englischer* als Beas kleine feste Brüste mit den mitteleuropäischen Idealmaßen 75B.

Da ist ja noch diese feste, glatte Seidenstrumpfhose, die er beseitigen will, beseitigen muss, die wird er ganz einfach –

Ben bringt eben noch rechtzeitig den Plastikbecher in Position. Er füllt ihn bis zum Strich, wischt sich mit den Kleenex sauber, wäscht sich die Hände, fährt sich mit den Fingern durch das Haar. Er holt Luft und hält *die Probe* gegen das schummrige Licht seiner Kabine. Abermilliarden winzige Spermien tummeln sich in einer dicken, milchigen Flüssigkeit. Jedes einzelne zeugungsbereit, in Topform!

Er lässt den Becher neben dem Waschbecken stehen, unterschreibt ein ausliegendes Formular mit Namen und Geburtsdatum. Die Dame am Tresen verabschiedet ihn geschäftsmäßig.

»Was probt ihr denn?«

Johannas Vater zerteilt genussvoll den Fischauflauf, den seine Frau immer Freitagabends zubereitet.

»Sommernachtstraum«, gibt seine Tochter mit vollem Mund zurück. »Ich bin eine griechische Königin, Hippolyna.«

»Hippolyta«, verbessert Mireille und schiebt ihr

Salatblatt auf die andere Seite ihres Tellers. »Die kommt vom Amazonas.«

»Vom Amazonas?«, fragt Martin Wonnefelder.

»Quatsch, ich komme doch nicht vom Amazonas. Ich bin Amazone, das ist eine, so eine Art Kämpferin. Ich soll mich um Pfeil und Bogen kümmern, hat Benni gesagt.«

»Eine Kämpferin«, sagt Martin Wonnefelder belustigt. »Das passt. Ich erinnere mich da an ein paar passende Szenen. Johanna Wonnefelder schubst die anderen Kinder der Straße von ihrem Bobbycar. Johanna Wonnefelder belegt den ersten Platz im Superslalom. Nachdem sie einem Jungen auf der Piste ein Bein gestellt hat, weil sie mit ihm was zu klären hatte.«

»Papa!!!«

Johanna windet sich unter solchen Erinnerungen.

Herr Wonnefelder widmet seine Aufmerksamkeit Mireille.

»Und du? Was spielst du?«

»Titania. Eine Elfenkönigin. Ich soll elfisch tanzen.« Mireille flattert mit den Armen.

»Frischt mal mein Gedächtnis auf. Sommernachtstraum, da geht es um Elfen?« Martin Wonnefelder legt sein Besteck hin. Ein schwacher Duft von Leder, den er für ein Schuhgeschäft gemischt hat, zieht durch die Küche.

Christine Wonnefelder steht auf und schließt

mit Nachdruck die Küchentür, vor der der Laborkittel ihres Mannes hängt.

Martin Wonnefelder ignoriert sie.

»Ja, Elfen. Und ziemlich viele andere Leute. Die treffen sich in einem Wald. Puck hat einen Blütennektar, den verteilt er, und die falschen Männer verlieben sich in die falschen Frauen. Es gibt Chaos, dann muss Puck den Blütennektar wieder zurückträufeln, bis sich die Richtigen gefunden haben.«

»Puck?«

»So eine Art Kobold. Läuft durch den Wald und hopst in Bierkrüge. Philipp passt da sicher rein.«

»Das ist nicht lustig. Seid froh, dass ihr normal gewachsen seid. Wer verliebt sich denn in wen?«

»Johanna wahrscheinlich in Ivan«, sagt Mireille und gibt ihrer Freundin einen Tritt unter dem Tisch, der freundschaftlich gemeint war, der aber mit Nachdruck pariert wird.

»Kommt nicht in Frage. Außerdem immer noch besser, als mit einem Esel über die Bühne zu schieben.«

Mireille spürt, dass ihr das Blut in den Kopf steigt. Sie hat sich über die Rolle der Elfenkönigin gefreut, bis sie von der Sache mit dem Eselskopf gehört hat. Sie soll einen Handwerker in ihr Bett nehmen, der sich in einen Esel verwandelt! Sie ist alle Jungen ihrer Klasse durchgegangen und schüttelt sich bei dem Gedanken an ihre pickeligen Gesichter. Es gibt keinen Jungen am Hubertus für sie.

»Ihr werdet das sicher gut machen.« Martin Wonnefelder schaut über seine Brille, während die Essenzen Blüte, Nektar, Wald, Liebe und Elfe sein limbisches Gehirn erreichen. Er ergänzt Laub, Holz, Mond, Nacht und Erde. Er riecht Harz, Ambra, Moschus, Myrrhe und Moos. Er hat schon lange kein Parfüm mehr gemischt. Er hat den sinnlichen Düften eine Absage erteilt zugunsten kleiner Gebinde gebrauchsfertiger Aromen, die er an mittelständische Unternehmen liefert: Leder, Brezel, Erdbeere. Nun regt sich seine Parfümeurseele. Er sagt dem Nachtisch adieu und hastet zurück in sein Labor. Er öffnet das Fenster, dreht seine Duftorgel. Er stöbert in Ecken und zerrt an Apothekerladen auf der Suche nach fast vergessenen, halb eingetrockneten Substanzen in grober Körnung oder zähflüssig, in Papiertütchen, Reagenzgläsern und Flaschen. Martin Wonnefelder wiegt und misst, schnuppert und schätzt, dann zieht ein neuer Geruch durch seine Werkstatt, der die Lederproduktion des Vormittags anreichert. Duftstreifen trocknen mit einem klassischen Dreiklang aus Benzoe, Labdanum und Eichenmoos für die Basis, mit Rose, Jasmin und Lilie für die Herznote. Er kann weder Minze noch Majoran finden, die Kopfnote bleibt ein Fragezeichen, der Rest eine Annäherung. Er zieht das Heft seines Vaters aus der Schreibtischschublade und erinnert sich an die Devise des alten Herrn: Der beste Tresor des Parfümeurs ist eine schlechte Handschrift. Martin Wonnefelder krakelt, malt Linien und Duftinseln, er brummelt vor sich hin und eine lange vergessene Zufriedenheit füllt seine Werkstatt.

Mireille hat sich vor dem Nachtisch von Wonnefelders verabschiedet. Sie steht angewidert vor der Bescherung auf der Fußmatte. Dann nimmt sie entschlossen den Gartenschlauch und spritzt die braune zähe Masse weg. Kleine Klümpchen, die mal Chicken Nuggets in Struppis Magen waren, versickern im Beet.

Mireille schließt die Tür auf, spürt die Stille, hört das Fiepen des Anrufbeantworters in der Dunkelheit. Ohne Licht zu machen, drückt sie die Starttaste: *Hallo Liebes. Wo steckst du denn? Melde dich mal. Ich muss etwas länger in Boston bleiben. Bringe dir aber was Tolles mit. Montagabend bin ich wieder da. Mein Flieger landet um sieben. Können wir uns dann später sehen?*

Mireille reißt den Stecker raus und wirft das Telefon an die Wand. Sie stürmt in das Schlafzimmer ihrer Mutter, bemerkt den schweren, dichten Geruch von zu viel Potpourri in kleinen Schalen und zu wenig Lüften. Sie reißt die Schranktür auf und zerrt alle Kleider raus. Sie sucht und findet eine Schere auf dem Frisiertisch, schneidet ihre Kleider kaputt. Bis auf die schwarzen.

Zuletzt reißt sie den Spiegelschrank ihrer Mutter im Bad auf. Sie wirft die Medikamente, ihre Tütchen und Pillen, ins Klo. Die Schminksachen fliegen hinterher. Sie hat immer noch die Schere zur Hand und macht sich ans Werk.

Schön nennt ihr mich? – Nein, widerruft dies ›schön‹!«, sagt Valeria und starrt auf Rosettas nussbraunes Haar. Die beiden, Helena und Hermia, stehen vor den Toren Athens und treffen eine Verabredung. Rosetta will mit Lysander in den nahen Wald flüchten. Sie weiht ihre Schwester ein, und die wird folgen – auf der Suche nach Demetrius. Der Wald befindet sich in dem hinteren Teil der Turnhalle. Ben hat schwankende Stuhltürme aufgebaut.

»Euch liebt Demetrius, beglückte Schöne!«

Es war Bens Idee, die Paare an diesem Montag getrennt proben zu lassen, ihnen noch nicht zu verraten, wer die jeweils andere Rolle bekommt. Er denkt an Max für Lysander, das passt. Der Edelknabe aus Athen, der gewohnt ist, zu bekommen, was er will. Dem alles im Leben schon versprochen scheint. Max sieht irgendwie richtig aus, mit seinen Timberland-Schuhen, seinen lässigen T-Shirts, mit seinem gepflegten Stufenschnitt. Max umgibt eine Aura von Geld und Wohlstand, von Solidität und Segelurlaub, findet Ben. Er müsste nicht so gut aussehen, um Erfolg bei den Mädchen zu haben.

Für Demetrius sucht er einen Kontrast. Er hat an Markus gedacht, der größer ist als Max und irgendwie taffer, der kantiger wirkt.

Die Frauenrollen sind mit den Zwillingen quasi identisch besetzt, ein Einfall, auf den Ben Zimmermann besonders stolz ist.* Valeria und Rosetta bewegen sich mit derselben noch etwas ungelenken Anmut. Sie sollen bei ihrem Dialog an eine Person denken, die sie gerne haben. Sofort bekommt ihre Rede Schmelz. Es war gut, ihnen eine Person, keinen *Jungen* vorzuschlagen. Das weite Land der Pubertät!

Ben lässt sie den Gedanken mitnehmen in die nächsten Szenen, mit ihren eigenen Worten spielen. Rosetta soll die Person, an die sie gedacht hat, an Valeria verlieren.

»Doofe Tusse«, schlägt Rosetta vor.

»Kann ich doch nichts für.«

»Kannst du doch«.

Valeria rempelt sie an. Rosetta rempelt zurück, Valeria strauchelt.

Ben greift ein: »Genug, genug. Das war schon recht überzeugend. Bitte schaut euch für unser nächstes Treffen den dritten Akt, zweite Szene an.«

---

* *Ich erinnere Oberon an meine Viola, an meinen Sebastian.*
Oberon, altersweise: »Wenig ist neu unter Gottes Sonne. Schon seit Jahrhunderten nicht mehr.«

»An wen hast du gedacht?«, fragt Valeria auf dem Heimweg.

»Sage ich nicht. Und du«?

Schulterzucken.

»Wir haben sowieso an den gleichen Typen gedacht.«

»Und wenn schon.«

»Schon mal überlegt, dass wir nicht denselben Jungen heiraten können?«

»Heiraten nicht. Spaß haben schon.« Das kommt von Rosetta, die dreiundfünfzig Minuten älter ist. Darum hat ihre Ansage Gewicht.

»Oder ihm einen Streich spielen«, schlägt Valeria vor. »Ich bin dann du, und du bist ich.«

»Vielleicht geht es doch mit einem. Er muss ja nicht wissen, dass er mit uns beiden verheiratet ist. Ich nehme Montag, Dienstag und Samstag.«

Valeria kichert. »Da muss er ganz schön bescheuert sein, wenn er das nicht merkt!«

»Hast du eine Ahnung, *wie* bescheuert Jungs sein können.«

»Meine erfahrene Schwester«, stichelt Valeria, und unter solchem Geplänkel stoßen sie die Tür zum TrendHouse auf, um sich zwei Softshelljacken zu kaufen, auf denen Miss Future steht. Rosetta darf heute sagen, welche Farbe sie nehmen.

Max stößt die Tür zur Turnhalle auf, wo sein Englischlehrer ihn mit hochrotem Kopf erwartet.

»Also, was soll es sein?« Max legt alles, was er an Coolness besitzt, in dieses Angebot.

»Schon mal verliebt gewesen?«

Was geht Benni das an?

»Nö.«

»Also gut. Hast du den Text dabei?«

»Nö.«

Ben seufzt. »Welche Rolle würde dir denn gefallen?«

Max zögert. »Den Oberon gebe ich nicht. Der ist mir zu bekloppt.«*

»Okay, kein Oberon. Ich hatte auch eher an Lysander gedacht. Oder an Demetrius.«

»Die Jungs im Wald? Kann ich ja mal versuchen.«

Ben lässt Max von links den Saal betreten, dann von rechts. Er entscheidet sich für links. Lysander. Demetrius bleibt für Markus.

Es ist ein langer Nachmittag für Ben. Aber die Sache macht ihm Spaß. Einzelne Szenen bekommen Kontur. Er kann Techniken einsetzen, die er von seinen Proben aus England her kennt. Er sieht neue Seiten an seinen Schülern. Wer hätte

---

* *Oberon zeigt keine Regung. Warum auch? Er hat seine großen Erfolge gefeiert, war in Padua, in London, in München, in Rom … Oberon hat alles gesehen. Er wirkt, ich sehe es deutlich: müde.*

gedacht, dass Max so gut schauspielern kann? Und ist das nicht eine besonders noble Aufgabe des Lehrerberufs?

Außerdem ...

Er hat Mühe, sich das einzugestehen.

Außerdem halten ihn die Proben beschäftigt. Viele Proben machen weniger Stunden allein zu Hause.

Beatrice hatte ihren Flug am Freitag verpasst, das Wochenende drangehängt. Als der Anruf kam, war er überraschenderweise erleichtert. Der Aufschub gibt ihm die Möglichkeit, wieder Haltung zu gewinnen nach der Sache mit Mary Jane. Blödsinn, es gab doch gar keine Sache mit Mary Jane.

Ich bin immer bei dir. Ich bin immer da. Ich liebe Dich.

Edward spricht mit ihr, als sie die Tür zur Turnhalle vorsichtig öffnet.

Sie hört ihn, aber sie kann ihn nicht sehen. Ihr wird schwarz vor Augen. Kleine graue und schwarze Fliegen tanzen einen Reigen.

Ben sieht auf, als Mireille die Turnhalle betritt. Eine sehr junge, dunkle Erscheinung. Er hat Mireille wegen der Tanzszene bestellt. Nun versucht er, das Bild der Mireille, mit der er am Freitag noch gesprochen hat, mit der dunklen Gestalt in Übereinstimmung zu bringen, die sich ihm nähert. *Lady Macbeth.*

Von Mireilles langen Haaren sind nur Stummel

übrig, und die stehen wirr von ihrem Kopf ab. Ihr Blick hat etwas Irres. Ihre Augen liegen tief, sind mit dicken Kajalstrichen umrandet. Sie scheinen ins Leere gerichtet, als sähen sie durch ihn hindurch auf eine Person, die hinter ihm steht. Er ist in Versuchung, sich umzudrehen.

Mireille trägt einen schwarzen Mantel mit großen Taschen, der viel zu weit ist. Ihre dünnen Beine stecken in Leggins. Sie schwankt auf Plateauschuhen. Alles an diesem Mädchen ist zu groß. Zu weit. Zu dünn. Vor allem zu dünn, das fällt ihm jetzt schlagartig auf.

»Ist dir nicht gut?«, fragt Ben und merkt, dass die Frage verkehrt klingt.

Mireille schüttelt den Kopf, macht einen Schritt auf ihn zu. Sie strauchelt. Er springt zu ihr und stützt sie. Er spürt ihren zitternden Körper. Ein sehr knochiger Unterarm entwindet sich entschlossen seinem Griff. Wie muss sich der Unterarm einer Fünfzehnjährigen anfühlen? Er hat keine Ahnung. Woher nimmt sie diese Kräfte? Wann hat Mireille so viel abgenommen? Und wieso hat er nichts davon bemerkt? Er überlegt, wann er ihre Eltern zuletzt gesehen hat, lässt Eindrücke von Elternabenden und von Klassenfesten an sich vorüberziehen, kommt zu keinem sicheren Ergebnis.

Mireille steht vor ihm, wirkt kampfbereit.

»Soll ich deine Eltern anrufen? Sie könnten dich abholen. Proben können wir auch ein andermal.«

Trotziges Kopfschütteln. Zweiter Versuch.

»Wie kommst du nach Hause?«

»Bahn.«

»Kommt nicht in Frage«, sagt er. Der Lehrer in ihm hat die Oberhand gewonnen und fällt souveräne Entscheidungen. »Ich fahre dich.«

Ohne weitere Diskussionen zieht Ben die widerstrebende Schülerin hinter sich her zum Lehrerparkplatz.

Auf der Fahrt rutscht Mireille nervös neben ihm herum. Sie antwortet einsilbig. Wühlt in ihren überdimensionalen Manteltaschen. Findet einen Schlüssel und klammert sich an ihn, als sei er ihre letzte Rettung.

Ohne Gruß schlägt sie die Autotür zu und hastet den Gartenweg hoch. Klingelt nicht. Schließt zitternd und mit fliegenden Händen die Tür auf, bevor Ben selbst aussteigen und nach dem Rechten sehen kann. Mit einem satten Geräusch fällt hinter ihr die schwere Eingangstür ins Schloss. Ben steigt aus, zögert, überlegt, ob er doch klingeln und mit den Eltern sprechen soll. Schaut auf seine Uhr und erkennt, dass er sich sputen muss, wenn er rechtzeitig am Flughafen sein will.

Beatrice sucht in der Menge der Gesichter nach Ben. Ben ist mit Sicherheit da draußen. Er lässt sie immer das Taxi zum Flughafen nehmen. Nie zurück. Eine seiner Eigenarten, die im Lauf der Jahre mit ihren Gewohnheiten verschmolzen sind. Sie fand es rührend. Sie findet es immer noch rührend.

Da ist er. Verhuscht sieht er aus, im Vergleich zu dem Mann, der die letzten beiden Tage (und Nächte) an ihrer Seite war. Irgendwie unfertig. Erwartungsvoll. Ungeduscht. Primanercharme. Er schwenkt tatsächlich eine Rose.

»Schön, dass du wieder da bist.«

Spitzes Küsschen.

»Wo stehst du?«

»Halteverbot. Komm.« Er fasst sie an der Hand, was sie geschehen lässt. Er verstaut ihren Koffer, hält ihr die Tür auf. Verzettelt sich beim Einsteigen, Pfütze, Tür, klemmender Sicherheitsgurt. Aus den Augenwinkeln sieht sie ein Taxi, das an ihnen vorbeigleitet. Auf der Rückbank eine Silhouette, ein schlanker Schatten, der ihr jetzt vertraut ist. Der Fahrgast des anderen Wagens hat sie ebenfalls erkannt, hebt kurz die Hand, dann braust das Taxi an ihnen vorbei.

»Idiot«, murmelt Ben, tritt ebenfalls aufs Gas, betätigt seinen Scheibenwischer. »Manche Leute meinen, ihnen gehört die Straße.« Ben ist wütend, ohne zu wissen, warum. Vor dem Bahnhof muss er eine Vollbremsung machen, damit er den Penner aus dem Wartesaal nicht umnietet. Der schiebt einen Trolley* mit einer Tüte und schnauft leise

---

* *Darin: Schlafsack, Kochgeschirr, Taschenmesser, Bindfaden, Tabak,*

vor sich hin, was Ben nicht hören kann, denn erstens sitzt er im Auto, und zweitens klingelt gerade Beas Handy. Sie sieht irgendwie genervt aus und drückt den Anruf weg.

Streichhölzer, eine Flasche Branntwein, einige Münzen, ein Kamm und eine zerfledderte Ausgabe meines ›Midsummer Night's Dream‹. Die Ausgabe ist von 1594, Oberon hat sie mehr als hundert Jahre später in Paris gefunden.

Die 9c lässt den Lackmustest über sich ergehen. Frau Weishaupt sieht noch unlustiger aus als sonst. Vor ihr auf dem Pult stehen halb gefüllte Reagenzgläser. Flüssigkeiten in allen Farben.

»Heute geht es um basische und alkalische Stoffe. Wer von euch weiß, was das ist? Schon mal was vom pH-Wert einer Flüssigkeit gehört?«

Karlotta wirft ein Papierkügelchen, es saust direkt am Kopf der Lehrerin vorbei. Chemie ist so unglaublich langweilig.

»Also, Flüssigkeiten, pH-Wert? Ja, Max?«

»Ist da Alkohol drin?«

»Wo drin?«

»In den Gläsern?«

»Natürlich. Wir wollen auch den pH-Wert von Alkohol bestimmen. Weiß schon jemand, wo der liegt?«

Struppi ist eingeschlafen. Goofy rempelt ihn an, er glaubt, dass es gleich gut wird.

»Reiner Alkohol hat einen pH-Wert von etwa fünf, liegt also im sauren Bereich. Auch darum sollte er nur in Maßen genossen werden.«

»Und Bier?«

»Bier liegt eben genau da.«

»Und Wein?«

»Wein ist saurer.«

»Und kleiner Feigling?«

Frau Weishaupt seufzt. Ivan gibt Max ein Zeichen, dass er übernehmen will. »Der pH-Wert einer Flüssigkeit misst sich in der Konzentration der Wasserstoffionen. Seine Entdeckung geht zurück auf den dänischen Chemiker Søren Sørensen, der mit elektrischen Messungen … ja, Ivan?«

»Gehen auch Säfte?«

»Säfte?«

»Ja, bestimmen wir auch Säfte?«

»An welche Säfte dachtest du denn?«

Ivan produziert eine steile Denkerfalte. »Na ja, alle Arten von … Säften eben, da müsste sich doch auch der pH-Wert bestimmen lassen?«

Johanna prustet als Erste los. Das Gelächter geht durch die Reihen.

Hannelore Weishaupt hat im letzten Jahr mit ihnen Sexualkunde, männliche und weibliche Fortpflanzungsorgane, alles super ausführlich durchgenommen. Sie hat Folien gezeigt, auf denen lauter Sachen zu sehen waren, die alle schon kannten.

»Geweih«, sagt Ivan jetzt und setzt sich mit seien Fingern Hörner auf.

Sexualkunde gab es im Naturkundesaal, und eines Morgens war das Elchgeweih in der Vitrine geschmückt: Kondome mit Kondensmilch und Tampons voller Ketchup baumelten von den Enden.

Die Weishaupt scheint kurz aus der Fassung zu geraten, dann berappelt sie sich.

»Wenn ihr bestimmte Säfte beisteuern wollt, dann können wir natürlich auch deren pH-Wert bestimmen. Vorerst schlage ich vor, dass wir mit den Substanzen im Lehrplan beginnen.«

Der Satz erhebt sich über Muh- und Mähgeräusche, die Klasse bietet alles auf, was man sich unter Elchen vorstellen kann.

»Was 'n los?«, fragt Struppi, der gerade wach geworden ist.

»Zu spät«, sagt Goofy. Aus den Augenwinkeln sieht er, wie Ivan sich von seinen Banknachbarn abklatschen lässt.

In der Pause kommt es neben dem Schultor zu einem Mädchenknubbel. »Was ist das denn?«, fragt Rosetta und verdreht die Augen. »Wie siehst du denn aus?«

Die Frage ging an Mireille.

»Wie siehst du denn aus?«, echot Valeria

»Machst du jetzt eine auf Emo*? Das soll wohl cool sein?«

---

* *»Jugendliche von besonders melancholischem Gemüte, oft mit Todessehnsucht behaftet«, meint Oberon. Man erkenne sie an ihrer dunklen Kluft und den vielen Silberringen. Er kratzt sich hinter seinen Elfenohren: »Ihre Julia gehört auch dazu.«*

Mireille spreizt gelangweilt ihre schwarzen Fingernägel.

»Verpiss dich.«

Johanna rückt etwas näher an Mireille heran, eifersüchtig beäugt von Karlotta. Vor den Weihnachtsferien waren sie und Johanna noch Freundinnen. Dann gab es einen Streit, weil Johanna zuerst das neue T-Shirt von WhatsUp hatte. Beste Freundinnen, fand Karlotta, hätten so eine wichtige Sache zusammen machen müssen. Johanna hätte ein paar Wochen warten sollen, bis sie auch eins bekommen hätte.

»Genau, ist cool«, sagt Johanna zu den Zwillingen. »Jedenfalls nicht so Stinknormalo wie ihr zwei.« Sie wirft einen abschätzigen Blick auf das neue Miss-Future-Outfit der Zwillinge.

Struppi stromert vorbei, er wirkt verloren. Die wichtigen Jungs stecken hinter dem Fahrradschuppen, Goofy ist auf der Schulhofmauer mit seinen Broten beschäftigt. Struppi schaut eine Sekunde zu lang hin. Johanna fängt seinen Blick. Jetzt kann er nicht mehr so tun, als wäre nichts gewesen. Als hätte er nicht hingesehen. Er vergräbt die Hände tiefer in den Taschen und ändert seinen Kurs.

»Hi.«

»Oh, Hiiiii«, sagen die Zwillinge und wechseln ihr Standbein/Spielbein wie Heidi Klum.

»Ich wollte nur Hi sagen«, sagt Struppi und scharrt mit der Fußspitze im Schotter.

»Wir haben's gehört«, sagt Valeria. »Hi. Sonst noch was?«

Struppi blinzelt zu Mireille.

»Nö«, sagt er und will wieder abdrehen.

»Mireille macht jetzt auf *Emo*«, erklärt Rosetta. »Sieht voll bescheuert aus.«

Struppi blinzelt zu Mireille, fährt sich durch die Haare. »Mir gefällt's.«

»Mir gefällt's auch«, sagt Karlotta, in der Hoffnung, damit bei Johanna zu punkten.

»Ist mir doch egal, was euch gefällt«, sagt Mireille. »Außerdem soll es gar nicht schön aussehen.«

»Es sieht auch gar kein bisschen schön aus«, sagt Struppi. »Aber mir gefällt es trotzdem.«

Johanna verliert die Geduld.

»Komm«, sagt sie und zieht Mireille in Richtung Büdchen. »Der Kindergarten hier kommt ohne uns klar.«

Struppi geht schnell weiter. Das war der blödeste, blödeste, blödeste Spruch, den er je von sich gegeben hat! Wie viele Chancen hat der Mensch im Jahr, um Mireille zu sagen, dass sie das schönste Mädchen auf der Welt ist, egal wie sie sich anzieht oder was sie mit ihren Haaren macht? Und was macht ein Peter Lewinski alias Struppi mit so einer Chance?

Wütend schießt Struppi Schotter mit der Spitze seines Turnschuhs über den Hof. Ein Stein fliegt

Alfons Brinkemeier vors Schienbein, der Pausenaufsicht hat. Seine Lehrerhand packt Struppi nun am Schlafittchen. »Ah, der Herr Lewinski«, sagt Brinke und schüttelt seinen Schüler durch. »Ich erinnere mich. Der bemerkenswerte Safari-Aufsatz. Dänisch sprechende Buren. Im Safariland!«

Er hüstelt.

»Offensichtlich sind Sie heute mal wieder besonders temperamentvoll gestimmt. Obwohl durchaus wenig Großwild auf dem Schulhof zu sehen ist.«

Struppi erinnert sich daran, dass er Brinke noch immer den Tod wünscht.

»Nicht doch«, sagt Brinke. »Wir können das hier friedlich zu einem guten Ende bringen. Du hast die Wahl: Ich bitte deine Eltern zum Gespräch. Oder du schreibst mir dreimal komplett die Schulregeln ab, inklusive der Pausenordnung. Ich höre?«

»Die Schulregeln«, quiekt Struppi.

»Mit Pausenordnung. Bis nächsten Dienstag«, sagt Brinke und lässt seinen Schüler los. »Ohne weitere Aufforderung.«

Struppi trollt sich, und Alfons Brinkemeier glättet seine Bügelfalten. Er nimmt Kurs auf das Lehrerzimmer. Der Direx, den er wegen seiner spitzen Nase und seinen schnellen, raubvogelgleichen Kopfbewegungen insgeheim *Tyrex* nennt, verabschiedet sich gerade von seinem Protegé, dem jungen Zimmermann. »Schalten Sie eine Anzeige«, ruft er seinem Liebling hinterher. »Es kann doch nicht so schwer sein, eine Choreographin zu finden?« Ben Zimmermann nickt eifrig, bevor er schwanzwedelnd um die Ecke biegt.

Arschkriecher, denkt Alfons Brinkemeier mit der gesammelten Erkenntnis aus dreißig Jahren höherem Schuldienst. Säuberlich hängt er seine Aktentasche und seine Jacke an die Hakenleiste.

»Herr Kollege, wir fragten uns gerade, wie es um die orthographischen Kenntnisse der Schüler steht.«

Unwirsch hält Alfons Brinkemeier inne. Er sieht das Zeitfenster für seine cholesterinfreie Tütensuppe schwinden. Er nimmt seine Brille ab und säubert sie umständlich an seinem Ärmel. »Sagen wir es so. Die Sekundarstufe I buchstabiert, wie sie es in der Grundschule gelernt hat, also mit viel gutem Willen und eher nach lautmalerischen Kriterien. Die Sekundarstufe II buchstabiert, wie sie es für angemessen hält, also mit weniger gutem Willen und eher nach Gusto. Ich gebe mein Bestes, erkenne aber hin und wieder die Grenzen meiner bescheidenen Bemühungen. Wenn Sie entschuldigen.« Alfons Brinkemeier steuert auf den Wasserkocher zu. Und so kann er nicht sehen, wie das Schulleiterlächeln auf Friedrich Merkwarts Gesicht gefriert.

Struppi macht Grießbrei für Babette. Er schaut ihre Hausaufgaben nach und steckt sie in die Badewanne. Wenn Mama weg ist, dann tut er, was er kann. Er versucht, es so zu machen, dass Babette möglichst wenig davon mitbekommt, dass Mama weg ist. Irgendwann liegt er erschöpft auf seinem Bett.

Später läuft er mit Mireille durch die Stadt. Sie hat ein Tuch mit vielen Blümchen um ihren Kopf gebunden und trägt eine Sonnenbrille, obwohl es dunkel ist. Im Himmel blinken Lampions. Struppi hält ihre Hand sehr fest, und dann sitzen sie auf der Bank im Park.

Ich liebe dich, sagt Struppi.

Das weiß ich doch, sagt Mireille. Sie hören ein komisches Geräusch.

Alles ist dunkel.

Aber er hat wirklich ein Geräusch gehört. An der Tür. Ein Schlüssel im Schloss!

»Mama!« Struppi springt so schnell aus dem Bett, dass sein Knöchel wegknickt.

Er humpelt in die Diele, und sie ist wieder da. Sie riecht nicht gut und sie sieht nicht gut aus. Ihre Haare hängen ihr strähnig ins Gesicht. Sie blutet an der Hand. Struppi stürzt auf sie zu und vergräbt seinen Kopf in ihrer Schulter.

»Mama.«

»Es tut mir leid«, sagt Mama.

»Geh nicht wieder weg«, sagt Struppi, und

Mama sagt nichts. Sie heult los und streichelt wie verrückt seinen Rücken.

Als er später richtig im Bett liegt, denkt er an seinen Traum. Es war ein schöner Traum. Ein Traum zum Nicht-mehr-Aufwachen. Aber wäre er nicht aufgewacht, wer weiß, ob Mama dann geblieben wäre?

Er seufzt und dreht sich auf die Seite.*

Sie heißt Caterina, und mit Nachnamen tatsächlich Valente, was mit einer Vorliebe ihrer Mutter zu tun hat, die alles liebt, was zu ihrer Zeit modern war, die Hitparade, die Shows, die mit Konservendosen gefüllten Regale. Sie steht in ihrem roten Kleid im Spiegelsaal an der Stange, dann löst sie sich, tanzt.

Nein, sie ist in einem Stadion, die Ränge sind voll besetzt, und jetzt applaudieren die Zuschauer. Sie setzt an zu einem Sprung, kann sich aber nicht vom Boden lösen, jetzt doch, sie schafft die Höhe nicht, fällt und wird wach.

Schlägt die Augen auf, sieht zur Zimmerdecke, tastet nach ihrer Brille.

Für diesen Sprung müsste sie ziemlich viel abnehmen.

Sie setzt ihre Brille auf. Sieht zum Radiowecker,

---

* *»Wir sind aus solchem Stoff, wie Träume sind, und unser kleines Leben ist von einem Schlaf umringt!« Oberon hat sich in die Brust geworfen, er deklamiert. Ich freue mich. Wusste nicht, dass er mein Gesamtwerk kennt.*

2.45 leuchten die Ziffern in der Nacht. Das ist die Zeit, zu der sie immer wach wird und über ihr Leben nachdenkt, das sie mit ihrer Katze und ihrem Fernseher verbringt, mit einem Petersilientopf auf der Fensterbank und den samstäglichen Mittagessen mit ihrer Mutter. Ihrer Mutter, die immer ausladende Hüte trägt, sommers wie winters, Fruchtbesatz im Sommer, Pelz im Winter, und ganz gleich unter welchem Hut sie steckt, immer sagt ihre Mutter zu ihr, Caterina Valente, *du hast alles verpfuscht.*

Sie tastet sich in den Flur, sucht nach dem Lichtschalter, sieht ihre Silhouette im weißen Baumwollnachthemd im Spiegel, läuft auf nackten Füßen zu dem brummenden Kühlschrank, um ihren Hunger zu stillen, der sie immer überfällt, zu dieser Stunde, nachts.

Zweiter Aufzug
Februar

Der Februar bringt Bewegung.

Es bewegt sich das Licht, verweilt länger im Park, betastet die Rinde der Eiche. Ihr zu Füßen wagen Schneeglöckchen den Weg durch Hundehaufen. Die Sonne steht jetzt über dem Fensterrahmen des Klassenzimmers der 9c, wo Max sie mit seinem Geodreieck auffängt und sie weiterschickt zum Lehrerpult. Frau Weishaupt blinzelt.

Das Lehrerzimmer wurde frisch gestrichen und neu möbliert, das ist der frische Wind, den Friedrich Merkwart mit sich bringt.

Die Pläne für die neue Aula sind an das Bistum gegangen. Der Förderverein bemüht sich derzeit um Sponsorengelder. Ein Vortrag beim Rotary-Club ist in Planung. Fast alle Väter sind in dem Club – jedenfalls die, auf die es ankommt.

In Bewegung sind auch die Proben. Ben hat Improvisationsübungen den Vorrang vor dem Text gegeben und dabei einige Überraschungen erlebt. Philipp gibt einen katzenhaften Puck, der sich fast unhörbar über die Bühne bewegt. Spricht er die Worte: *»Du hast's geraten, / Ich schwärme nachts um-*

her auf solchen Taten«, dann windet er sich, zieht eine fast schon dämonische Miene, die Ben Zimmermann Schauder über den Rücken jagt, eine Miene, die er später noch durch Lichteinfall von oben unterstreichen wird. Wie kann der Knirps so intuitiv das nächtliche Wesen dieses Geschöpfes Puck erfassen, der ja nichts Putziges hat, wie überhaupt die Feenwelt Shakespeares eher in die Dunkelheit als ins Licht gehört? Goofy ist das Gegenteil – lang ohne Ende schlurft er über die Bühne, stößt mit anderen Schauspielern zusammen und nuschelt seinen Text. Wäre Ben nicht restlos von der Gutmütigkeit des Schülers Johan Gotthart überzeugt, wäre er schon längst aus der Haut gefahren, wenn Goofy immer wieder ins Stolpern kommt: *»Nun rückt, Hippolyta, die Hochzeitsstunde / Mit Eil' heran; vier frohe Tage bringen / Den neuen Mond …«*

Diese Szene braucht noch Geduld. Mit dem Auftakt, das weiß Ben Zimmermann, steht und fällt aber das Stück.

Um Karneval erreicht sie die Nachricht, dass das Ekk eine Schülerparty ausrichtet. Eintritt für Schüler ab vierzehn Jahren, alle über achtzehn müssen draußen bleiben.

Die 9c beschließt, dem Ruf Folge zu leisten. Die Mädchen treffen sich Tage im Voraus, um verschiedene Garderoben, Schminke und Frisuren auszuprobieren. Ivan kauft Alkopops an Struppis altem Büdchen.

Goofy und Struppi, die stets die vorletzte und letzte Position in der Nahrungskette schulischer Informationen besetzen, sind spät dran. Mit Mühe ergattert Struppi noch eine zurückgegebene Karte, das Geld leiht er sich bei Goofy.

Dann stellt sich die Kostümfrage. Struppi setzt sich seinen Indianerschmuck auf den Kopf. Fragt sich, was mit der Zeit passiert ist, in der man noch voller Zuversicht Häuptling sein konnte. Ob es jetzt irgendwo im Universum einen zweiten Struppi gibt, der so sehr Apache ist, wie er es damals war, voller Vertrauen in das Gute in der Welt, ausgestattet mit einem Plastiktomahawk im Gürtel? Unvorstellbar lange sechs Jahre ist das her.

Vergehen sechs Jahre für jeden Menschen gleich schnell? Waren Babettes letzte sechs Jahre so lang wie seine? In sechs Jahren, denkt Struppi, bin ich mit der Scheißschule lange fertig, und dann nichts wie auf nach Troja.

Er hält sich Babettes Piratenklappe vors Auge.

»Gib die sofort her!!!«, kreischt Babette. Er rennt weg, durch die Wohnung, rempelt gegen den Spiegel im Flur, der sich mit einem ergebenen Seufzen von der Wand löst, zu Boden fällt und zerspringt. Struppis Mutter schimpft, und Struppi sagt, dass es ihm leidtut, und Babette heult wie eine Sirene. Struppi kehrt die Scherben auf, und Babette schenkt ihm ein Vampirgebiss aus ihrem Geheimfach, in dem sie auch Schnuffel aufbewahrt und den echten Flaschenpostpiratenbrief, den er ihr geschickt hat, als sie vier Jahre alt wurde.

Wo sie das Vampirgebiss herhat, weiß keiner mehr.

»Steht dir super«, sagt Babette, als Struppi die gräulich-weißen Zähne bleckt.

»Aber du musst dich schwarz anziehen und die Augen anmalen.« Sie packt ihre Plakafarben aus, rührt Deckweiß an und macht Struppis Gesicht ganz weiß. Sie malt violette Schatten unter seine Augen und gibt noch schwarz dazu. Als er in den Badezimmerspiegel schaut, findet er sich gar nicht so übel. Er klopft Babette anerkennend auf die Schulter und ist froh, das Tollhaus für ein paar Stunden hinter sich zu lassen.

Struppi trifft Goofy um fünf am Büdchen. Goofy hat Salzlakritz gekauft und bietet ihm welche an. Goofy sieht aus wie immer. Er hat Goofy noch nie anders gesehen als jetzt, etwas gebeugt, in seinem grauen Wollpullover schlurft er neben ihm her. Sogar im Sommer sieht Goofy so aus. Ob Goofy wohl keine anderen Kleidungsstücke besitzt? Goofy hat sich also nicht verkleidet, aber das war kaum zu erwarten.

Unheil wittert Struppi erst, als sie vor dem Ekk Schlange stehen.

»Na Kleiner, du hast dich aber feingemacht«. Der Typ, der seine Karte abreißt, grinst. Wohin Struppi auch blickt, er sieht Convex-Turnschuhe, TomD-Hemden und Haargel. Keine Indianer. Keine Cowboys.

Schon gar keine Vampire.

Sogar Philipp, der sonst nur Kindergrößen tragen kann, hat sich in Schale geschmissen, weißes Hemd, tiefblaue Jeans. In aufkommender Panik will Struppi kehrtmachen, aber die Schlange drückt ihn vorwärts. Struppi reißt sich die Vampirzähne aus dem Mund und lässt sie in seiner Hosentasche verschwinden.

Yo-ho-hoo grölen ein paar Achtklässler mit gefälschten Schülerausweisen hinter ihm.

Drinnen empfängt ihn Stroboskop-Licht. Charts dröhnen über die Tanzfläche, ein DJ in Nebelschwaden schiebt an seinen Reglern.

Girl-gottta-gottta-ana-ana-antoooomy singt Fidele, und ein paar Gestalten zucken im Takt dazu. Struppi sucht nach Notausgängen, Toiletten, doch er wird immer weitergeschoben. Goofy ist verschwunden, dann ist er wieder da und zieht ihn weiter mit sich. Sie bahnen sich einen Weg durch das Gewühl, bis sie einen Platz an einem der Stützpfeiler ergattert haben, die die alte Werkshalle tragen. Struppis Augen haben sich an die Dunkelheit gewöhnt, er versucht sich einen Überblick zu schaffen.

Die coolen Einzelgänger, meistens Jungs, stehen, Standbein, Spielbein, Sonnenbrillen am Rand der Tanzfläche und schauen dem Gezappel zu. Sie nippen an Plastikbechern. In den Ecken des Raumes, grüppchenweise, die Mädchen, sie zupfen an ihren Sachen rum, kichern oder tippen in ihre Handys. Einige gemischte Gruppen sieht er auch. Valeria und Rosetta, die mit zwei Jungen abhängen, die älter sind als Struppi, wenigstens in der Zehnten. Die beiden haben sich wie Bodyguards neben den Zwillingen aufgepflanzt und schauen herausfordernd in die Runde. Eine weitere Gruppe besteht aus Johanna, Ivan, Max und, Struppis Herz setzt eine Sekunde aus, Mireille. Er zieht den Kopf ein, das Letzte, was er jetzt will, ist, dass Mireille ihn in seiner Aufmachung sieht. Die vier starren auf Ivans Display. Köpfe dicht zusammengesteckt. Sie lachen. Max' Hand ruht locker auf Mireilles Schulter.

Struppi wendet den Blick ab und sieht knutschende Pärchen in den Sesseln weiter hinten im Raum, er erkennt Markus und Karlotta. Das ist neu. Markus' Hand versucht sich an Karlottas Bluse. Karlotta schiebt sie weg.

Goofy zieht ihn mit sich. Sie stehen vor einem Tisch, an dem es Bons für Limo gibt. Goofy kauft zwei, am nächsten Tisch bekommen sie dafür klebrige Plastikbecher ausgehändigt. Es fühlt sich gut an, was in der Hand zu haben. »Prost«, sagt

Goofy feixend. »Sieh zu, dass du nicht gleich betrunken wirst.«

Struppi hebt seinen Becher, und die Limo schwappt über seinen Unterarm. »Ooooch, pass doch auf, Kleiner«, flötet der Typ, der ihm den Arm weggehauen hat. Struppi kennt ihn nicht, vermutet aber, dass er von der Gesamtschule ist. Die Rivalität zwischen den Schulen ist ausgemachte Sache. Sie markiert auch die sozialen Grenzen der Stadt, die Gesamtschule liegt neben der Neubausiedlung. Der Typ funkelt Struppi wütend an, er trägt Hipster Jeans und T-Shirt und riecht nach Alkohol.

»Willst du Stress«, fragt er genüsslich. Sein Goldkettchen wippt. »Ej, Alter, lass doch«, sagt ein anderer. Er zerrt seinen Freund weg, wirft Struppi über die Schulter noch ein entschuldigendes »Mach dir nichts draus, der ist behindert« zu.

Goofy zuckt mit den Schultern und kauft eine neue Limo.

Die Tanzfläche hat sich gefüllt. Zappelnde, im Licht blitzende Körper. Stickige Luft. Dazwischen Philipp, der sich wie Puck mal hier, mal dort zu materialisieren scheint. Struppi sieht, dass er seinen eigenen irren Tanz hinlegt, sich einen Weg durch schwitzende Leiber bahnt, über Sessel und Stühle springt. Keiner beachtet ihn, denn Philipp schafft es, niemanden anzurempeln. Jetzt verschwindet sein wirrer Haarschopf wieder auf der Tanzfläche. Struppi hat Goofy aus den Augen verloren. Er versucht sich nun an der coolen Stützpfeilerpose. Eine Sonnenbrille hat er nicht, aber er erinnert sich daran, dass er Struppi Lewinski ist, Peter mit bürgerlichem Namen, ehemaliger Zeitungsausträger, persönlicher Beschützer von Babette und künftiger Ausgräber von Troja.

Derzeit insolvent.

Er spürt das Metall tröstend im Rücken. Jetzt laufen Schmusecharts, das bringt die Paare hoch aus den Sesseln und auf die Tanzfläche. Markus tanzt eng umschlungen mit Karlotta, seine Hand rutscht wieder unter ihre Bluse. Struppi sucht nach Mireille und findet sie nicht.

Max und Ivan stehen im Jungenklo. Ivan hält Max ein paar Pillen* unter die Nase. Es ist die nächste Stufe seiner Einweihung. Eine Schulung, die Max seit einiger Zeit unter Ivans Aufsicht durchläuft. Ivan gibt ihm einen Schubs.

»Schlucken«, sagt er.

Max zögert.

---

* *Auch im Hause der Capulets sind stimulierende Substanzen verabreicht worden: süße Weine in silbernen Kelchen, für die Herren mit getrocknetem, gestoßenem Nashornpulver angereichert. Was die Sinnesfreude meiner Tänzer erklärt, aber auch deren Ausschweifungen.*
Oberon nickt. Er neigt sein ergrautes Haupt und überrascht mich mit einer Bemerkung.
»Das Fremde ist nicht verschwunden aus der Welt. Es hat nur seinen Platz verloren. Irrt herrenlos umher.«

»Jetzt mach schon, der Stoff ist gut.«

Die Pillen brennen im Hals. Erst spürt Max gar nichts, dann explodiert etwas in seinem Kopf.

»Geht doch«, sagt Ivan und schubst Max aus dem Klo zurück in die Menge.

Das Gewummer der Tanzfläche scheint ganz nah, zieht sich in Wellen wieder zurück. Max sieht die Tänzer. Er schwankt kurz, richtet sich auf. Atmet ein, und auf einmal sieht er alles klar wie einen Scherenschnitt. Er fühlt sich leicht, groß und stark. Unverwundbar wie die Ritter aus Armageddon. Er geht zu Mireille, die mit Johanna tanzt, und zieht sie weg. Aus den Augenwinkeln sieht er Johannas verblüfftes Gesicht, und dann Ivan, der auf sie zusteuert. Max' Füße wissen jetzt, was zu tun ist, und er schlittert mit Mireille über die Tanzfläche. Packt sie am Arm, schiebt sie weg und wieder auf sich zu. Will ihr einen Kuss geben. Mireille reißt sich los und verschwindet im Gewühl. An ihrer Stelle ist jetzt auf einmal Philipp da, der ihn schräg angrinst.

»Zieh Leine«, brüllt Max, tanzt immer weiter, hat schon ein neues Mädchen im Arm, Valeria, und dann ein zweites, ihre Schwester, wie heißt sie noch, Rosa brüllt sein Gehirn, »Rosa«, schreit er hinaus und schneidet eine Grimasse. Die beiden Zehntklässler stehen am Rand und schauen belämmert. Rosa und Valeria finden das lustig und lachen laut los, er sieht ihre blinkenden Gesichter im fahlweißen Licht, an und aus gehen ihre Gesichter wie die Ziffern seines Radioweckers. Dann wummert ein neues Lied. Philipp huscht wieder an ihm vorbei. Seine Füße machen weiter. Schweiß rinnt ihm in den Nacken, ihm ist schlecht. Seine Augen suchen Ivan und finden ihn nicht.

Mireille lehnt sich an einen der Pfeiler und reibt sich das Handgelenk. Max spinnt wohl! Er ist immer noch auf der Tanzfläche, tanzt wie ein Derwisch. Idiot. Sie sucht Johanna, aber die ist verschwunden. Stattdessen Karlotta und Markus, die regelrecht aneinanderkleben, vielleicht sind sie an ihren Zahnspangen hängen geblieben.

Eine Person steht da noch im Lichtflackern. Eine vertraute und doch unbekannte Gestalt. Wie kann das sein? Bleich und ruhig lehnt ER an dem Stützpfeiler gegenüber. Nur seine Kapuze ist sichtbar, den Rest der Kleidung schluckt das Stroboskoplicht. Mireille spürt seine Coolness in dieser Menge schwitzender Schüler.

Die Vision schwindet so schnell, wie sie gekommen ist. Da steht nur Struppi Lewinski, meldet Mireilles Gehirn an ihr Herz. Doch Herzen haben manchmal ein sonderbares Eigenleben. Was auch für Füße gilt. Ihre Füße haben sich schon in Bewegung gesetzt. Sie überquert die Tanzfläche, ignoriert das Gerempel und das Gezappel, steht vor ihm und sagt »Hi.«

»Hi«, antwortet Struppi mit schweißnassen Händen und rasendem Herzen.

»Du siehst toll aus.«

»Ehem.«

»Verkleidet, meine ich. Als Edward, meine ich. Wie in ›Twilight‹.«

Struppi hat einen lichten Moment, reibt sich durch die flachsblonden Haare und sagt: »›Twilight‹?« und denkt: Vampir!

Er wühlt in seiner Tasche, setzt seine Zähne wieder ein und fletscht sie. Mireille lacht. Struppi lacht auch.

»Du bist komisch«, sagt sie.

»Du nicht.«

»Was bin ich denn«, fragt Mireille und reibt sich über ihre Haarstoppel.

Struppi zögert keinen Moment: »Du bist das schönste Mädchen der Welt.«

»Quatsch nicht doof rum«, sagt Mireille und dreht verlegen an ihrem Piercing.

Später sind sie draußen in einer klaren Februarnacht, die Mondsichel steht scharf und bleich über dem Versicherungshochhaus.

»Willst du laufen«, meint Struppi, doch es ist keine Frage, er zieht Mireille einfach weiter mit sich. Sie gehen über dunkles Kopfsteinpflaster.

»Wir sind die letzten Menschen«, stellt Struppi fest.

»Oder die ersten«, sagt Mireille.

Struppi zuckt mit den Schultern. »Das ist nicht immer ganz klar, was das Erste oder das Letzte von etwas ist. Nimm die Prinzenrolle, da weiß man auch nie, ob man den ersten oder den letzten Keks zuerst isst.«

»Du bist komisch.«

»Oder Troja.«

»Troja?«

»Troja. Wenn ich dort mal grabe, dann finde ich bestimmt irgendwas, was ein Grieche dort verloren hat. Also, da ist dieser Grieche, und er kämpft ganz hinten, er ist keiner von den tollen Hechten wie Achill oder Hector oder so. Er kämpft einfach so vor sich hin, besiegt einen Trojaner nach dem anderen. Dabei fällt ihm aber irgendwas aus der Tasche, eine Münze oder so. Er bückt sich und übersieht dabei diesen Riesenkerl aus Troja, und der bringt ihn dann um.«

»Und dann?«

»Dann komme ich. Also Jahre später. Ich fange an zu graben, finde die Münze. Das ist dann meine erste. Das Erste, was ich in Troja finde. Aber es ist auch die letzte von dem Griechen.«

»Du bist komisch«, sagt Mireille. »Denkst du dir öfter solche Sachen aus?«

»Die ganze Zeit«, sagt Struppi. Er denkt an die Geschichte von dem Schwarzen und der Safari und sein Magen zieht sich zusammen.

»Ich kann auch komisch sein«, sagt Mireille.

Sie haben das Wäldchen erreicht, und Mireille klettert auf eine Bank. Sie streift ihre Plateausandalen ab und wirft sie weg. Sie wackelt mit den Zehen.

»Nicht komisch«, sagt Struppi.

»Ich bin das erste Mädchen mit schwarzen Nägeln ohne Schuhe im Februar auf dieser Bank!«, schreit Mireille.

»Überhaupt nicht komisch«, sagt Struppi.

Mireille springt von der Bank, macht einen Handstand, läuft auf Händen um die Eiche.

»Kein bisschen komisch.«

Mireille kommt auf die Füße, lässt sich keuchend neben Struppi auf die Bank fallen. »Meine Mama hat alle Tabletten geschluckt«, sagt sie. »Alle auf einmal. Valium, Diazepam und Donormyl.«

»Sag ich doch. Kein bisschen komisch«, sagt Struppi, und dann nimmt er ihre Hand. Sie ist ganz leicht. Ihre Fingerspitzen pochen in seiner Handfläche. Jetzt weint Mireille. Er legt den Arm um sie.

»Mein Vater war mal wieder weg. Also hab ich den Krankenwagen selbst gerufen. Die sind zu sechst angerückt, und die haben sie sofort mitgenommen. Sauerstoffmaske, Blaulicht, das volle Programm. Jetzt sag bloß nicht, dass das nicht komisch ist.«

»Sag ich nicht. Würde ich niemals sagen.«

Er streicht über ihre stoppeligen Haare und denkt, dass sie jetzt so struppig sind wie seine. Er lächelt, nur ganz wenig und nur ganz innen, und dann bemerkt er um die krumme Eiche herum einen silbernen Schleier. Er blinzelt, und als er wieder hinschaut, ist alles wie immer. Der Typ vom Bahnhof sitzt auf der Bank gegenüber. Plastiktüten und alles. Schwer zu sagen, wie lange er schon da sitzt, aber Struppi sieht ganz deutlich – nein – er *spürt* ganz deutlich, dass der Alte ihn anschaut. Er spürt seinen Blick, und dann nickt der Alte ihm unmerklich zu.

»Lass das«, sagt Mireille. Sie macht sich los, nestelt an den Riemchen ihrer Sandalen. Guckt auf ihre Uhr. »Ich muss los.«

»Wo wohnst du denn?«, fragt Struppi, obwohl er das längst weiß.

Mireille zuckt mit den Schultern. »Mal so, mal so. Heute bei meinem Vater.«

Struppi greift wieder nach ihrer Hand, aber Mireille zieht sie weg. Sie laufen schweigend. Dann stehen sie vor einem hohen Zaun, silbern mit Spitzen oben. »Sieht aus wie ein Schloss«, sagt Struppi bewundernd.

»Ist aber keins.« Mireille klingelt neben einem neuen Schild: *Dr. med. Alexander Fürbaß.* Stille. Keine Antwort. »Na super«, sagt Mireille, nestelt in ihren Taschen nach dem Schlüssel, und genau da meldet sich eine Männerstimme aus der Gegensprechanlage. Sie klingt verwirrt. »Wer ist da?«

»Ich bin's«, sagt Mireille.

»Wer? Ach so, du … äh, ich dachte, du kommst später. Warte, Moment äh … ich mach dir gleich auf.« Die Gegensprechanlage wird eingehängt. Stille, Warten. Stille.

»Mann«, sagt Mireille. »Wenn der Typ nicht aufmacht, schlafe ich zu Hause.« Sie wühlt wieder in ihrer Tasche. Da öffnet sich der Zaun mit einem satten Geräusch. Eine Frau huscht heraus, dunkle Locken, dunkler Blick, der erst Mireille trifft, dann Struppi. Sie hastet an ihnen vorbei, verschwindet in der Nacht. Hinterlässt einen schwebenden Duft. Mireille stellt ihren Fuß in die Tür.

»Was war das denn jetzt?«, fragt Struppi. »Wenn Blicke töten könnten, wäre ich verwundet. Ungefähr hier, aaargh.« Er hält sich die Schulter.

»Ach, die.« Mireille scheint zu warten.

Struppi kennt die Szene aus ungezählten Fernsehfilmen. Nur das hier ist echt. Müsste er Mireille jetzt einen Kuss geben?

Sie schweigen. Struppi rührt sich als Erster. »Also, dann, ich, äh, bis Montag.«

»Bis Montag«, sagt Mireille und verschwindet hinter dem Tor. Sandalen knirschen auf leuchtendem Kies, ein Schatten verschmilzt mit der Nacht.

Johanna hat Mireille aus den Augen verloren. Sie will gehen, aber im Ausgang steht Ivan. »Hi«, sagt er, ohne seine übliche Häme.

»Hi«, sagt Johanna und will schnell vorbei. Er hält sie am Arm zurück.

»Wohin geht's denn?«

»Bahnhof.«

»Ich komme mit.«

Noch bevor sie etwas einwenden kann, laufen sie nebeneinander her. Johannas Herz wummert bis zum Hals. Sie hat keine Ahnung, was Ivan von ihr will. Ob er gemerkt hat, dass sie ihn mag? Es war das Übliche in den letzten Wochen, entweder Ivan hat sie ignoriert oder sie hatten Streit. Sie schaut seitwärts, da läuft er, etwas gebeugt, Hände in den Taschen seines Kapuzenpullis, und sagt kein Wort.

»Also dann«, sagt sie am Bahnhof.

»Wie wär's mit Mäckes?«

Johanna zögert. Ihr Magen knurrt. »Na gut.«

Es sind kaum Leute im Mäckes, die besten Tische sind noch frei. Sie bestellen Pommes. Ivan stellt fest, dass sein Portemonnaie leer ist. Johanna zuckt mit den Schultern und bezahlt für beide. Dafür stellt Ivan noch zwei Kleine Zocker auf den Tisch. »Prost«, sagt er, und sie trinken auf ex.

»Bist du immer so knapp bei Kasse?«

»Geht so. Mal mehr, mal weniger.«

»Ich denke, dein Alter hat Kohle ohne Ende.«

»Ach der«, sagt Ivan und drückt Ketchup über seine Pommes. Er beginnt zu essen, schlingt seine Pommes hinunter, sagt kein weiteres Wort.

»Warum bist du eigentlich immer so gemein zu mir?«, fragt Johanna.

»Bin ich doch gar nicht.«

»Na ja«, sagt Johanna. »Wie man's nimmt. Guck dir den an.«

Ein Typ in einer superengen Lederhose ist in den Mäckes gekommen. Sein Hemd steht trotz der Kälte draußen offen bis zum Bauchnabel. Er trägt spitze Schuhe und eine Sonnenbrille.

»Scheiße«, sagt Ivan. Er dreht sich weg, aber zu spät. Der Typ hat ihn gesehen und kommt zu ihrem Tisch.

»Du schuldest mir noch was.«

»Ich ha-hab«, sagt Ivan. »Ich br-bring alles nächste Woche.«

Der Typ schaut von Ivan zu Johanna und grinst irgendwie fies. Johanna mag ihn nicht.

»Gut«, sagt er jetzt, hebt Ivan kurz am Kinn hoch, nur mit einem Finger, und lässt ihn dann wieder fallen. Schwer plumpst Ivan auf seinen Stuhl zurück. Er ist blass geworden und redet erst wieder was, als der Typ verschwunden ist.

»Das hier bleibt unter uns«, stößt er dann hervor. Er packt Johanna am Handgelenk und drückt seine Fingernägel in ihr Fleisch. Der Schmerz ist scharf und plötzlich. Johanna will schreien, aber sie bekommt vor Schreck keinen Ton raus.

»Kein Wort zu niemandem«, sagt Ivan. »Verstanden?«

»Du spinnst ja wohl.« Johanna reißt sich los. Ihr Stuhl fällt um. Sie stürzt aus dem Mäckes, boxt sich ihren Weg durch die Teenies, die aus dem Omniplex neben dem Bahnhof kommen. Sie rennt zum Bahnsteig, die Treppe hoch, immer zwei Stufen auf einmal. Oben stehen die Zwillinge. Johanna war selten so froh, sie zu sehen.

»Hi«, keucht sie.

Die Zwillinge teilen sich Ohrstöpsel und grinsen wie blöd.

»Hi«, sagt Valeria und zieht ihren Stöpsel raus.

»Hi«, echot Rosetta und zieht ihren Stöpsel raus.

»Schon aus?«, fragt Johanna. »Die Party im Ekk?«

»Nö«, sagt Valeria. »Aber jetzt sind nur noch Zwerge da. Embryoschubsen kann ohne uns laufen.«

Die S3 fährt ein, in Richtung Stadtrand ist sie fast leer. Johanna und die Zwillinge nehmen einen Vierersitz. Valeria prustet los. Rosetta prustet mit. Johanna ist froh, dass sie mit sich beschäftigt sind, dass sie keine Fragen stellen. Sie zückt einen kleinen Taschenspiegel: Wimperntusche verlaufen, Zopf aufgelöst. Sie reißt sich den Haargummi raus. Sieht, dass ihre Hand zittert.

»Hat der blöd geguckt.«

Die Zwillinge krümmen sich vor Lachen.

»Wer denn?«, Johanna heuchelt Interesse.

»Ma-Ma« (Valeria).

»Ma-Ma-Ma« (Rosetta).

»Max! Er hat ge-ge-ge-da-da-dacht …« Der Rest des Satzes geht in einer Lachsalve unter. Johanna gibt auf. Draußen sausen die Lichter der Häuser vorbei. Ihre Strumpfhose hat eine Laufmasche. Alles in Ordnung. Alles in Ordnung, alles in Ordnung, rattert die Bahn.

Später geht sie an Mireilles Haus vorüber. Es liegt verlassen, duckt sich wie ein großes Tier mit geschlossenen Augen. Johanna denkt an einen Sommertag. Sie sitzen auf der Stufe und ziehen ihre Skates an. Sie planschen in Mireilles Schwimmbad. Mireilles Mama bringt Saft, ihr Vater hantiert mit einem Grill. Wie lange ist das her? Damals war klar, das ist für immer. Für immer war damals.

Dann kam der Streit mit Mireille, dann kam Karlotta, dann kam der Streit mit Karlotta, dann war Mireilles Vater plötzlich weg. Jetzt ist alles vorbei. Das Haus liegt schwer und dunkel am Straßenrand wie eine schlechte Nachricht. Johanna geht schneller, sieht, dass in ihrem eigenen Haus noch Licht brennt, schiebt den Schlüssel ins Schloss.

Ihr Vater ist in seinem Labor. Sie schaut auf ihre Armbanduhr, halb zwölf, Nachtarbeit ist für ihren

Vater nichts Ungewöhnliches. Außerdem ist Wochenende.

Sie stößt die Tür zum Labor auf. In seinem weißen, löchrigen Apothekerkittel sitzt Martin Wonnefelder vor der Duftorgel. Er zieht ein Reagenzglas, schnuppert. »Minze und Majoran«, brummt Martin Wonnefelder. »Geißblatt, Jasmin. Jetzt den Moschus.«* Martin Wonnefelder hantiert mit einem Umschlag, den Johanna gestern in der Post gesehen hat, reißt ihn auf, entnimmt ein Glasröhrchen mit einem winzigen, gräulichen Klümpchen. Schüttelt und lächelt ein selbstvergessenes Lächeln. Wiegt das Klümpchen in seiner Hand. Betastet es mit seinen Fingerspitzen. Schließt die Augen. Er hat den Schwarzmarkt bemüht, graue Wege, die bis nach China führen. Ein Vermögen bezahlt. Er legt das Klümpchen auf einen Löffel, erhitzt es über einem Bunsenbrenner, kippt es in ein Fläschchen, löscht mit Dipropylenglycol. Saugt mit einer Pipette ab, gibt einen Tropfen in das Reagenzglas. Jetzt bemerkt er seine Tochter. Er blinzelt ihr verschwörerisch zu, legt seinen Finger auf seine Lippen.

Dann erreicht der Duft Johanna. Er ist süß und scharf, wie eine unerwartete Erinnerung. Johanna

---

* *Häufiges Missverständnis: Mit »musc« hatte ich eben nicht den Hirschen, Moschus Moschiferus, sondern die schottische Heckenrose gemeint. Die Rosa Moschata, ein Allerweltsgewächs, auch zu besichtigen an den Mauern von König Lears Schloss.*

wandert auf Moos. Dicke Flechten hängen von Bäumen, helle Augen verschwinden im Unterholz. Es knackt und raschelt. Sonnenstrahlen suchen ihren Weg durch dickes Geäst. Insekten schwirren um eine mächtige Eiche. Aber es sind gar keine Insekten, es sind kleine, silberfarbene Wesen, die einen Ton von sich geben wie fernes Glockengeläut. Bis zu dem Tal hinter den Bäumen zieht sich der Wald. Wer hier geht, geht auf leisen Sohlen.

Leise schiebt Struppi seinen Schlüssel ins Schloss. Halb elf, seine Mutter ist sicher im Club. Babette dürfte schlafen.

Babette schläft nicht. Sie sitzen auf der Couch, unter der karierten Decke. Essen Popcorn. Babette hat sich an ihre Mutter geschmiegt. Sie kichern. Im Fernsehen versuchen Topmodels in irrwitzig hohen Schuhen auf ein Karussell zu klettern. Babette riecht sauber. Seine Mutter trinkt eine klare Flüssigkeit aus einem Wasserglas. Ihre Hand zittert nur ganz wenig.

»Hallo, Peter.«

»Wieso bist du nicht im Club?«

»Ist vorbei. Morgen suche ich mir eine neue Arbeit.«

Eine Flasche am Sofa. Korn. Sonst keine Flaschen.

»Eine neue Arbeit?«

»Eine neue Arbeit. Tippen, telefonieren, ich finde was. Mach dir keine Sorgen.«

»Ich mach mir keine Sorgen.«

»Hast du Hunger?«

»Hunger?«

Struppi spürt auf einmal seinen Magen. Gähnende Leere, kein Essen seit dem Frühstück. Seine Mutter steht auf, kommt mit Pizza zurück. Nicht die von Netto. Eigene Pizza, von ihr selbst gemachte Pizza. Pizzapizza. Struppi schafft ein halbes Blech.

Später liegt er im Bett und hört Babette schnaufen. Er schließt die Augen, obwohl er weiß, dass er nicht schlafen kann. Er wandert durch seinen Lieblingstraum. Mireille hat ein Tuch mit vielen Blümchen um ihren Kopf gebunden und trägt eine Sonnenbrille, obwohl es dunkel ist. Im Himmel blinken Lampions. Struppi hält ihre Hand sehr fest, und dann sitzen sie auf der Bank im Park. Ich liebe dich, sagt Struppi.

Das weiß ich doch, antwortet Mireille.

Um halb elf beschließt Ben Zimmermann, ein Stück von der Pizza* zu essen. Er zieht das Blech

---

* *»Hättet Ihr es jemals bis nach Italien geschafft, mein Herr, statt ständig über Italien zu schreiben, dann kenntet Ihr diese zauberhafte Speise.«*
Ich lasse das stehen. Jeder hat kleine Geheimnisse … habe einmal einem jener Habenichtse, die sich gelegentlich nach Norden verirrten, ein Stück dieses Backwerks aus seinem Beutel gestohlen.

aus dem Ofen, verbrennt sich die Hand, flucht. In der Mitte wirft der Käse Blasen, ist schon fast zu braun. Beatrices Lieblingspizza mit Sardellen und Kapern. Er schneidet sich ein Stück ab, versucht, trotz seiner Wut kein Massaker anzurichten. Kein Pizzamassaker aus Kapernsardellentomaten. Er legt das Stück auf einen zarten Teller aus italienischem Porzellan. Wiegt ihn kurz in der Hand, überlegt, das Ganze an die Wand zu hauen. Ihm fehlt die Überzeugung.

Im Fernseher besteigen Mädchen, die Model werden wollen, in superengen Röcken und mit Stöckelschuhen ein Karussell. Seine Männlichkeit rührt sich. Da hört er den Schlüssel in der Tür.

»Hallo-o«, (fröhlich) aus der Diele.

»Hallo-o«, (vorwurfsvoll) aus dem Wohnzimmer.

Sie trägt einen zart violetten Zweiteiler. Schuhe, nicht ganz so hoch wie die der Models. Sie sieht müde aus, dunkle Ringe unter den Augen.

»Hallo, Liebling. Vorstandssitzung, hat ewig gedauert. Tut mir leid, ich konnte noch nicht mal telefonieren.« Beatrice haucht ihm einen Givenchy-Kuss auf die Backe, lässt sich in den Sessel fallen. Zieht ihre Schuhe aus. Macht die Augen zu. Gähnt.

Ben isst ungerührt weiter.

»Gibt es Wein?«

»Küche.«

Beatrice wartet einen Moment, dann stemmt sie sich wieder hoch. Lässt die Schuhe stehen, verschwindet, kommt wieder mit einem Glas Bardolino in der Hand. Kein Wort zu dem, was er in der Küche aufgebaut hat. Was sie sichtlich verpasst hat: Candlelightdinnerfortwo mit Antipasti und Benzimmermannpizza auf dem Küchentresen.

Sie setzt sich ihm gegenüber, nimmt einen großen Schluck. »Schrainer ist so ein Idiot«, sagt sie ohne Einleitung. »Erst die Zahlen, jede einzelne bis hinters Komma. Dann die Aktionäre. Das hätte er sich alles sparen können. Das ging alles schon vor Tagen per E-Mail rum. Dann ist er endlich zur Sache gekommen. Restrukturierungen. Ich soll wohl Nordamerika übernehmen. Er hat mich mit seinen Bettelaugen angeschaut und gesagt, Frau Nowakowski, dafür wären Sie die beste Besetzung. Als hätte ich nichts anderes zu tun.« Sie dreht ihr Weinglas. Sieht vor sich die gläsernen Aufzüge der Boston Consulting. Ein glitzerndes Hafenbecken und wieder Alexander. Westeuropa läge hinter ihr.

»Ich sitze hier seit neun. Es sind Kapern auf der Pizza. Die dicken Teile aus Pane-e-vini, die du so gerne magst.«

Sie macht die Augen wieder auf. Ben in seiner Quälgeistlaune und in seinen Birkenstocksandalen, die sie schon zweimal in den Altkleidersack gesteckt hat.

»Hör zu, Ben, ich musste mit den Jungs essen gehen. Und ich hatte gesagt, dass es spät wird.«

»Nicht *so* spät.«

Ben, der schmollt wie ein Sextaner. Alexander, der ihr ein Glas Frascati reicht. Später die Schmuckschachtel. *Eine kleine Erinnerung an Boston.* Seine Hand auf ihrer Taille.

Beatrice sieht Ben jetzt an. Fixiert ihn mit ihren grünen Augen, die ihm irgendwann den Verstand geraubt haben.

»Hör zu, Ben, wir hatten eine Abmachung. Keine Vorwürfe. Keine Zeiten. Kein Rumhängen und Auf-mich-Warten. Wenn es spät wird, wird es spät.«

»Neuerdings wird es immer spät.«

»Neuerdings werden die Quartalszahlen vorbereitet.«

»Es ist Anfang Februar.«

»Hör auf damit.« Beatrice verengt ihre Augen zu Katzenschlitzen. »Keine Vorwürfe, keine Zeiten, das war die Abmachung.«

»Eine … eine Art Ehe, das war die Abmachung. Gestatten, Ben Zimmermann, seit drei Jahren Gatte im Wartestand. Besonderes Kennzeichen: Große Geduld in allen Fragen der Reproduktionsmedizin. Du bist übrigens in der Zyklusmitte, daher das Tamtam in der Küche.«

»Ich brauche keine Pizza, nur weil ich Eisprung habe.«

»*Mit* Pane-e-vini-Kapern.«

»Die kannst du weglassen. Ich hab dich um nichts gebeten.«

»Hört, hört! Um nichts gebeten. Seit Monaten lasse ich die idiotischsten Tests über mich ergehen ...«

Beatrice stellt ihr Weinglas mit einem Ruck ab.

»Wer wollte denn unbedingt ein Kind? Ich oder du?«

Ben schnappt nach Luft. »Bei wem tickt denn hier der Biowecker? Bei mir oder bei dir? Darf ich dich an ein paar Fakten erinnern: Ich bin noch ein paar Jährchen im Rennen. *Women age. Men mature.*«

Beatrice springt auf. Ihr Gesicht ist verzerrt, und für einen Moment glaubt er, dass sie ihm eine scheuern wird. Ben geht in Deckung. Beatrice zögert, legt dann den Beatrice-Abgang hin.* Schmeißt ihre Schuhe an die Wand, knallt die Wohnzimmertür, verschwindet im Obergeschoss. Er hört die Klospülung. Sammelt das Glas ein, bereitet sich ein Bett auf der Couch, verflucht die Sprungfedern in seinem Rücken.

---

* *Ob ich mich an seinen Disput mit Titania erinnere, fragt Oberon. Er sieht an mir vorbei.*
Natürlich erinnere ich mich. Auch an den Anlass. Es gab Streit um einen Knaben. Den Wechselbalg hat Oberon als Halbwüchsigen aus dem Blick verloren: Es soll ein trauriges Ende mit ihm genommen haben.

Samstagnachmittag probt er den Streit zwischen Oberon und Titania.

Mireille hat das Wort: »*Wie? Oberon ist hier, / Der Eifersücht'ge? Elfen, schlüpft von hinnen, / Denn ich verschwor sein Bett und sein Gespräch.*«

Ben kratzt sich am Kopf.

»Jetzt stellt euch mal gerade hin. Mireille, du bist eine stolze Elfenkönigin. Derzeit schwer sauer auf deinen Mann. Das darf man hören. Ivan, du der König des Waldes. Du meinst, und damit hast du auch recht, dass alle Kreaturen dir gehorchen. Du bist hier der Chef. Bitte noch mal von vorne.«

»*Wie? Oberon ist hier, / Der Eifersücht'ge? Elfen, schlüpft von hinnen, / Denn ich verschwor sein Bett und sein Gespräch.*«

»Besser. Die Lautstärke geht. Ivan?«

»*Vermessne, halt! Bin ich nicht dein Gemahl?*«

»Kriegst du das auswendig hin?«

»Klar. Jetzt gleich? Also: *Vermessne, halt! Bin ich nicht dein Gemahl?*«

»Fast geschafft. Behalt den Ton. Wir versuchen

mal die Stelle mit dem Jungen. Los geht's. Ivan, dein Stichwort ist: *So hilf dem ab!*«

»Wo denn?«

»Seite 18.«

»Seite 18, Seite 18. Die Stelle mit *Warum/ Kränkt ihren Oberon Titania?*«

»Genau.«

»So hilf dem ab! Es liegt an dir. Warum/ Kränkt ihren Oberon Titania? / Ich bitte nur ein kleines Wechselkind/ Zum Edelknaben.

»Mann ey, das ist totaler Schwachsinn. Das ist mir zu schwul. Das sag ich nicht.«

»An Oberons Text kann ich leider nichts ändern. Wenn du mitmachen willst, ist das die Vorlage.«

Ivan tritt nach einem Stuhl. »Ihr kotzt mich an.«

Ben überrascht dieser Ausbruch. Er wird nicht ganz schlau aus Ivan. Ein intelligenter Schüler, das steht fest – und auch, dass Ivan immer unter seinen Möglichkeiten bleibt. Noch ein Thema, um das man sich kümmern müsste … »Wir klären das beim nächsten Mal. Für heute bist du fertig.«

Ben wartet, bis Ivan gegangen ist.

»Schon mal richtig Zoff mit jemandem gehabt?«, fragt er dann Mireille.

Sie nickt.

»Gut. Versuch dich an diesen Streit zu erinnern, und sage deine Sätze noch mal. Ich gebe dir den Oberon: *»Warum/ Kränkt ihren Oberon Titania? /*

Ich bitte nur ein kleines Wechselkind / Zum Edelknaben.«

Beas wutverzerrtes Gesicht. *Wer wollte denn ein Kind, ich oder du?*

Mireille antwortet: *»Gib dein Herz zur Ruh! / Das Feenland kauft mir dies Kind nicht ab!«*

»Du darfst ruhig laut werden. Man sagt in einem Streit lauter Sachen, die man nicht sagen will. Man zerdeppert Porzellan, bereut es hinterher. Kennst du das?«

Mireille nickt wieder.

»Außerdem versucht Oberon, dich zu provozieren. Er unterstreicht seine Machtposition, indem er sich selbst beim Namen nennt. Ungefähr so.« Er wirft sich in die Brust: »Ihren Ben Zimmermann überhören gerne die Schüler der 9c.«

Mireille lächelt ein schmales Lächeln. Immerhin. Er macht sich Sorgen um das Kind, wollte ihre Eltern schon längst anrufen.

»Also, versuche es noch einmal.«

Es klopft. Ben Zimmermann schaut auf seine Armbanduhr. Schon halb acht! Johanna und Goofy schieben sich durch die Tür.

Er hat sich für heute die Königspaare vorgenommen. Theseus und Hippolyta sind die Nächsten.

»Kleinen Moment noch«, sagt Ben. »Wartet bitte draußen.«

»Mireille?«

Sie steht fluchtbereit.

»Ja?«

»Wie läuft es so? Alles klar zu Hause?«

»Super.« Mireille starrt auf ihre Fußspitzen.

»Du kannst jederzeit zu mir kommen. Wenn was sein sollte, worüber du reden willst.«

»Ja. Kann ich jetzt gehen?«

Sie ist schneller weg, als er antworten kann. *Mireille Fürbaß* notiert sein innerer Regisseur. *Oberon austauschen? Bea Blumen kaufen. Kapern eventuell.*

Er fragt nach den Texten. Johanna produziert ein Buch mit roten Unterstreichungen. Goofy zuckt mit den Schultern. »Johan?«, fragt Ben.

»Ich kann meinen Text.«

»Du kannst – oh, gut. Also, los geht's, erster Aufzug, erste Szene. Goof – Johan, du fängst an.«

»NunrücktHippolytadiehochzeitsstundemiteilheranvierfrohetagebringenden neuenmonddochowielangsamnimmtderalteaberhältmeinsehnenhingleicheiner witwederendürresaltervonihresstiefsohnsrentenlangezehrt.«

»Bitte?«

»NunrücktHippolytadiehochzeitsstundemiteilheranvierfrohetagebringenden neuenmonddochowie…«

»Johan, ich verstehe kein Wort.«

»Hä?«

»Wie bitte«, sagt Ben.

»Wie bitte«, sagt Goofy.

»Du bist der Herzog von Athen. Du sagst die ersten Sätze des Stücks. Der Vorhang geht auf, das Publikum sieht dich zuerst. Und es sollte dich hören. Verstehen. Du ziehst die Zuschauer hinein in das, was kommt. Du bist der Pförtner. Der Türwächter. Der Gastgeber. Schon mal Gäste gehabt?«

»Nö.«

»Keine Gäste. Auch gut. Dann stell dir eben Gäste vor. Du freust dich auf sie. Sie klingeln an der Tür, du machst auf und begrüßt sie. Langsam und deutlich.«

Goofy räuspert sich. »NUN RÜCKT HIPP-O-LY-TA-DIE-HOCH-ZEITS-STUN-DE …«

»Goofy«, sagt Ben. »Ich meine, Johan.«

»Goofy«, sagt Goofy. »Sonst weiß ich nicht, wer gemeint ist.«

»Also gut. Goofy. Auch wenn du noch nie Gäste gehabt hast, weißt du sicher, wie es ist, wenn man sich freut. Vielleicht an Weihnachten oder so?«

Goofy zuckt mit den Schultern. »Weihnachten is doch immer gleich.«

Ben Zimmermann seufzt. Seine abgeklärten Teenager!

»O.k. Johanna, stell dich mal vor ihn.«

Johanna stellt sich.

»Goofy, du bist jetzt Theseus, der König von Athen.«

»Geht klar.«

»Vor dir steht das schönste Mädchen der Welt.«

»Hä?«

»Deine Verlobte Hippolyta, die Königin der Amazonen. Du hast um sie geworben. Und sogar gekämpft. Mit deinem Schwert! Du kannst es kaum abwarten, sie zu heiraten. Schau mal hin. Das schönste Mädchen der Welt.«

Goofy schaut hin. Staubflocken tanzen im fahlen Licht der Turnhalle. Johanna hat Sommersprossen auf der Nase und einen Riss in der Jeans. *It girl* steht quer auf ihrem T-Shirt. Goofy steht still. Alles steht still. Vor ihm steht Johanna, das schönste Mädchen der Welt. Das schönste Mädchen der Welt. Wieso sieht er das jetzt erst?

»Goofy?«

Bens Stimme kommt von weitem.

»Ja-a?« Goofy kann seine Augen nicht abwenden. *It girl. It girl.*

»Das schönste Mädchen«, sagt Ben Zimmermann.

»Ja«, sagt Goofy.

»Nun rückt, Hippolyta, die Hochzeitsstunde«, flüstert Ben Zimmermann.

»Nun rückt, Hippolyta, die Hochzeitsstunde / Mit Eil' heran; …«

»Etwas lauter«, sagt Ben Zimmermann.

»… vier frohe Tage bringen / Den neuen Mond: doch, o wie langsam nimmt / Der alte ab! Er hält mein Sehnen hin, / Gleich einer Witwe, deren dürres Alter / Von ihres Stiefsohns Renten lange zehrt«, sagt Goofy.

It girl it girl. Staubflocken, Sommersprossen und ein Riss in der Jeans über dem Knie. Grübchen in den Mundwinkeln.

Es ist einen Moment lang still in der Turnhalle.

»Na also«, flüstert Ben Zimmermann. »Geht doch.«

Er kauft die Rosen. Riesenkapern im Spätkauf am Bahnhof. Als er an der Wartehalle vorbeihastet, starrt ihn der Typ mit den Plastiktüten an. Bens Nackenhaare stellen sich auf unter dem Blick. Seine Füße ändern wie von selbst die Richtung. Er macht die Tür zum Wartesaal auf, registriert den Geruch nach Urin. Schnappt nach Luft, wühlt in seinem Geldbeutel. Gibt zwei Euro in eine rissige Hand. Und immer noch sieht ihn der Alte an. Schaut durch ihn durch. Ben ergreift die Flucht.

Als er aufschließt, liegt das Haus still und dunkel. Er stellt die Blumen auf den Tresen, die Kapern daneben. Er geht nach oben, schmeißt noch mal den Computer an. Keine Nachricht von Mary Jane. Wie denn auch. Aber zwei neue E-Mails. Eine von Bea. *Wird spät heute. Bitte nicht warten.* Er schaltet sein Handy ein. Dieselbe Nachricht erscheint. Er macht es wieder aus.

Die andere E-Mail hat er sich selbst geschrieben. Eine Erinnerung an die Annonce, die er aufgeben will. Er überlegt kurz. *Schultheater* klingt zu laienhaft. Er entscheidet sich für *ambitionierte Laienaufführung*. Setzt seine Handynummer darunter und schickt die E-Mail ab.

Alexander Fürbaß hat für den Kongress in Süddeutschland den eigenen Wagen genommen. Er hat es nicht eilig, aber er gibt Gas. Fahren ist immer gut. Die Instrumentenlichter blinken durch die Nacht. Er sitzt in seinem eigenen Cockpit aus Raum und Zeit. Er legt eine CD mit Lounge-Musik ein und gleitet weiter. Dreimal ist er durch die Prüfung als Pilot gefallen. Sonst würde er fliegen, statt Kiefer zu richten. Vor dem Bahnhof muss er eine Vollbremsung machen.

Da zockelt doch dieser Penner aus dem Wartesaal über die Straße. Er schnauft wie ein böses Omen, macht sich noch nicht mal die Mühe, aufzuschauen und seinem Lebensretter zu danken.

Mann, hat der Typ kein Zuhause, denkt Alexander Fürbaß. Andere Menschen haben es eilig.

Er startet durch im zweiten Gang, prescht um die Ecke und merkt erst jetzt, dass er den falschen Weg fährt. Aus alter Gewohnheit befindet er sich in der Nähe des Hauses. Wenn er schon hier ist, kann er auch gleich vorbeifahren. Klingeln wird er nicht, er hat keine Lust auf das weinerliche Gesicht seiner Ex. Oder vielleicht sollte er doch klingeln? Er kann ja über die Gegensprechanlage nach Mireille verlangen.

Das Haus ist dunkel, abweisend. Er wartet. Keine Reaktion. Samstag. Geraldine erholt sich wahrscheinlich von einem ihrer Kurse, Spanisch oder Pilates oder Bildhauern für Anfänger. Was macht Mireille um diese Zeit? Er zerrt sein Telefon aus der Tasche, tippt und legt die Stirn in Falten. Na also. Er ist erst nächstes Wochenende wieder dran.

Alexander Fürbaß fährt zum Loft, schließt sein Apartment auf, lässt die Tasche fallen. Zieht das Rollo hoch, blickt auf die Lichter der Stadt. Gießt sich einen doppelten Cognac ein. Das blaue Symbol des Versicherungshochhauses wacht wie ein Gottesauge über dem frühen Abend. Er macht Musik an. Ein unerwartetes Glücksgefühl durchströmt ihn. Er lässt die besten Szenen der letzten Tage und Wochen an sich vorüberziehen. Beatrice, die so brünett riecht und schmeckt, wie sie aussieht. Salzig und etwas bitter, Trüffel* kommen ihm in den Sinn oder Morchel.

Ein Schauder durchläuft ihn. Doch er wird warten müssen. Normalerweise ist es umgekehrt: Seine Frauen müssen warten. So eine wie Beatrice ist neu.

Er drückt auf den blinkenden Anrufbeantworter. Der erste Anruf muss schon einige Wochen

---

* *Der Geschmack der Liebe … Nun bedauere ich es doch, dass mir das Liebesspiel dort, wo ich jetzt bin, verwehrt ist, mein Zustand ist nicht mehr von fleischlicher Natur. Oberon grinst schelmisch: Hat er meine Gedanken erraten?*

alt sein, er ist von der Notaufnahme des Martins-Hospitals: Ob er der Ehemann von Geraldine Fürbaß sei? Dann sollte er bitte umgehend Kontakt mit dem Krankhaus aufnehmen. Die beiden anderen Anrufe sind von Sylvia. Sie will ihn unbedingt sehen, will wissen, wo er ist, warum er nicht zurückruft. Er flucht dreimal, einmal für jeden Anruf, und drückt auf die Löschtaste.

»Wie war's?«, will Max am Montag wissen. Er steht mit Ivan hinter dem Fahrradschuppen.

»Genial«, sagt Ivan. »Ich hatte alle Hände voll zu tun.«

»Namen?«

Ivan legt die Stirn in Falten. »Geheimsache. Sie hatten was im Körbchen, was will man mehr.«

»Ich hab dich mit Johanna gesehen.«

»Ach die.«

»Ihr seid zusammen weggegangen.«

Ivan zuckt mit den Schultern. »Ich hab sie abgeschüttelt. War mir zu langweilig. Und wie war's bei dir?«

Max schüttelt den Kopf.

»Wie jetzt? Fehlanzeige? Da investiere ich meine besten Liebesperlen, und was machst du? Gehst heim zu Mami?« Ivan schlägt sich vor die Stirn. »Ich dachte, du stehst auf Mireille. Dafür hab ich dir die Pops gegeben.«

Max windet sich. »Die war dann weg.«

»Wie jetzt?«

Max zuckt mit den Schultern. »Sie war eben

weg. Ist mit Struppi los. Aber sag mal, hast du noch mehr von den … den Dingern?«

»Für dich immer.«

»Hier?«

Ivan tippt sich an die Stirn. »Hier doch nicht. Ich bin doch nicht lebensmüde.«

»Wo denn?«

Ivan lächelt geheimnisvoll.

»Wir regeln das nach der Schule.«

Struppi kommt in Sicht, er läuft an Ivan und Max vorbei und knallt mit dem Kopf gegen den Fahrradschuppen.

»Oops. Hier stehen Mauern in der Landschaft, Kleiner.« Ivan gibt Max einen Stoß. Max ist nicht ganz wohl bei der Sache, aber Ivan hat Struppi schon im Schwitzkasten. »Los jetzt. Er gehört dir.«

»Passt schon«, sagt Max.

»Was denn, ich hab hier nicht den ganzen Tag Zeit. Mach jetzt.«

Max will sich nicht blamieren. Er zieht Struppi an den Haaren.

»Was denn«, sagt Ivan. »Wir sind hier nicht beim Friseur.«

Jetzt schlägt Max zu. Ivan lässt Struppi fallen, Max tritt nach.

»Gut so.« Ivan streicht sich das Hemd glatt, geht in die Hocke und fasst Struppi beim Arm. »Hör zu, Kleiner. Mireille ist vergeben. An meinen Freund

Max hier. Finger weg, sonst bist du beim nächsten Mal Kleinholz. Verstanden?«

Struppi wimmert.

»Ob du mich verstanden hast?«

Max gibt Ivan einen Stoß. »Die Pausenaufsicht. Brinke im Anmarsch.«

Als Alfons Brinkemeier am Tatort aufläuft, sind Max und Ivan Richtung Klo verschwunden. Der Lehrer steht kopfschüttelnd über Struppi, der sich am Boden krümmt.

»Sieh an. Mein spezieller Freund Peter Lewinski. Wie kommt es nur, dass du ständig in Schwierigkeiten steckst. Heute also eine Prügelei. Wer waren die anderen?«

»Weiß nich«, murmelt Struppi und versucht, sich aufzurappeln.

»Oh. Gedächtnisschwund. Ich sehe. Ein so junges Gedächtnis hat Lücken. Vielleicht eine Nebenwirkung der Safari.«

Struppi ist mit einem kleinen Schmerzenslaut in die Senkrechte gekommen. Er kotzt Alfons Brinkemeier auf die Schuhe.

Der schaut angewidert auf die Bescherung. »Das reicht jetzt«, sagt er mit leiser Stimme. »Ich erwarte dich morgen um neun im Lehrerzimmer. Mit Namen. Sonst geht die Sache in die Konferenz.« Brinke wischt sich die Schuhspitze mit seinem Taschentuch und dreht ab.

Struppi sieht ihm schwankend hinterher

und erinnert sich daran, dass er Brinke den Tod wünscht. Er könnte ihn vom Dach eines Hochhauses stürzen. An einem Bahnübergang festbinden. Ihm Gift* in seinen Kaffee tun. Ihn erwürgen. Mit seinen Händen, die er jetzt in der Tasche zu Fäusten ballt.

Auf dem Weg in die Klasse stößt Max mit Valeria zusammen. Sie schaut ihn irgendwie komisch an. Später fliegt ein Zettel auf seinen Tisch. Eine Telefonnummer und ein Herz. Er steckt ihn hastig weg, gerade rechtzeitig bevor Ludwig Dittrichs sich umdreht und in seine Richtung schaut. »Ah, Max«, sagt er freundlich. »Ich suche einen Freiwilligen, der mir die nächste Aufgabe an die Tafel schreibt.«

Max geht nach vorne. Als er nach der Kreide greift, zittert seine Hand. Er sieht Struppis schmerzverzerrtes Gesicht vor sich. Struppis Platz in der Bank ist leer, was noch niemandem aufgefallen ist. Von weitem hört er die Stimme seines Mathelehrers. »Max, ist alles in Ordnung mit dir?«

Er nickt benommen, wischt sich über die Stirn.

Dittrichs schickt ihn zurück an seinen Platz und

* *Ah, Potions and Lotions … Alraun und Belladonna, das schwarze Bilsenkraut … all jene Tropfen und Tränke, die ich im Laufe der Jahre in Phiolen gefüllt, in Wamstaschen gesteckt, in Ohren geträufelt habe. Ich mordete meistens nachts. Es war sehr still, nur meine Feder kratzte über das Papier, hinter den Dachbalken knisterten die Mäuse.*

ruft Johanna auf. Für den Rest der Stunde lässt er hin und wieder prüfend seinen Blick über Max gleiten, stellt aber keine Fragen.

Bei Schulschluss schlüpft Max so schnell durch das Tor, dass Ivan ihn nicht erwischen kann. Normalerweise gehen sie den Weg zum Bahnhof zusammen, dann nimmt Max die Bahn, und Ivan läuft den Rest.

Ivan wohnt nicht so weit, irgendwo in einer Villa, die noch größer ist als das Haus von Max. Fußläufig. Bei Gelegenheit will er Max mal mitnehmen, ihm seinen Swimmingpool zeigen.

Max' Mutter liegt mit Migräne im Bett. Die Putzfrau wedelt irgendwo im Wintergarten rum. Max huscht an ihr vorbei, verschwindet schnell auf sein Zimmer. Legt sich aufs Bett. Schaut sich das Poster der Nationalelf an. Daneben das Foto von ihm, Mama und Papa. Papa hat ihn auf dem Arm. Das Foto sollte er verschwinden lassen. Er wird im Mai fünfzehn, seine Mutter macht ihm schon Stress wegen der Party. Das Foto geht gar nicht.

Er rappelt sich auf, schaltet den Laptop an, geht in den Klassenchat.

Goofy hilft Philipp bei den Hausaufgaben. Johanna und Mireille wollen sich treffen. Kein Wort über Struppi, offensichtlich hat niemand was mitbekommen von der Schlägerei. Sein Handy klingelt. Es ist Ivan.

– Hey, Partner. Du warst heute aber schnell weg.
– Lass mich in Ruhe.
– Was ist los?
– Das war Scheiße vorhin.
– Was war Scheiße?
– Die Sache mit Struppi. Er war weg. Bei Mathe und bei Erdkunde. Vielleicht ist er verletzt.

Eine Pause am anderen Ende.

– Hör zu. So schnell verletzt man sich nicht. Was soll schon groß passiert sein, wir haben ja kaum was gemacht. Waren richtig nett zu dem Kleinen.
– Weiß nich.
– Hör zu. Das war ein Interessensausgleich unter Männern. Eine Klarstellung. Die Lady gehört jetzt dir, mehr ist nicht passiert. Jetzt flenn mal nicht rum wie ein Baby.
– Ich flenne nich rum.
– Hört sich aber verdammt danach an. Du stehst doch auf Mireille?
– Weiß nich.
– Weiß nich, is nich genug. Ich hab da was für dich. Das bringt dich auf andere Gedanken. Das Richtige für einen Freund in Not. Wir sind doch Freunde?
– Ja-a.
– Also gut. Starbucks um drei.

Mireille hat die Vorhänge zugezogen, sie hat Kerzen angemacht, verbrennt ein Räucherstäbchen. Sie hat auch ein Set mit Tarotkarten* gekauft. Johanna sitzt im Schneidersitz auf dem Futon ihres Vaters.

»Wow.« Sie streicht über die Bettdecke aus Seide. Lässt ihren Blick über die schwarzglänzenden Schränke gleiten, die dicken, burgunderroten Vorhänge. In der Ecke steht ein Fitnessgerät.

»Ganz schön schick. Wie im Hotel. Dein Vater hat's wohl gerne nobel.«

Mireille zuckt mit den Schultern. »Genug Kohle hat er ja. Und er steckt in der Midlife-Crisis. Da braucht man ein tolles Schlafzimmer. Unter anderem.«

Johanna kichert. »Aber jetzt schläfst du doch hier.«

»Ja. Pech für ihn und seine Freundinnen.«

»Freund*innen*?«

»Wenigstens zwei. Eine heißt Sylvia und quatscht jeden Tag Romane auf den Anrufbeantworter.«

»Echt? Was sagt sie denn so?«

»Liebling, ruf mich an. Liebling, ich vermisse dich. Alexander, du bist alles für mich.«

»Und die andere?«

---

* *Einfache Form der Weissagung. Nach Oberon gibt es noch das Pendel und die Kugel, hinzugekommen sind Kaffeesatz und Horoskope online. Verloren gegangen scheint die gute alte Vogelschau …*

»Die andere ruft nicht an. Sie ist … sie ist …« Leise fängt Mireille an zu weinen.

Johanna legt ihre Hand auf Mireilles Arm. »Tut mir leid.«

Mireille schnieft, wischt sich dann mit dem Handrücken über die Nase. Verteilt die Tarotkarten auf dem Bett.

»Wenn du reden willst …«

Mireille schüttelt den Kopf. Sie hat die Karten ausgelegt.

»Und jetzt?«

»Jede von uns zieht eine. Du fängst an.«

Johanna zieht *Die Liebenden.*

Eine Zeit der Wahl. Auf Inspiration vertrauen, nicht auf den Verstand. Eine Liebe, die neue Horizonte öffnet.

Mireille überlegt kurz. »Da kommt ein toller Typ auf dich zu. Ivan zum Beispiel.«

»Quatsch. Ivan ist ein Idiot.«

»Das habe ich anders in Erinnerung.«

»Hör auf damit. Du bist dran.«

»Was war denn jetzt los neulich mit Ivan? Ihr wart doch beim Mäckes?«

»Waren wir.«

»Und dann?«

»Es war ziemlich gruselig. Da ist ein Typ gekommen, der hat ihn in die Mangel genommen. Ihm gesagt, dass er Schulden hat und so. Und dann hat Ivan gesagt, dass ich niemandem was sagen soll, sonst macht er mich fertig.«

Mireille starrt ihre Freundin an. »Mensch, was war das denn?«

»Keine Ahnung. Ich will lieber nicht mehr dran denken. Und von Ivan will ich bestimmt nichts mehr wissen.« Johanna schüttelt sich.

»Und sonst?«

»Und sonst herrscht die große Leere. Oder glaubst du im Ernst, man kann mit den Kindsköppen in unserer Klasse was anfangen?«

»Nö. Nicht wirklich.« Mireille denkt kurz an den Abend mit Struppi im Park. Struppi ist süß mit seiner Prinzenrolle. Sie weiß nicht, was an dem Abend in sie gefahren ist. Sie hat sogar vor ihm geheult! *Sag ich doch, kein bisschen komisch*, hat er dauernd gesagt. Struppi ist ein Baby.

»Jemand zu Hause?« Johanna stößt ihr in die Seite. »So weit ich es sehe, ist die 9c totes Gelände. Wir sollten unseren Horizont erweitern.«

Mireille zieht *Das Rad des Schicksals*.

Sprudelnde Energien und die Wirkungen unberechenbarer Faktoren bringen ein Risiko, etwas Neues, wir nennen es Schicksal.

»Hui, da geht die Post ab«, sagt Johanna und zieht *Die Königin der Münzen*.

Eine sensible, gefühlsame Frau, die Komfort und Glanz liebt und ihre Menschen unterstützt und fördert.

Mireille räumt ab. »Die Karten haben gesprochen. Es wird gut, so oder so. Wir brauchen nur abzuwarten.«

Ivan ist schon da. Max setzt sich neben ihn in einen Sessel. Er hat sich gefangen. Er weiß jetzt wieder, dass er Max Vanderbilt ist. Max, der Sohn des Vorstands. Max, der alles bekommt, was er sich in den Kopf setzt.

Das Telefonat von vorhin ist ihm ziemlich peinlich. Aber Ivan macht nicht viel Aufhebens darum. Jeder habe mal so einen Aussetzer, sagt er nur.

Max erzählt Ivan von der Nummer.

»Wie jetzt. Mireille hat dir ihre Handynummer gegeben?«

»Nicht Mireille. Valeria«, sagt Max.

»Mm. Das erschwert die Lage. Andererseits, du kannst dich ja was warmlaufen. Valeria ist nicht übel. Und vielleicht bringt sie ja Rosetta mit. Dann ist für mich auch was drin. Damit ich nicht aus der Übung komme. Die beiden haben wenigstens Oberweite. Körbchengröße B, wenn du mich fragst. Oder mehr.«

Daran hat Max noch gar nicht gedacht. Körbchengröße ist neu. Mireille erscheint vor seinem inneren Auge, schwarz und dünn.

»Und Mireille?«, fragt er.

»Schlechte Nachricht, Kumpel. Die Lady ist ziemlich dünn. Wenn die überhaupt einen BH trägt, fresse ich einen Besen.« Ivan verteilt ein paar von seinen Glückspillen. Erinnert Max daran, dass er demnächst bezahlen muss; ein Freundschaftspreis, versteht sich.

»Eigentlich sieht Mireille bescheuert aus.« Max überlegt laut. »Jetzt, mit den kurzen Haaren und dem Piercing und so.«

Ivan schlägt ihm auf die Schulter. »Stimmt. Die ist ziemlich klapprig. Keine Oberweite. Da ist nicht viel zu holen, für einen Mann wie dich.«

Das Wort *Mann* echot angenehm in Max wieder. Der Hausarzt neulich hat behauptet, dass er eins fünfundachtzig wird.

»Dann los«, sagt Ivan.

»Hä?«

»Die Nummer«, sagt Ivan geduldig. »Die Nummer gegen Kummer. Viele gute Nummern beginnen mit der ersten Nummer.«

»Ach so«, sagt Max. Er wühlt in seinen Taschen.

Ivan wartet.

Max hat den Zettel gefunden. Aber sein Handy liegt zu Hause.

»Nimm meins.«

»Mann ey, danke. Und jetzt?«

»Jetzt rufst du an.«

»Wer? Ich?«

»Natürlich du. Du bist an der Reihe.«

Als der Anruf kommt, stehen Valeria und Rosetta in ihrem Bad und vergleichen ihre Pickel. Valeria hat einen mitten auf der Nase. Rosetta am Kinn. Der von Valeria ist dick und rot. Der von Rosetta verschwindet unter dem Make-up. »Also dann«, sagt Valeria. »Ist entschieden.«

Sie nehmen Leggins, Top und Ballerinas. Longchamps-Tasche. Kajalstriche werden schnell gezogen und Pferdeschwänze gebunden.

»Gut«, sagt Valeria. »Avanti. Handys sind auf Standby.«

Dann steht Rosetta vor dem Starbucks. Noch mal Spiegelbildkontrolle – ist wirklich gut geworden.

Max grinst, als sie reinkommt. Küsschen rechts, Küsschen links. Dann sitzen sie beide.

»Tja«, sagt Max.

»Schön hier.«

»Ivan ist auch da.« Max macht eine vage Bewegung Richtung Tresen.

»Wieso das denn?«

»Na ja, wir haben gedacht, dass ihr vielleicht beide kommt.«

»Du hast aber nur nach mir gefragt.«

»Tja, war wohl'n Fehler.«

»Ich glaub's nich. Ich dachte, du wolltest *mich* sehen.«

Max reibt über das Polster des Sessels. »Tja, wollt ich ja auch, aber Ivan hat gesagt ...«

»Bin ich jetzt mit Ivan verabredet oder mit dir?«

»Mit mir natürlich.« In dem Moment kommt Ivan. Max sieht ihn hilfesuchend an, aber Ivan ist irgendwie auch keine große Hilfe. Er lungert unschlüssig rum.

»Ich dachte, du holst was zu trinken«, sagt Max.

»Wollte ich auch. Aber ich bin irgendwie pleite, hast du Geld?«

»Lass nur, ich geh schon«, sagt Max. Er springt auf, rennt zum Tresen, kommt noch einmal zurück, um zu fragen, wer was trinken will.

Als Max mit den Smoothies kommt, ist Ivan verschwunden. Max stellt die Getränke ab. Es gibt Ringe auf dem Tisch.

»Tja«, sagt Max. Er setzt sich. »Wie geht's denn so?«

Sie rollt sich eine Haarsträhne um den Finger. »Lass mal sehen. Ich sitze hier mit dir im Starbucks. Gut!«

Max sucht nach dem nächsten Satz. Er versucht an Ivan zu denken, der immer alles im Griff hat. Wieso ist Ivan eigentlich schon weg? Er versucht sich an das zu erinnern, was Ivan ihm über Mädchen erzählt hat.

»Du siehst toll aus. Du bist eigentlich das tollste Mädchen aus der Klasse. Deshalb … deshalb hab ich dich auch angerufen.«

»Klar doch. Und was ist mit Rosetta?«

»Rosetta?«

»Du hättest doch auch Rosetta anrufen können.«

»Ach so«, sagt Max. »Nee. Eigentlich nicht.«

»Warum?«

»Warum was?«

»Warum nicht?

»Na ja, du hast mir doch deine Nummer gegeben.«

Valeria schnaubt. Sie schaut auf ihr Handy, dann verschwindet sie Richtung Klo.

»Also dann«, sagt Max, als sie wiederkommt. Sie hat sich zurechtgemacht. Sieht irgendwie verändert aus, glänzende Lippen und so. »Ich muss dann mal.«

»Wie, schon jetzt?«

Max will dringend weg. Er weiß nur nicht, wie er die Sache beenden soll. »Was machst du denn noch so heute?«

»Nicht viel.« Sie steht auf. »Man sieht sich.«

Max atmet erleichtert auf. »Wir, äh, klar. Man sieht sich.«

Sie hält ihm irgendwie den Kopf hin. Er zielt auf die Wange, aber sie bewegt sich. Max streift ihre Lippen, schmeckt Erdbeer-Lipgloss.

Als sie gegangen ist, bleibt Max erschöpft sitzen. Sein erstes Date mit einem Mädchen ist vorbei. Er ist heil geblieben, nichts ist ihm abhandengekommen, und er hat keine gravierenden Fehler gemacht. Er hat einen ersten Kuss bekommen. Das heißt, er hat jetzt eine Freundin. Schade, dass er sein Handy nicht dabeihat, um Ivan eine Nachricht zu schicken.

Es ist Tag siebenundfünfzig nach Goofys Zeitrechnung. In siebenundfünfzig Tagen wird die Welt untergehen. Der Countdown hat begonnen. Scheitern an ihren Irrungen und Wirrungen wird die Menschheit, verenden am Ausstoß von Kohlendioxid, einem Crash der Großbanken oder dem Einschlag eines Meteoriten. Den genauen Zeitpunkt hat er mit Hilfe des Inka-Kalenders plus Zeitverschiebung minus Erdrotation und der Internetseite worldends.com erstellt.

Trotzdem ist Goofy guter Laune, als er im Park eintrifft. Er weiß auch, warum. *Escape velocity* nennt sich das Phänomen. Todgeweihte sind plötzlich blendender Laune. Sie treten unter Absingen schmutziger Lieder auf das Schafott. Haben eine Riesenerektion, wenn sie am elektrischen Stuhl festgebunden werden. Wollen Kaviar und Champagner als Henkersmahlzeit.

Goofy schlurft zur Bank. Die Luft ist rein – außer ihm und einem Köter, der an der Eiche das Bein hebt, ist niemand in Sicht. Er lässt seinen Rucksack fallen, klettert auf die Bank und zieht das gelbe Heftchen aus seiner Hosentasche.

»Nun rückt, Hippolyta, die Hochzeitsstunde / Mit Eil' heran; vier frohe Tage bringen / den neuen Mond …« Eiche und Hund hören geduldig zu. Goofy geht zur nächsten großen Szene über – seine Strafpredigt an die junge Hermia, die Lysander statt Demetrius heiraten will. *»Drum fraget Eure Wünsche,*

schönes Kind, / Bedenkt die Jugend, prüfet Euer Blut, / Ob Ihr die Nonnentracht ertragen könnt …«

Etwas übertrieben findet Goofy diese Ansprache schon. Der Zölibat ist eine echte Alternative für alle, die dem Lauf der Welt abgeschworen haben so wie er. Allerdings hat Goofy in Sachen Keuschheit bei sich selbst ein Zaudern entdeckt, seit er die Sommersprossen in Johannas Gesicht gezählt hat. Sie funkelten im staubigen Licht der Turnhalle. Neununddreißig links, dreiundvierzig rechts und genau siebzehn auf dem Nasenrücken. Macht neunundneunzig. Die neun ist blau und schwebt gerade in zweifacher Ausführung durch sein Gesichtsfeld. Ein heller Lichtstreif, der sich windet, sich in Richtung Geäst schlängelt, dort kurz zu einem frischem Grün erblüht. Er blinzelt, die Erscheinung verschwindet. Er ist immer noch Goofy alias der Herzog von Athen und wird in vier Tagen Johanna heiraten: Gut! *»Den neuen Mond: doch o wie langsam nimmt / Der alte ab! Er hält mein Sehnen hin, / Gleich einer Witwe, deren dürres Alter / Von ihres Stiefsohns Renten lange zehrt.«*

Der Kram lernt sich ziemlich flott weg. Schade, dass er nur so eine kleine Rolle hat. Übelnehmen kann er es Benni nicht wirklich – Goofy wäre selbst der Letzte gewesen, der sich eine Hauptrolle gegeben hätte. Eigentlich ist er mit Theseus gut bedient. Aber jetzt läuft es wie am Schnürchen. Er geht zum fünften Akt – *gut gezaust Löwe!* – und blättert dann aus lauter Langeweile noch mal durch. Oberon gefällt ihm: *Vermeßne, halt! Bin ich nicht dein Gemahl?*

Da geht ganz schön die Post ab, denkt Goofy, und in dem Moment klingelt sein Handy.

– Struppi?
– Ja.
– Was gibt's?
– Mm. Nicht viel.
– Hört sich nach mehr an.
– Wo bist du?
– Park.
– Kann ich kommen?
– Klar.

Goofy packt das gelbe Heft ein und macht schnell ein paar Primzahlen rückwärts. Als Struppi kommt, muss er tief Luft holen. Struppis Auge ist geschwollen und blau. Er humpelt.

»Mannomann«, sagt Goofy. Struppi lässt sich neben ihn fallen. »Die haben dich aber ganz schön zugerichtet.«

»Brinke will die Namen«, sagt Struppi. »Bis morgen um neun.«

»Kommt nicht in Frage. So was geht gegen die Ehre.«

»Außerdem bin ich pleite«, sagt Struppi.

»Kein Thema«, sagt Goofy. »Die Limo aus dem Ekk kannst du vergessen.«

»Ich brauche einen neuen Job«, sagt Struppi. Er mustert die Ränder unter seinen Fingernägeln.

»Brinke ist ein Arschloch«, erklärt Goofy, der beim vorigen Programmpunkt hängengeblieben ist.

»Stimmt. Feeren und Tedern«, sagt Struppi.

»Feeren und Tedern?«

»Teeren und Federn.«

»Zu gut für ihn.«

»Viel zu gut für ihn.« Sie schweigen eine Weile vor sich hin.

»Max und Ivan sind zwei Arschlöcher«, sagt Goofy dann.

»Riesenarschlöcher.«

»Gut gezaust, Löwe.«

»Hä?«

»Ist nur so'n Spruch. Aus dem Stück. Ich habe gerade meinen Text gelernt. Was spielst du überhaupt?«

Struppi zuckt mit den Schultern. »So einen Kerl mit Eselskopf.«

»Zettel.«

Struppi schaut ihn überrascht an. »Woher weißt du das?«

»Ich hab's gelesen.«

»Alles? Das ganze Stück?«

»Alles. Du brennst mit Titania durch, und sie hält dich für einen ganz tollen Kerl. Trotz der Eselsohren. Wann hast du denn Probe?«

»Weiß nich«, sagt Struppi und windet sich bei dem Gedanken, dass Mireille die Titania spielt. Ihr mit einem blauen Auge zu kommen ist schlimm genug! Seit Freitag schaut er unentwegt auf sein Handy und hofft, dass sie ihm eine SMS schickt. Fehlanzeige. Überhaupt ist es, als wäre nichts gewesen. Wenn Mireille ihn in der Schule sieht, tut sie so, als wäre er Luft. Sieht einfach durch ihn hindurch.

»Kannst du deinen Text schon?«

»Nö.«

»Wir könnten ja üben. Ich höre dich ab.«

»Du spinnst.«

»Stimmt«, sagt Goofy. »Aber nur ein ganz kleines bisschen. Genau genommen fast gar nicht.«

»Ich hab kein Heft dabei.«

»Nimm meins.«

Wenig später ist Goofy Squenz, Schnock, Flaut, Schnauz, Schlucker. Struppi spielt Zettel bis zu der Stelle, an der er mit Eselsohren im Wald erwacht.

»Ich bitte dich, du holder Sterblicher, / Sing noch einmal!« Goofy tänzelt um die Bank. *»Gewaltig treibt mich deine schöne Tugend, / Beim ersten Blick dir zu gestehn, zu schwören: / Dass ich dich liebe.«*

Struppi hat genug. Der Kram hat ihm den Rest gegeben – wenn er im Eselskopf um Mireille rumhüpfen muss, dann ist sie ohnehin fertig mit ihm. Fertiger als fertig. Absolut fertig.

»Muss los«, sagt er.

Goofy nickt abwesend. Er zückt sein schwarzes Heft und schreibt auf, was er von Johanna weiß. Dann macht er sich auf zu Starbucks. Seine Eltern sitzen schon am Tresen. Max sieht er auch, ganz vorne im Fenster, er hämmert wie bescheuert in sein Handy. Goofy ist jetzt Theseus, der Herzog von Athen. Was gespielt wird, wer wann in sein Handy hämmert, entscheidet immer noch er. Auch wenn er normalerweise ein gerechter Mensch ist, friedfertig und dem Faustrecht abgeneigt, findet Goofy, dass eine Herzogrolle gewisse Würden mit sich bringt. Er richtet scharf und unverzüglich. Er stößt die Tür auf.

»Hallo, Max«, sagt er und schlägt ihm das Handy aus der Hand. Tritt mit Turnschuhen Größe 46 darauf, bis das Gehäuse knirscht. Packt Max beim Hemdenkragen und scheuert ihm eine rechts und eine links. »Schönen Gruß von Struppi.« Er lässt Max in den Sessel fallen. Geht zum Tresen, wo ihn seine Eltern mit offenem Mund erwarten.

Auf dem Heimweg sieht Struppi einen Zettel an der Bäckerei. *Freundliche Aushilfe gesucht.* Er betrachtet sein lädiertes Gesicht in der Scheibe und denkt, dass die Sache keinen Wert hat. Geht trotzdem in den Laden.

»Ja bitte«, fragt eine mürrisch dreinblickende dürre Frau.

»Äh, ich komme wegen der Aushilfe«, sagt Struppi.

»Ja?«

»Ich kann verkaufen. Brot und Brötchen und so.«

»Wie alt bist du denn?«

»Fast sechzehn.«

Die Frau schüttelt mitleidig den Kopf. »Bring deinen Schülerausweis. Dann sehen wir weiter.«

Zu Hause heult Babette rum. Mama ist weg. In der Küche stehen wieder Flaschen. Der Kühlschrank ist leer, und Struppi fühlt sich, als wäre er der Typ aus der Warteschleife. Immer passiert das Gleiche und nur die doofen Sachen. »Hör auf zu heulen«, sagt er zu Babette. »Sammel lieber die Flaschen ein. Wir gehen zu Netto.«

*Lemniskate zwei**

Zeit
Sie läuft immer weiter
Niemals zurück
Unaufhaltsam
Sie macht ihr Ding
Einfach weiter
Der schwarze Punkt da unten
Das
Bin ich

* *Goofys zweites Gedicht, welches das Mysterium seiner Existenz beschreibt.*

Puck pirscht durch den Wald. Lysander liegt auf seiner Jacke, Hermia hat sich zwei Meter entfernt auf eine Turnmatte gelegt. Sie schlafen. Philipp nähert sich dem keuschen Paar im Vierfüßlergang. *»Wie ich auch den Wald durchstrich, / Kein Athener zeigte sich / Zum Versuch auf seinem Auge, / Was dies Liebesblümchen tauge.«*

Jetzt sieht er Lysander, und ein gieriges, listiges Lächeln breitet sich auf seinem Gesicht aus. Ein Lächeln, das Ben einen leichten Schauer über den Rücken jagt. Wo nimmt der Junge das her?

Philipp geht jetzt in die Hocke.

»Aber wer – o Still' und Nacht! – / Liegt da in Athenertracht?«

Ben wagt kaum zu atmen, er will den Zauber nicht durchbrechen. Die Plastikblume, mit der Puck sich jetzt an Lysanders Auge zu schaffen macht, hat er bei Luigi abgezweigt.

Als Lysander erwacht, verfliegt der Zauber. Max ist Max. Aber er hat seinen Text gelernt, immerhin. Auch blitzte bei ihm und Rosetta so etwas wie Anziehung auf. Die Sache hat auf jeden Fall

Potential. Valeria als von Demetrius verschmähte Helena zeigt glaubhafte Eifersucht. Markus gibt einen Demetrius, dessen Präsenz überrascht.

Die Freitagabendprobe läuft zufriedenstellend, auch bei der ersten Szene. Den Spielleiter Squenz, der den komischen Einakter von Pyramus und Thisbe verfasst, will Ben Zimmermann selbst spielen; ein Einfall, auf den er besonders stolz ist. Nick hat wegen seiner schmalen Gestalt neben dem Zeremonienmeister Philostrat die Rolle der Thisbe übernommen (über den fliegenden Wechsel der Kostüme will Ben sich später Gedanken machen). Karlotta und Kai geben Schnauz und Schlucker – als pädagogischen Nebeneffekt hofft Ben darauf, dass Kai ein wenig von seiner Schüchternheit ablegen wird. Der korpulente Henri darf den Löwen spielen, außerdem will er bei den Kulissen helfen.

Die Überraschung des Abends aber ist Struppi als Zettel. Ben hat ihn vor der Probe beiseitegenommen und ihm die Sache mit den Eselsohren erklärt. Struppi, offensichtlich im Bilde, hat sich bereit erklärt, es wenigstens zu versuchen. Sein Widerstand war spürbar, doch gab genau der ihm für die erste Szene eine unerwartete Verve. *Ich will mit 'ner terribel feinen Stimme reden: Thisbe! Thisbe!*, flötet er, und als sich Nick dann bei Struppi einhängt und mit schriller Stimme antwortet, reagiert Struppi spontan, und die beiden drehen eine Ehrenrunde durch die Turnhalle.

Bens Hochstimmung verfliegt im Auto, als ihm klar wird, dass er einen neuen Termin im Kinderwunschzentrum hat. Zweimal hat er ihn bereits verschoben, Beatrice stets ausweichende Auskünfte gegeben. Erst jetzt fällt ihm auf, dass sie nicht nachgehakt hat. Was Bea überhaupt nicht ähnlich sieht.

Die Dame am Empfang lächelt ihr Profilächeln. Er wird an einer Reihe von Plüschstörchen vorbeigelotst, die er wohl beim letzten Mal übersehen hat. Findet sich in einem winzigen Besprechungszimmer mit gebärmutterfarbenen Wänden wieder. *Then let us teach our trial patience*, sagt sein innerer Shakespeare. Eine junge, sehr geschäftsmäßige Ärztin betritt den Raum. Fragt, ob er dieses Gespräch ohne seine Partnerin führen wolle?

Ben nickt.

Sie nimmt das Spermiogramm aus einem braunen Umschlag. Schaltet ein Licht unter dem Tisch ein, an dem er sitzt, und legt die Folie darauf.

Selbst dem Laien fällt eine schlechte Nachricht auf, wenn sie sich unverhüllt zeigt. Die Köpfe der Kaulquappen, die über die Folie schwirren, haben Beulen und Dellen. Die Schwänze sind winzig, kupiert, zerstückelt oder fehlen ganz. Die Erklärungen der Ärztin rauschen an ihm vorbei. Fehlende Motilität, zu geringe Spermienkonzentration, genetisch bedingte Unfruchtbarkeit. Allein der pH-Wert seiner Probe scheint akzeptabel.

Ob es ganz gewiss *seine* Probe sei, fragt er nur der Vollständigkeit halber. Ob es ganz gewiss sei, dass er *zeugungsunfähig* ist?

Mit einem solchen Spermiogramm, sagt die Ärztin jetzt mitfühlend, sei eine natürliche Zeugung fast ausgeschlossen. Allerdings stünden ihm und seiner Partnerin nun das ganze Team der Kinderwunschklinik zur Seite. Dank neuester Frischzell- und In-Vitro-Methoden könnte unter Umständen doch Abhilfe geschaffen werden. Natürlich spiele auch der finanzielle Rahmen des Paares eine Rolle. Ob sie sonst noch etwas tun könne, um ihm über diese Neuigkeit hinwegzuhelfen, die er sicher noch verdauen müsse?

Zu Hause macht er sich ein Bier auf. Bemerkt, dass er Tennissocken angezogen hat, eine modische Entgleisung, die Bea nicht ahndet, denn sie ist nicht da. Er sitzt im Fernsehsessel und wartet. Er will sie nicht anrufen. Geht um Mitternacht zu Bett. Geisterstunde, denkt er und glaubt Pucks schrilles Gelächter aus der Ferne zu hören.

Dritter Aufzug
März

Im März steht die Morgensonne im Klassenzimmer, beleuchtet die zerkratzten Tische, fällt auf Frühstücksdosen, auf Federmappen, angekaute Bleistifte, Geodreiecke mit fehlenden Ecken. Die Münder der Mädchen schimmern, ihre Haare sind zu lässigen Knoten geschlungen, ein klebriger Film von Deospray liegt in der Luft. Für Goofy, der seit Wochen überall Johanna sieht, ist die Welt aus den Fugen geraten. Vergebens versucht er, sie anzusprechen. Er lungert im Gang, folgt dem hellen Punkt ihrer Haare über den Schulhof, steht hinter ihr am Kiosk. Es gelingt ihm einfach nicht. Immer ist Johanna beschäftigt, schon anderswo, der wippende Mittelpunkt eines fröhlichen Mädchenpulks. Goofys persönlicher Tiefpunkt ist erreicht, als er wie ein nasser Sack am Reck hängt und unter den abschätzigen Kommentaren des Sportlehrers Franz Manderleit mal wieder keinen Aufschwung hinkriegt.

»Wenn man die Stange noch tiefer setzt«, sagt Manderleit, »brauchst du nur noch deine Beine darumzuwickeln.«

Goofy spürt die Blicke der Mädchen wie Saugnäpfe auf seinem viel zu ungelenkigen Körper. Er wünscht sich weit weg, in die Welt des Dr. Alchimus, wo jede Niederlage des Helden früher oder später geahndet wird.

Struppi ergeht es wenig besser. Mireille weicht seinem Blick aus, sieht durch ihn hindurch oder unbeteiligt an ihm vorbei. Wochenlang hat Struppi auf das Display seines Handys gestarrt, jetzt ist sein Guthaben alle. Keine einzige Nachricht. Sein Leben ist ein großes gähnendes Loch. Bankrott ist er außerdem. Die Tanke lässt ihn warten. Die Kassiererin bei Netto wirft argwöhnische Blicke, wenn er mit den leeren Flaschen kommt. Er hat sich angewöhnt, ganz früh oder ganz spät zu gehen, dann sitzt der pickelige Lehrling am Band.

Max Vanderbilt ist im Aufwind. Er hat sich zum neuen Star der Klasse gemausert, ist in der Hierarchie der oberen Jungen nach oben geklettert, was mit seiner Freundschaft zu Ivan zu tun hat. Zudem ist Max der erste Schüler, der offiziell eine Freundin hat, in den Pausen hält er hinter dem Schuppen Händchen mit Valeria. Gemeinsam mit Ivan und Rosetta sind sie das neue In-Kleeblatt, bestaunt von der Klasse wegen der Lässigkeit, mit der sie an der Schulmauer lehnen, mit der sie ihre Raven-Sonnenbrillen tragen, in denen sich der Schulhof spiegelt.

Friedrich Merkwarts Stimmung ist heikel, als er an diesem, ersten Montag im März einen Brief des Schulträgers öffnet.

»Ja bitte«, sagt er zerstreut, als es klopft.

Er registriert die Anliegen des Schulrats. Finanzielles, die Vorstellung des neuen Schulpriesters. Kein Wort zu den Bauplänen, die er eingereicht hat.

Alfons Brinkemeier, Ludwig Dittrichs und Ben Zimmermann schieben sich in sein Büro. Friedrich Merkwart lotst die Lehrer zu seiner neuen Sitzgruppe: weißes Leder, Chromgestänge, Bambus in Glastöpfen auf kleinen Beistelltischen. Dort sitzen sie in angespannter Haltung.

»Wo drückt der Schuh«, fragt Merkwart so ungezwungen wie möglich. Brinkemeier stochert hinter seinem Krawattenknoten rum, zückt dann sein rotes Notizbuch, schwenkt es wie eine Siegesfahne. »Die 9c«, sagt er ohne weitere Umschweife. »Die Leistungen lassen nach. Die letzte Deutscharbeit hatte einen miserablen Durchschnitt. Die Klasse fällt ab, weit hinter die anderen Neunten. Ich muss Sie auf diesen Umstand aufmerksam machen.«

»Verstehe.«

»Es wird zu viel geprobt. Nachmittags, abends, am Wochenende.«

»Montags und freitags«, sagt Ben Zimmermann. »Samstags kaum.«

Brinkemeier beachtet ihn nicht. »Die Schüler haben Flausen im Kopf. Keine Zeit mehr für ihre Hausaufgaben. Wenn es so weitergeht, schafft ein gutes Dutzend das Halbjahr nicht.«

Friedrich Merkwart registriert einen Geruch von Alkohol im Atem des Deutschlehrers. Er mag ihn nicht, all dieses Anschwärzen von Kollegen mag er noch weniger als Brinkes anfängliche, offene Feindschaft.

»Was meint denn der Klassenlehrer?«

»Mäßige Leistungen, sinkender Klassenschnitt«, bestätigt Ludwig Dittrich. »Aber noch ist nichts wirklich bedenklich.«

»Drei Fünfen und eine Sechs. Das ist durchaus bedenklich.« Alfons Brinkemeier richtet seine kleinen Augen auf Ludwig Dittrich.

»Es gibt bei den betreffenden Schülern einen Ausgleich in den Naturwissenschaften. Und neunte Klassen können labil sein, das ist bekannt.«

»Labil!« Brinkemeier stößt das Wort hervor. »Ist es auch labil, wenn sich eine ganze Klasse in ein Tollhaus verwandelt?«

»Ein Tollhaus?« Friedrich Merkwart zieht eine Augenbraue hoch.

»Wenn ich das Klassenzimmer betrete, rennen die Schüler über Tische und Stühle. Manchmal dauert es geschlagene zehn Minuten, bis ich mit dem Unterricht anfangen kann. Alles Weitere verrät Ihnen die Kollegin Weishaupt.«

»Nicht doch.« Ludwig Dittrich hebt beschwichtigend seine Hände.

»Haben Sie dafür eine Erklärung?«, fragt Friedrich Merkwart.

»Wie ich schon sagte, es wird zu viel geprobt.«

»Was meinen Sie dazu?« Der Direktor wendet sich direkt an Ben Zimmermann.

»Nun ja«, sagt Ben. »Wir fangen demnächst mit dem dritten Akt an. Waldszene, Nacht. Puck macht einen tollen Job. Die anderen schlagen sich ganz passabel.«

»Sehen Sie einen Zusammenhang zwischen dem Verhalten der Klasse und den Proben?«

Ben Zimmermann zögert kaum wahrnehmbar.

»Die Pubertät ist ein unbekanntes Land. Undurchdringlich wie der Wald bei Shakespeare.«

Friedrich Merkwart sieht seinen Englischlehrer scharf an und bittet die anderen Kollegen, zu gehen.

»Herr Merkwart, die Klasse ist dem nicht gewachsen«, sagt Alfons Brinkemeier noch. »Sprechen Sie ein Machtwort.«

Merkwart schließt die Tür mit Nachdruck.

»Also«, sagt er dann. »Herr Zimmermann, was ist los? Muss ich mir Sorgen machen? Haben Sie alles im Griff?«

»Neunte Klassen sind etwas Besonderes. Die Schüler sind sehr empfänglich für das Theaterspiel, sie treten in Prozesse ein, die ihrer Persönlichkeit …«

»Ich brauche kein Psychodrama, ich brauche eine gelungene Aufführung für die Förderer unserer Schule. Außerdem sollen die Schüler ihr schulisches Pensum schaffen und die Versetzung in die zehnte Klasse bestehen. Ohne Aufsehen, ohne Irregularitäten, ohne Zwischenfälle. Ohne Tote auf dem Pausenhof. Kriegen Sie das hin?«

»Ich gebe mein Bestes.«

»Ja oder nein?«

»Ja«, sagt Ben Zimmermann.

»Ich verlasse mich auf Sie.«

Auf dem Weg nach Hause begleitet Ben ein flaues Gefühl. Er denkt an den Einkauf, denkt an die Aufführung, denkt an alles, was er noch nicht bedacht hat. Die Kostüme, er muss unbedingt mit den Kunstlehrern sprechen. Es schwebt ihm Transparenz vor, Gaze, Mülltüten, ein Wald aus Konservendosen, alle Stoffe müssten aus recyceltem Material sein, darüber eine Diskokugel, unter der die glitzernden Fünftklässler sich dann endlich wie Elfen bewegen würden. Herrje, er hat die Tanzszene vergessen. Ein dünner Faden Schweiß rinnt ihm in den Nacken, als er an der Kasse von Aldi steht. Es gibt schon länger keine Einkäufe im Feinkostladen mehr, auch keine Benzimmermannpizza mehr, keine mit und keine ohne Kapern, er verständigt sich mit Beatrice meistens über Handy oder gelbe Zettel auf dem Küchentisch. Auf ihren stehen immer die gleichen Sätze: *Komme später, Rufe an, Es wird heute spät.*

Zu Hause blinkt ihm der Anrufbeantworter entgegen. Zerstreut drückt Ben auf die grüne Taste, hört eine fremde weibliche Stimme, die auf die Anzeige antwortet. Welche Anzeige, fragt er sich, und dann fällt es ihm wieder ein, er hat eine Anzeige geschaltet, *Choreographin für ambitionierte Schulaufführung gesucht.*

Er geht in die Küche, studiert den Zettel des heutigen Tages, Bea muss zur Vorstandssitzung, die lange dauert. Schiebt sich ein Hähnchenragout in die Mikrowelle, isst im Stehen, geht noch kauend zum PC, um in seine E-Mails zu schauen. Sein Herz setzt drei gefühlte Schläge aus.

maryjane@interconsulting.com
Dear Ben,
I was delighted to get your message. I hope you are well, I quickly checked the Web but could'nt find you. What are you doing these days?
I will be travelling to Germany next week on business. I could plan a slight detour and meet you for a cup of coffee.
Best wishes
Mary Jane

Ben muss sich setzen. Er klickt die E-Mail weg und wieder an, da steht sie und leuchtet ihm freundlich entgegen. Er liest noch einmal, wendet jeden Satz hin und her.

Natürlich hat er keine Spuren im Web hinterlassen, abgesehen von dem zweiten Platz in der Landesliga, den seine Handballmannschaft belegt hat, als er neunzehn war, da müsste es ein Foto geben mit ihm, dritter Schlaks vorne links. Muss man Spuren im Web hinterlassen, um einer Frau wie Mary Jane zu gefallen? Muss man nicht, denkt Ben, nicht wenn man auf eine gemeinsame Vergangenheit zurückblickt und das eine oder andere Sonett von Shakespeare noch auswendig kann und notfalls ganze Monologe aus ›Twelfth Night‹: *Some are born great, some achieve greatness and some have greatness thrust upon them.* Er antwortet Mary Jane mit gebotener Zurückhaltung, drückt auf *send* und ruft die Choreographin zurück.

Als das Telefon klingelt, stößt sie sich am Küchentisch, stolpert über Pantoffeln, verflucht ihre Kurzsichtigkeit und sieht ein flüchtiges Bild, wie sie ein Grandjeté auf einem matt erleuchteten Bühnenboden hinlegt. Sie erwischt den Hörer, weiß erst nicht, zu wem diese männliche Stimme gehört, erinnert sich dann an die Anzeige und ihren Anruf und sagt zu. Ja, heute Abend sei ohne weiteres machbar, über das Honorar würde man sich sicher einig, sie habe da keine allzu großen Erwartungen. Sieht auf die Uhr, stürzt ins Bad, duscht, legt etwas Make-up auf und dreht sich die Haare zum Knoten. Bis eben war sie eine Tänzerin im Wartestand, unbenutzt wie weißbedeckte Möbelstücke in der Requisite.

Punkt neunzehn Uhr stößt sie die Tür zur Turnhalle auf, riecht Staub, Schweiß und Kreide. Ein junger Mann kommt auf sie zu, der etwas fahrig, aber durchaus sympathisch wirkt. Sie streckt ihren Rücken durch und stellt sich vor, Caterina und mit Nachnamen tatsächlich Valente, wie der Schlagerstar. Sie wartet auf ein spöttisches Zucken des Mundwinkels.

Das ausbleibt.

»Prima«, sagt ihr Gegenüber nur, nimmt umständlich zwei Stühle von dem Stuhlturm. Sie setzen sich. Ben erklärt, wie weit die Proben sind und wie er sich getanzte Elfenszenen wünscht. Blickt auf ihren Fuß, der sich in einem Tanzschuh durchstreckt. Ein Hauch von Limone erreicht ihn, und jetzt nimmt sie ihre Brille ab, wird richtig hübsch, schüttelt rote Locken und erinnert ihn an Mary Jane.

Die Fünftklässler erscheinen, und Caterina Valente lässt sie hopsen, den Rücken, das Bein und die Arme strecken. Später schiebt Ben einen Stufenbarren in den Raum, und die Mädchen üben konzentriert weiter, versuchen ein Plié und die erste Position, der Boden der Turnhalle knarrt, und man hört ihr Schnaufen. Ruhe kehrt ein, eine Ruhe, in der man sich geborgen fühlen kann. Caterina vergisst die anderen Bühnen, und Ben vergisst das Spermiogramm, das sich immer öfter wie ein Gazeschleier vor sein inneres Auge schiebt.

Später kommen Struppi und Mireille, um die Eselsszene zu proben. Vorsichtig stülpt Struppi sich eine Mütze mit zwei langen Pappohren über den Kopf.

»Begehre nicht aus diesem Hain zu fliehen; / Du musst hier, willig oder nicht, verziehn. / Ich bin ein Geist von nicht gemeinem Stande.«

Mireille bricht in ein wildes Lachen aus. »Ich ka-ka ni-ni…«

»Du musst den Zettel, also Struppi jetzt mit dir wegziehen. Du nimmst ihn mit in deinen Elfenhain«, sagt Ben.

Mireille nimmt Struppi bei der Hand, und Struppi erschauert, als sich elektrische Funken in seinem ganzen Körper ausbreiten. Mireilles Hand ist kühl, trotzdem wird ihm heiß. Mireille zieht Struppi mit sich fort in Richtung der Stühle, wo das Nachtlager der Titania aufgeschlagen ist. Sie prustet wieder los. Struppi sieht seinen Schatten mit Eselsohren an der Wand und fühlt sich bescheuert. Die Sextaner folgen ihnen, hopsend mit neu erlernten Schrittfolgen. Ein Mädchen vergisst abzubremsen und rast in die Stuhlpyramide. Der Turm wankt, fällt in sich zusammen und begräbt eine weitere Tänzerin unter Stuhlbeinen. Alle schreien durcheinander, wollen helfen. Die Sextanerin kriecht aus den Stühlen, unversehrt bis auf ein leichtes Hinken. Trotzdem heult sie wie eine Sirene. Ben verliert die Geduld, schimpft seine Schüler aus, will die Sextaner nach Hause schicken und erinnert sich dann wieder, dass diese Probe, ausgerechnet diese, unter Beobachtung steht.

Caterina Valente kniet schon.

»Der Knöchel ist verstaucht.« Sie betastet den anschwellenden Fuß. »Ich würde die Eltern benachrichtigen.«

Ben fragt sich ernüchtert, warum er sich das angetan hat, welcher Geist ihn geritten hat, und dass er in diesem Tempo niemals fertig werden wird bis Mai. »Alle nach Hause«, befiehlt er barscher als beabsichtigt. »Wer abgeholt wird, wartet in der Umkleide.« Dann hilft er Caterina Valente, das verletzte Mädchen auf eine Turnmatte zu legen.

Some have greatness thrust upon them. Mit einem Anflug von Resignation fischt er sein Handy aus seinem Rucksack.

Struppi läuft neben Mireille durch die Dunkelheit, und er kann sein Glück kaum fassen. Schon einmal sind sie so gelaufen, nur sie beide. Das war der Abend, an den Struppi so oft gedacht hat, dass er jede Sekunde, jede Minute erinnert. Mireille barfuß auf der Bank. Ihre Finger in seiner Hand, so leicht; die Worte schwer. Worte wie Valium, Diazepam, schwer auch ihr Kopf an seiner Schulter. Er hat den Abend zerlegt in seine Bestandteile, ihn vor- und zurückgespult, wieder neu zusammengesetzt, besondere Momente in einer Endlosschleife geparkt.

Mireille geht schweigsam. Dann sieht sie ihn an.

»Hau ab.«

»?«

»Verpiss dich.«

»Ich … äh …«

»Ich äh was?«

»Ich äh – wir haben den gleichen Weg.« Struppi macht eine vage Geste Richtung Bahnhof.

»Nicht, wenn du dich jetzt verpisst.« Mireille bleibt stehen. Struppi auch.

Sieht sie einen Augenblick an, die Kajalaugen in ihrem bleichen Gesicht, dann haben die Worte sein Gehirn erreicht.

»Ich geh woandershin. Da lang«, sagt Mireille, dreht ab, lässt Struppi stehen.

Das Tor öffnet sich mit einem elektrischen Summen, sie kennt jetzt den Code. Die Wohnung ihres Vaters liegt dunkel. Gut, keiner zu Hause.

Sie sucht den Lichtschalter, doch dann sind da

doch Stimmen, ein unterdrücktes Lachen, ein schmaler Lichtstreif unter der verschlossenen Badezimmertür, eine Frauenstimme, die tiefere Stimme ihres Vaters, die Worte unverständlich, wieder ein Lachen, Wasser plätschert, wird in die Badewanne eingelassen. Mireille steht eine Weile regungslos, dann flieht sie, lässt die Tür hinter sich zufallen, knirschende Schritte auf dem Kies, das Tor schließt sich mit einem satten Geräusch, die Dunkelheit schluckt ihren Schatten.

Ben und Caterina haben die Sextanerin einer besorgten Mutter übergeben, danach stehen sie vor der Turnhalle.

»Ich muss jetzt los«, sagt Ben.

Caterina meint, dass das bestens, also prima sei.

Sie stolpert über einen Turnbeutel. Ben fasst sie am Ellbogen. »Entschuldigung«, sagt sie und kramt in ihrem Webpelzmantel nach ihrer Brille. »Minus sieben Dioptrien. Das ist übel für eine Tänzerin.«

»Wo haben Sie denn getanzt?«

Etwas in Caterina Valentes Antwort wird jetzt undeutlich, sie spricht von ihrer Ausbildung in Wien und dass dann doch etwas dazwischengekommen sei, bei ihrer Festanstellung. Ben Zimmermann, Experte für bescheidene Lebensentwürfe, schließt wortlos ab. Ein leiser Nieselregen setzt ein, sie gehen immer noch nebeneinander her.

»Ich bin dann mal weg«, sagt sie. Sie bewegt sich aber nicht, sieht ihn erwartungsvoll an.

»Ich hätte noch Zeit, wir könnten noch einen Kaffee trinken.«

Sie nehmen die Koala Bar, sitzen unter Kunstpalmen und bestellen Mojitos. Sie lebe allein, bietet Caterina Valente ohne Nachfrage an, wobei sie Bens Ringfinger studiert. Sie sei ungebunden, wenn man von ihrer Mutter absähe, mit der sie dreimal am Tag telefonieren müsse, denn die leide an Demenz und am Ostkoller.

»Ostkoller«?

Caterina Valente macht eine ausladende Geste. »Meine Mutter wurde auf der Flucht geboren. Ostpreußen, Winter 1945. Sie trägt große Hüte und redet unentwegt von dem Gehöft ihrer Eltern.«

»Verstehe.«

»Samstags essen wir im Kaufhof. Auf der Dachterrasse, mit Blick über die Stadt.«

»Es gibt schönere Lokale.«

»Nicht mit Aufzug. Wie laufen die Proben denn so?«

Ben verwirrt der abrupte Themenwechsel.

»Ehem, blendend. Meistens. Also manchmal … das heute war jetzt nicht der Durchschnitt.«

»Verstehe«, sagt Caterina Valente, schaut ihn fragend an, und wieder muss Ben sortieren: dieser offene, prüfende Blick, zu direkt, durchdringend eigentlich.

»Ich könnte aushelfen«, sagt Caterina Valente. »Ich bin gerade zwischen Engagements.«

Das Wort *Engagement* hängt schwer in der Luft. Ben bestellt noch zwei Mojitos. Sie reden leise weiter, irgendwann ist es nach Mitternacht. Caterina Valente hängt beschwipst an seinem Arm. Sie gehen über nasses Kopfsteinpflaster, und Ben muss sich besinnen, wo er sein Auto geparkt hat. Aber Caterina besteht darauf, dass sie alleine nach Hause geht, haucht ihm einen Kuss auf die Wange und verschwindet in der Nacht, ein schwankender Schatten.

Zu Hause kocht Ben sich einen doppelten Espresso, überprüft das Schlafzimmer (leer) und seine Mailbox (voll).

> *maryjane@interconsulting.com*
> dear Ben,
> arr. next thursday, 3 pm.
> regards, Mary Jane

Ben kramt in seinen Schubladen. Da sind die alten gelbstichigen Polaroids, Mary Jane als Viola, und tatsächlich: Sie trägt einen Stoffhut mit Kunstfrüchten. Ben erinnert sich, dass an diesem Tag die Kulisse, Schloss und Garten, einfach umgekippt ist, und dass er mit Mary Jane danach durch regennasse Straßen gelaufen ist, so wie heute mit dieser Caterina Valente, die er interessant findet, wenn auch etwas unberechenbar. Ihr Mantel ist zu rot, ganz unpassend zu ihrem Haar. Mary Jane bevorzugt schlichte Farben. Bea ist die Eleganz schlechthin.

Schwer lässt Ben sich ins Bett fallen, tätschelt die leere Seite neben sich und stellt den Wecker auf 6.00 Uhr.

Friedrich Merkwarts Wecker klingelt. Er hat einen harten Tag vor sich, den Schulrat am Vormittag, den Rotary-Club am Abend, er steht schwungvoll auf, auch leise, um Sofia nicht zu wecken. Er rasiert sich nass mit seinem Messer, geübte Bewegungen, trotzdem ein kleiner Schnitt, er flucht leise und desinfiziert. Es hat Wochen gedauert, den Drachen aus dem Schulsekretariat dazu zu bewegen, ihm seine Nachrichten weiterzuleiten. Modernes Management ist an seiner Schule noch nicht angekommen, auch das Tempo, mit dem seine Anfragen beim Bistum bearbeitet werden, liegt gefühlt im 19. Jahrhundert.

Er wählt seinen besten Anzug und die Uhr des Tages, seine Rolex. Sitzt eine Stunde später im Generalvikariat. Blickt in einen Garten mit alten Obstbäumen. Sie gehen die Mappen mit den Lebensläufen der Anwärter für das Schulpriesteramt durch, sehen in Michael Rübsam den aussichtsreichen Kandidaten. Gerade 29 Jahre alt, Theologiestudium in Mainz, Priesterseminar in Bonn abgeschlossen – ein Überflieger, zugleich noch jung genug, nah an den Schülern. Dann lehnt sich der Schulrat zurück und erinnert ihn daran, dass die Schule im Sommer 725 Jahre alt wird, Merkwart hat das hoffentlich nicht vergessen?

Der Direktor zuckt zusammen. Er rechnet kurz nach, tatsächlich. Wie konnte ihm das Datum entgehen? Er beeilt sich zu versichern, dass alles nach Plan läuft: Kernstück der Festlichkeiten sei eine großartige Theateraufführung, Shakespeares ›Ein Sommernachtstraum‹. Die Proben seien weit fortgeschritten. Der Schulrat nickt zufrieden, kommt dann zu Merkwarts Erleichterung auf die Baupläne zu sprechen.

Kurz nach neun steht Ben Zimmermann vor der 9c, doch er dringt nicht durch mit seinen Ausführungen zur Boston Tea Party. Vielleicht, weil er selbst abgelenkt ist, ständig schießt ihm der gestrige Abend durch den Kopf. Struppis verpeiltes Gesicht unter den Eselsohren, der Sextanerknöchel, Caterina Valentes Bein, das in der Koala-Bar seines streift. Die E-Mail von Mary Jane. Er ruft sich zur Ordnung. »Ivan, bitte wiederhole, was ich eben gesagt habe.«

Ein dunkler Schopf hebt sich. Auf dem Tisch schimmert das Display eines Handys. Ben müsste es eigentlich einsammeln.

»Ehem, keine Ahnung.«

Ben geht in Vorlage. »Die Boston Tea Party war der Auftakt zu welchem Ereignis?«

Johanna formt aus einer Hand einen Trichter, souffliert über den Gang in Ivans Richtung.

»Zweiter Weltkrieg?«, bietet Ivan an.

Ben seufzt, lässt seinen Blick über die Bänke schweifen. Mireille Fürbaß fehlt heute – hat ein Zettel in seinem Fach gelegen? Wahrscheinlich fehlt sie unentschuldigt. Er setzt den Anruf bei den Eltern erneut auf die Liste der zu erledigenden Dinge. Struppis Kopf ist in seine Armbeuge gesunken, Goofy schaut konzentriert aus dem Fenster. Markus und Max spielen Schiffe versenken.

»Okay, Leute, alle aufwachen. Wir machen einen Ausflug. Zieht eure Jacken an.«

»Wohin geht es denn?«, fragt Johanna.

»Überraschung.«

Struppi muss auch physisch geweckt werden, das übernimmt Goofy. Rosetta hat ihre Jacke in der Turnhalle vergessen, und Markus, der gerne barfuß im Unterricht sitzt, findet seinen rechten Sneaker nicht.

Endlich bugsiert Ben seine 9c in den Schulgarten. Er lässt sie braune Blätter harken und erstes Unkraut zupfen. Er sieht, dass der Direktor aus seinem Fenster schaut. Und wenn schon, denkt Ben. Er lässt sich auf der Steinmauer nieder, die den Schulgarten mit Kräuterspirale, brauner Buchenhecke und schon knospenden Rosenbüschen umgibt, und zieht Bilanz.

Sie könnte besser ausfallen.

Seine Qualitäten sind fraglich, als Lehrer, Jazzmusiker und Liebhaber von Beatrice Nowakowski; seine Zukunft als Shakespeare-Regisseur ist ungewiss, sein Spermiogramm eine Katastrophe. Sein Dasein verjüngt sich auf den Tag, an dem er seine Jugendliebe wiedertrifft, die ihm einen Korb geben wird, woraufhin sein Leben in gefühlte zehntausend Puzzleteile zerfallen wird.

Er schreckt auf, Schritte auf dem Schulhof. Friedrich Merkwart kommt auf ihn zu. »Ich muss mit Ihnen reden«, sagt der Direktor. »Es geht um die Aufführung.«

»Was war denn mit Benni los«, fragt Goofy in der großen Pause. Sie stehen an der Mauer, allein. Im Mädchenpulk gegenüber wippt Johannas Pferdeschwanz. Ivan und seine Anhänger sind hinter dem Fahrradschuppen verschwunden.

»Hä?« Struppi ist mit seinen Gedanken woanders, er hat den ganzen Morgen auf Mireilles leeren Platz gestarrt, sich gefragt, wo sie ist, ob er was Falsches gesagt oder Falsches getan hat, gestern Abend? Für die Eselsohren kann er nichts.

»Er war so verpeilt«, sagt Goofy.

»Das sagst ausgerechnet du.«

»Selber Leuchte.«

Karlotta und Johanna lösen sich aus der Mädchenclique, gehen weiter, Richtung Kiosk. Goofy sieht Johanna nach. Sein Herz wummert laut, er fragt sich, ob Struppi es hören kann.

»Hast du Mathe?«, fragt Struppi

»Klar.«

»Und Deutsch, die Interpretation?«

»Ich hab eine gute, die aus dem Internet.«

»Gib mal her.«

Goofy wühlt in seiner Tasche, wundert sich. Hinter dem Deutschheft müsste das schwarze Heft stecken.

Während Struppi abschreibt, denkt Goofy nach. Die Dinge stehen schlecht. Noch wenige Wochen bis zur Apokalypse, und es sieht so aus, als würde er ungeküsst sterben. Johanna ist unerreichbar.

Wahrscheinlich hat er das schwarze Heft neben seinem Bett liegen lassen.

Sein Handy vibriert in der Hosentasche.

Goofy starrt entgeistert auf das Display. Sieht weg, wieder hin.

Ich will dich sehen. Anworte sofort. Jo.

Goofy sucht Johanna vor dem Kiosk. Eben war sie noch da. Jetzt ist sie verschwunden. Mit zitternden Fingern antwortet er:

Ja. Goofy.

Im Park 18.00?

Goofy linst nach Struppi, der immer noch schreibt wie ein Fünftklässler, große Nullen, Zunge im Mundwinkel.

Ja.

Es gongt. Goofy sammelt sein Heft wieder ein, fragt auf dem Weg ins Klassenzimmer: »Verstehst du Mädchen?«

Struppi denkt an Mireille.

»Nein.«

»Ich auch nicht. Würdest du dich mit einem treffen?«

Struppi denkt an Mireille.

»Kommt drauf an, mit welchem.«

Diese Antwort leuchtet Goofy ein.

Als Struppi nach Hause kommt, ist alles wie vorher. Der Fernseher läuft, Babette hat Hunger, an der Heizung stehen die Flaschen. Struppi spielt erst eine Runde ›Diggit‹, um alles zu vergessen. Später bringt er die Flaschen zu Netto, kauft eine Dose Ravioli. Er macht sie warm, das meiste ist für Babette. Wirft die Wäsche in die Maschine. Macht die Wanne frei. Setzt Babette, die nach Fett riecht, hinein und schrubbt sie ab. Er hat sogar Schaumbad reingetan.

»Ich will Mama«, heult Babette.

»Schschsch«, sagt Struppi.

In diesem Moment hört er ihre Schritte. Sie fingert am Schloss herum, findet nicht gleich den richtigen Schlüssel, muss sturzbesoffen sein. Struppi schaut auf seine Uhr. Seine Mutter war sechsundfünfzig Stunden verschwunden. Es ist ein normaler Abend in Struppis fünfzehnjährigem Leben. Der fünfte März seiner Zeitrechnung, dreitausend Jahre nach Achilles, hundertzweiundvierzig Jahre nach Schliemann, kurz vor achtzehn Uhr, ein Dienstag.

»Hallo, Mama«, sagt Struppi.

Goofy hat mit den Vorbereitungen gehadert. Rat gesucht und festgestellt, dass die Meinungen seiner Eltern auseinandergehen. Sein Vater ist der Auffassung, dass man zur ersten Verabredung nicht mit leeren Händen erscheinen sollte. Seine Mutter sieht die Sache lockerer, der Junge ist erst fünfzehn!

Blumen oder Konfekt scheiden aus, da ist sich der Familienrat sicher. Schließlich greift Goofy die Original-Erstausgabe des ersten Bandes von ›Dr. Alchimus und der magische Zirkel‹. Schreibt hinein: *Für Johanna. Dein Goofy.* Er will den Moment festhalten, doch schon wieder fehlt das schwarze Heft. Goofy nimmt sich vor, morgen noch einmal gründlich zu suchen. Die nächsten Schritte erledigt er wie in Trance. Geschenkpapier. Duschen. Clearasil auf die Pickel. Deospray, Seitenscheitel, sauberer Wollpullover (grau).

Der Park liegt verlassen in der Dämmerung,

wenn man von dem Hund absieht, der an der Eiche sein Bein hebt, und dem Penner, dessen Umrisse man auf der Bank gegenüber erkennen kann. Goofy steht ratlos da. Setzt sich, Primzahlen bis 101. Sein Handy vibriert.

Schon da?

Ja.

Zeig dich.

?

Stell dich auf die Bank.

Goofy zögert, stellt sich dann auf die Bank.

Du stehst auf mich?

Ja.

Sag's mal.

Goofys wissenschaftlicher Geist rät zur Vorsicht. Er versteht zu wenig von Mädchen, so viel steht fest. Er zögert, wartet ab.

Dunkel wartet der Park auf seine Antwort.

Eine Prüfung, denkt Goofy. Wie bei Casimir Malchewitz im 23. Kapitel des zweiten Bandes von ›Dr. Alchimus und der magische Zirkel‹. Auch er wurde geprüft, bevor Miranda ihn erhörte.

Sag: Johanna, ich steh auf dich.

»Johanna, ich – du bist das schönste Mädchen der Welt.«

Lauter.

»JOHANNA, ICH STEH TOTAL AUF DICH!«

Es knackt. Eine Gestalt löst sich aus dem Gebüsch.* Johannas Silhouette. Ihre Haare, ihre Schultern. Ihre schmalen Schultern. Sein Herz klopft. Hat Johanna schmale Schultern? Dann sieht er das kleine rote Licht, ein Handy, das auf ihn gerichtet ist. Goofy versteht nicht, versteht dann doch. Springt von der Bank. Knickt um, stolpert. Schlägt nach dem Handy, schlägt nach Johanna, die nicht Johanna ist. Rufe und viele Hände, die ihn festhalten, ihn zu Fall bringen.

»Das ist Goofy, der Vollidiot. Er will sich hier mit Johanna treffen. Dabei ist Goofy selbst ein Mädchen, er führt nämlich Tagebuch.« Und dann liest die Stimme vor, was Goofy alles über Johanna in sein schwarzes Heft geschrieben hat. Eine seiner Lemniskaten liest sie auch.

Goofy gibt ein unterdrücktes Schmerzgeheul von sich. Er kriegt keine Luft, jemand drückt seinen Kopf immer fester nach unten. Goofy schmeckt Erde.

»Das reicht«, sagt jetzt ein Mädchen. »Lasst ihn los, der hat genug.«

Der Druck in seinem Nacken lässt nach, Goofy schnappt nach Luft. Jemand gibt ihm einen Tritt, dann verschwinden eilige Füße in der Nacht.

---

* *Eine klassische Heckenszene. Sehr beliebt, auch in meinen Aufführungen.*

Um dieselbe Zeit beendet Friedrich Merkwart seinen Vortrag im Goldenen Löwen. *Ars educandi,* von der Kunst des Erziehens. Er hat bei den alten Griechen begonnen, Spinoza gestreift, die Reformpädagogik gewürdigt und den von ihm favorisierten dritten Weg der bewahrenden Erneuerung herausgearbeitet. Mit Blick über die vorderen Stuhlreihen hat er sich vergewissert, dass die wichtigsten Personen, die sowohl den Förderverein tragen als auch Mitglieder im Rotary-Club sind, seinen Ausführungen konzentriert folgen. Friedrich Merkwart hat Fragen zu Pestalozzi und Bueb beantwortet und dann, mit durchaus jungenhaftem Charme, auf die zu erwartende Finanzlücke beim Neubau der Aula hingewiesen. Der Applaus war voll und wohlwollend.

Am Büfett trifft er Marcel Vanderbilt und sortiert sich kurz. Eine Beschwerde von Frau Vanderbilt, weil Max verprügelt wurde. Eine verkrachte Mathearbeit, die ihm zur Kontrolle vorlag, die notwendigen Spendengelder für den Neubau der Aula, er findet nicht sofort den Faden für einen sinnvollen Gesprächsanfang.

»Herr Direktor.« Marcel Vanderbilt lächelt schmal, wirft ihm einen Blick über die Brille zu. »Das war ein überaus erhellender Vortrag. Ich wusste gar nicht, dass man sich über die Jahrhunderte so viele Gedanken über den Beruf des Lehrers gemacht hat. Laien wie ich glauben immer, die Sache sei einfach. Schulheft auf, Abschreiben von der Tafel, Schulheft zu, ein paar Klassenarbeiten, deren Durchschnitt dann die Zeugnisnote ergibt.«

»In der Tat, so kann es gehen.« Merkwart ist auf der Hut.

»Sie wollen mehr. Sie haben sich viel vorgenommen. Ein *Salem des Nordens*, wie Sie so schön sagten.«

»Nun, das ist natürlich eine Wunschvorstellung. Aber wer nicht wünscht, bleibt auf dem Fleck.«

»In der Tat.« Marcel Vanderbilt hebt ein Krustentier von der Platte mit Meeresfrüchten, beäugt es gründlich, platziert es dann neben einem Salatblatt. »Was ich mich frage, ist Folgendes. *Elitenbildung im Geiste*, das ist Ihr Ziel, dem wir hier sicher alle zugetan sind. Doch wie verträgt sich das mit ihrem erklärten Vorsatz, keinen Schüler zurückzulassen? Sicher ist Elitenbildung auch mit Auswahl verbunden. Die Schlechteren müssen zurückbleiben, wie auch später im Beruf, ist es nicht so?«

»Nun ja. In gewisser Weise haben Sie recht. Sicher gibt es ein gewisses Pensum, das jeder Schüler schaffen muss. Doch wenn ich Elitenbildung des Geistes sage, dann meine ich nicht nur den Intellekt. Wir erziehen ganzheitlich. Wir sehen und fördern jedes Kind, jeden Schüler nach seinen Fähigkeiten. Mancher entfaltet sich eben … etwas später. Vor der zehnten Klasse finde ich jede Aussage über das Potential eines Schülers unvollständig. Und ich bleibe dabei: Der Geist, den wir suchen, den wir fördern, den wir schaffen, ist eben mehr als ein Wissensbrevier.«

Marcel Vanderbilt nickt anerkennend. »Ich sehe, dass mein Sohn eine gute Schule besucht. Wenn man von kleineren Unannehmlichkeiten absieht.«

»Die beste im Umkreis von zweihundert Kilometern, wage ich zu behaupten. Und ja, es gibt immer wieder ungeahnte Vorkommnisse, die auch uns Lehrer überraschen. Wir arbeiten an allem, entwickeln uns stetig weiter.«

»Es wäre mir und meiner Frau sehr daran gelegen, wenn unser Sohn Max künftig nichts mit derlei *Vorkommnissen* zu tun hätte«, sagt Marcel Vanderbilt sehr langsam. »Wir haben uns entschlossen, die Sache mit der Schlägerei nicht an die große Glocke zu hängen. Auch wegen Sophia.«

»Sofia?« Merkwart ist verwirrt. Seine Frau heißt Sofia, was hat sie mit der Sache zu tun?

»Unsere Tochter. Die kleine Schwester von Max. Sie soll nächstes Jahr zum Hubertus wechseln. Wir gehen davon aus, dass Geschwisterkinder bei der Anmeldung mit besonderer Aufmerksamkeit behandelt werden.«

»Geschwisterkinder, Sophia, wahrscheinlich mit *ph* in der Mitte, natürlich«, sagt Friedrich

Merkwart. Er atmet tief durch. Will sich nicht verheddern. »Sophia Vanderbilt, ein schöner Name, den kann ich mir gut merken.« Er hört sich reden.

Marcel Vanderbilt schaut ihn ohne Regung an. »Das freut mich, Herr Direktor. Nun berichten Sie mir doch noch von Ihren weiteren Plänen. Die Aula muss neu gebaut werden?«

»Dringend. Wir hatten großes Pech, in der Tat, aber wie ich gerne sage, aus jedem Unglück kann etwas Gutes werden. Ich bin der geborene Optimist. Der Förderverein hat bisher ganze Arbeit geleistet.«

Marcel Vanderbilt nickt mit steinerner Miene, reicht ihm dann überraschend eine gebräunte, sehnige Hand. »Es hat mich gefreut, mit Ihnen zu sprechen. Bitte lassen Sie uns in Kontakt bleiben.«

Verärgert ergreift Friedrich Merkwart die Hand, sieht dann dem grauen Anzug hinterher, der im Gewühl des Empfangs verschwindet. Schlagfertigkeit, denkt Friedrich Merkwart mit Mark Twain. Schlagfertigkeit ist das, was mir immer hinterher einfällt.

Johanna starrt auf den Bildschirm. Sie fragt sich, was sie jetzt machen soll. Sie ist zum Gespött der Klasse geworden. Sie ruft Mireille an, aber wie schon seit Tagen hebt niemand ab. Sie spielt den Film ab, wieder und wieder. »Johanna, ich steh total auf dich«, schreit Goofy. Dann schiebt sich ein Rücken ins Bild und jemand liest aus einem Heft. Irgendwelche wirren Gedichte und Sachen, die mit ihr zu tun haben. Was bildet Goofy sich ein? Und was haben die anderen Leute mit ihm zu tun? Kurz bevor die Aufnahme abreißt, entdeckt sie ein neues Detail. Eine weiße Buchseite, die am unteren Bildrand flattert. Sie stoppt die Aufnahme und kneift die Augen zusammen. Jetzt kann sie den Satz entziffern. Da steht: *Für Johanna. Dein Goofy.*

Johanna macht ihren Laptop aus. »Scheiße, scheiße, scheiße«, sagt sie. Sie beschließt, bei Mireille vorbeizugehen. Vielleicht hat sie heute Glück und Mireille ist zu Hause. Sie müsste dringend mit ihrer Freundin reden.

Johanna zieht ihre Schuhe an, geht an der Werkstatt vorbei. Hier bietet sich seit Wochen das gleiche Bild: Ihr Vater sitzt mit zerzausten Haaren vor einer stetig wachsenden Reihe aus Reagenzgläsern, Duftstreifen und Notizen. Der Duft, der sie erreicht, hat mit den Knusperhähnchen auf dem Wochenmarkt zu tun. Daneben, nein darüber, mittendrin der andere, der neue Duft: süßlicher diesmal, ihr Vater hat Maiglöckchen und Geißblatt hinzugegeben. Und eine neue, schwere Note schwingt mit, kämpft mit den Maiglöckchen um Geltung.* Leise schließt sie die Tür.

Bei Mireille ist mal wieder niemand zu Hause. Moos und Grashalme wachsen zwischen den Platten auf den Gehweg. Sie beschließt, es bei Mireilles Vater zu versuchen. Als auch dort niemand antwortet, fasst sie sich ein Herz. Doch zuerst geht sie im Park vorbei.

Goofy sitzt in seinem Schaukelstuhl und hört Beethovens Neunte.

Das Video ist schon 1537-mal angeklickt worden.

Die Zahl flimmert vor seinen Augen. Goofy sieht Weiß für die Eins, Orange für die Fünf, Gelb für die Drei, Hellblau für die Sieben. Die Zahl tanzt.

---

* *Gewiss, nicht nur Rose, Primel, Feengaben, Wiese, Hain, Eichel, Maiglöckchen, Hafer, Apfel, Moschusrose, Ackerveilchen, Quendel, Maßlieb, Geißblatt, Jasmin, Weißdornhecke, Aprikose, Morellen, Heu, Efeu, Maulbeere, Schnittlauch, Lilie, Kirsche wehen durch meinen Sommernachtstraum. Ich gab auch die wilden Düften hinzu von Eber, Fuchs und Luchs.*

Drum herum ist alles schwarz.

Alles ist schwarz, Goofys Hose, sein T-Shirt, seine Socken. Die Ringe unter seinen Augen sind auch schwarz. Er hat alles verloren. Seine Würde, sein schwarzes Heft, seine Originalausgabe von ›Dr. Alchimus und der magische Zirkel‹. Seine Zeit auf Erden ist abgelaufen, zwei Monate vor dem von ihm errechneten Ende der Welt.

Johanna hat er auch verloren.

Nebenan telefoniert seine Mutter trotzdem hektisch. Sie will mit dem Rektor sprechen. Goofy soll es an einer anderen Schule versuchen. Er weiß, dass das umsonst ist.

Auch seine Rolle als Theseus ist weg. Das tut ihm leid. Er hatte den Rücken durchgestreckt und eine tiefere Stimme ausprobiert. Von den kleinen Sternen in Johannas grauen Augen ganz zu schweigen. Und ihren Sommersprossen.

Johanna.

Er zieht seine Pudelmütze bis zum Kinn. Das Klingeln an der Tür hört er trotzdem. Seine Mutter telefoniert weiter. Goofy nimmt Mütze und Kopfhörer ab, schlurft zur Tür. Macht auf, schließt sie vor Schreck wieder.

Er macht die Tür noch mal auf. Vorsichtig, einen Spalt.

Johanna schiebt ihren Fuß dazwischen. »Kann ich reinkommen?«

Goofy schüttelt erst den Kopf. Nickt dann ergeben. Schlurft wortlos zurück in sein Zimmer. Johanna stellt ihre Tasche ungerührt zwischen seine Boxershorts, seine Chemiebaukästen. »Nettes Zimmer«, sagt sie.

Goofy will antworten, findet keine Worte. Bleiches Sonnenlicht dringt durch die Lamellen seiner Jalousie. Er hat nicht gelüftet, es riecht nach Turnschuhen.

Johanna setzt sich umstandslos auf sein Bett.

»Also, was war los?«, fragt sie.

Er zuckt mit den Schultern. Seine Zunge, ein klebriger Klumpen in seinem Mund, reagiert nicht. Johannas Sommersprossen tanzen trotzdem. Goofy kann nicht anders, er muss sie anschauen.

»Ich, äh, ich …«

Johanna kramt in ihrer Tasche, bietet ihm ein Pfefferminzbonbon an.

Goofy steckt es in den Mund. Jetzt bloß nicht heulen. Er schluckt alles runter, seine Scham, seine Wut, den Pfefferminzbonbon.

»Ich, äh, ich muss mal«, krächzt er. Lässt Johanna einfach sitzen. Düst aufs Gästeklo. Pinkelt ausgiebig. Steckt seinen Kopf unter fließend kaltes Wasser. Kämmt sich. Findet sein Spiegelbild, Goofy mit den abstehenden Ohren, noch schräger als sonst. Goofy holt tief Luft. In seinem Zimmer stand eben Johanna. Sie ist gekommen, um ihn zu sehen. Sie hat ihm keine gescheuert. Noch nicht.

Als er zurückkommt, ist sie immer noch da. Sie steht vor seinem Regal und mustert die Buchrücken.

»Krass. Hast du die alle gelesen?«

›Die vierte Dimension‹. ›Theorien des Universums‹. ›Kleine Kunde der Logarithmen und Exponentialfunktionen‹. ›Dr. Alchimus und der magische Zirkel‹, zweiter und dritter Band.

»Schon«, sagt Goofy.

»Weißt du eigentlich, dass du ganz schön durchgeknallt bist«, sagt Johanna. Eine Feststellung, keine Frage.

Goofy hebt hilflos seine Hände.

»Ich habe das Buch gesehen. Ganz unten rechts. Ganz am Schluss. *Für Johanna. Dein Goofy*«, sagt Johanna. »Auf dem Video«, setzt sie hinzu, weil Goofy immer noch nicht reagiert, sondern sie immer noch anschaut, als sei sie eine Erscheinung. »Ich hab's mir mehrmals angeschaut, und ganz am Ende habe ich es entdeckt.«

»Ich dachte, du wolltest mich treffen. Du hast mir gesimst.« Goofy wühlt in seiner Hosentasche nach seinem Telefon, findet es nicht.

»Ich hab dir nicht gesimst.«

»Das hab ich inzwischen auch schon kapiert.«

»Ganz schön helle. Wie man sieht.« Johanna nickt mit dem Kinn in Richtung Buchregal. »Immer informiert.«

Goofy blickt erschöpft auf seine Füße, Größe 46.

Johanna wühlt in ihrer Handtasche. »Hier. Für dich. Ich hab's im Park gefunden.«

Sie hält Goofy das schwarze Heft hin. Schmutzige Fußabdrücke auf dem Einband, die Seiten sind zerfleddert. Aber es ist sein Heft. Goofy reißt es ihr aus der Hand. Drückt es an die Brust.

»Das ist dumm gelaufen«, sagt Johanna. »Beschissen für mich. Super beschissen für dich.«

»Ja«, sagt Goofy. Er riskiert einen Blick.

Johanna steht da, mitten in seinem Zimmer. Sie sieht freundlich aus. Kein bisschen böse. Ihre Sommersprossen tanzen.

Nun rückt, Hippolyta, die Hochzeitsstunde …

»Weißt du, wer es war?«

»Nein«, sagt Goofy erschöpft. »Aber ich kann's mir denken.«

Struppi hat das Silentium verlassen, Ritzen im Pflaster gezählt, Brinke verwünscht.

Es waren ungerade Ritzen.

Jetzt lauscht er, bevor er den Schlüssel ins Schloss steckt. Alles ist still. Babette geht dienstags manchmal zu einer Freundin. Seine Mutter ist unterwegs, wahrscheinlich.

Dann dreht er den Schlüssel um. Die Tür sperrt. Etwas liegt im Weg. Er schiebt und drückt, gerät in Panik.

Hinter der Tür liegt seine Mutter. Noch im Nachthemd, es ist runtergerutscht, zeigt auf der einen Schulter den kleinen blauen Schmetterling, von dem sie früher, als er klein war, immer gesagt hat, dass er tagsüber wegfliegt und abends wiederkommt, weil es ein Nachtfalter ist und kein Tagfalter.

Struppi wirft seine Schultasche weg. Zerrt seine Mutter rum. Ruft ihren Namen, ohrfeigt sie. Sie riecht schlecht, vor allem aus dem Mund. Gibt einen Rülpser von sich. Wird nicht wach.

Struppi will losheulen. Verschiebt das auf später.

Er fasst seine Mutter unter den Achseln, so wie er es im Film gesehen hat, wenn eine Leiche abtransportiert wird. Er zerrt sie ins Wohnzimmer, schafft es nicht, sie auf die Couch zu hieven. Lässt sie auf dem Teppich liegen. Er dreht sie zur Seite. Sie rülpst schon wieder. Struppi läuft in die Küche, er will kaltes Wasser holen.

Dann hört er die Schritte im Flur.

Schritte zu ihrer Wohnungstür, leichte Schritte, Schritte nicht so tapsig wie die von Babette. Schritte, Stille, Stille, noch ein Schritt, dann schrillt seine Türklingel.

Es fällt Struppi nicht ein einziger Mensch auf der Erde ein, der jetzt klingeln könnte. Es fällt ihm auch nicht ein einziger ein, den er reinlassen würde, außer vielleicht –

vor seiner Tür steht Mireille.

Sie hat ein verquollenes, verheultes Gesicht,

Wimperntusche überall, Haare wirr. Mireille fragt, ob sie reinkommen kann.

Struppis Herz macht einen Salto mortale.

Sein Verstand behält die Oberhand.

»Nein«, sagt Struppi.

»Bitte.«

»Geht jetzt nicht.«

»Bitte.«

»Is jetzt gerade schlecht.«

»Ich hab sonst keinen, wo ich hinkann.«

»Nein.«

»Bitte.«

»Hier ist nicht aufgeräumt.«

»Stört mich nicht. Bitte.«

Irgendwie steht sie dann doch in der Diele. Sieht das Durcheinander. Steigt darüber hinweg. Struppi sehnt sich nach einem Mauseloch, in das er sich verkriechen könnte, er wäre die winzigste Maus und er würde sich nie mehr außerhalb seiner eigenen vier Mauswände blicken lassen.

Mireille steht schon in der Küche und sieht die Stapel mit den verkrusteten Tellern. Sie zuckt mit den Schultern. Geht weiter, »Halt, nicht dahin«, ruft Struppi noch, aber da ist Mireille schon im Wohnzimmer. Sie sieht Struppis Mutter, macht einen Satz. Fasst ihre Hand an, fühlt ihre Wange, schüttelt sie, zieht ein Augenlid hoch.

»Telefon«, sagt sie.

»Hä?«

»Telefon.«

Das Telefon ist nicht an seinem Platz.

»Mach schnell.«

Struppi macht schnell, sucht, mit hämmerndem Herzen. Findet das Telefon in Babettes Piratenhöhle. Gibt es Mireille mit zitternden Händen. Mireilles Hand zittert nicht. Sie wählt eine Nummer. Sagt: Stabile Seitenlage. Gibt die Adresse durch.

Kurze Zeit später stehen die Männer in Orange in Struppis Wohnung. Hieven seine Mutter auf eine Trage. Setzen ihr eine Sauerstoffmaske auf. Alles geht sehr schnell, mit routinierten Handbewegungen. Noch auf dem Treppenabsatz dreht sich einer der Sanitäter um.

»Und ihr zwei?«, fragt er.

»Mein Vater kommt gleich«, sagt Mireille.

Sie sehen zu, wie sich Türen öffnen und schließen, wie Struppis Mutter in einer Flut aus Blaulicht verschwindet.

Struppi fängt an zu weinen.

»Hey.« Mireille klopft ihm auf die Schulter. »Nicht heulen. So was passiert öfter. Ist mir auch schon passiert. Ist nich so schlimm. Die kriegen deine Mama wieder hin. Versprochen.«

Die Sache mit dem Dach war Struppis Idee. Es ist ein so wirrer, ein so furchterregender, ein so schrecklicher und ein so schöner Tag, dass ihm lauter schräge Sachen einfallen.

Vom Trockenboden aus kann man auf die Feuerleiter steigen, und dann weiter rauf. Sie sitzen auf dem Dach unter einem kalten Märzmond. Als Struppi sieht, dass Mireille zittert, klettert er wieder runter und hängt ein Laken von der alten Meinelt ab. Mireille wickelt sich ein und sieht aus wie eine Mumie. Sie schauen über die Stadt. Sie sehen den Bahnhof mit Mäckes, das Versicherungshochhaus, die Schule, das Rathaus. Den Kirchturm. Die Feuerwache. Mireille zeigt auf das Krankenhaus.

»Meine Mutter ist auch da.«

»Warum?«

Schulterzucken. »Ähnliche Geschichte wie bei dir.«

»Deshalb weißt du so gut Bescheid. Mit Krankenwagen und so.«

»Du weißt doch auch gut Bescheid.«

»Nicht so gut wie du.«

Mireille hat ihren Kopf auf seine Schulter gelegt. Struppi wagt kaum zu atmen. Er will jetzt keine falsche Bewegung machen, damit der Moment nicht vergeht. Es soll für immer so bleiben. Er und Mireille hier auf dem Dach seines Hauses. Das Gewicht ihres Kopfes, eine Ader klopft an ihrem Hals.

»Jetzt ist sie in der Reha.«

»Wer?«

»Meine Mutter.«

»Ach so.«

»Sie soll wieder zurückfinden ins Leben oder so ähnlich. Hat ihr Doktor gesagt.«

»Das ist gut«, sagt Struppi. »Ins Leben zurückfinden. Hallo, ich bin hier. Da drüben steht mein Leben. Darf ich vorstellen: Leben – Ich. Wir treffen uns gerade und finden zurück.«

Mireille lacht. »Du bist komisch.«

»Du nicht.«

»Manchmal denke ich, das passiert mir alles gar nicht. Das passiert einer anderen Person. Sie heißt so und sieht so aus wie ich. Aber ich bin es nicht. Ich stehe daneben und schaue zu.«

»Kenn ich.« Behutsam, sehr behutsam streichelt Struppi über ihre Haare. Sie sind gewachsen, aber immer noch kurz. »Sind die Haare deshalb kurz?«

»Ja.«

»Sie sind schön.«

»Sind sie nicht. Sieht voll bescheuert aus.«

»Finde ich nicht.«

»Finde ich doch.«

»Nicht streiten«, sagt Struppi und sieht zu, wie der gelbe Zeiger der Kirchturmuhr auf halb neun springt. »Ach du Scheiße.«

»Was ist los?«

»Ich habe Babette vergessen.«

»Babette?«

»Meine Schwester. Sie war bei einer Freundin. Sollte schon zurück sein.«

Babette ist da, sie sitzt mit ihren Playmos in

ihrer Höhle. Sie heult nicht und macht auch sonst kein Theater.

»Wo ist Mama?«, fragt sie nur.

»Nicht da.«

»Ich hab Hunger.«

»Ja«, sagt Struppi. »Ich auch. Wir auch.«

Ben hat aufgeschlossen, ist gestolpert, in die Küche gegangen, er hat Rotwein aufgemacht. Ihm wird klar, dass er über Beatrices Schuhe gestolpert ist.

Im Wohnzimmer brennt Licht. Beatrice sitzt kerzengerade im Sessel. Keine Bewegung, ihr Handy blinkt auf dem Beistelltisch.

»Ich habe auf dich gewartet.«

»Schön.« Er hört den Sarkasmus in seiner Stimme. Er lässt sich auf die Couch fallen, zieht die eigenen Schuhe aus, gähnt, gießt sich Rotwein ein, bietet ihr kein Glas an.

»Wo kommst du her? So spät?«

»Wer reitet so spät durch Nacht und Wind«, sagt er. »Ist das dein Ernst?«

»Völliger Ernst. Ich warte seit vier Uhr auf dich.«

»Wie nett.«

Bea wischt seine Worte mit einer fahrigen Handbewegung weg.

»Ich muss mit dir reden.«

»Ich höre.«

»Es hat geklappt. Wir bekommen ein Kind.«

Schwer fällt das Wort *Kind* ins nächtliche Wohnzimmer. Ben blickt Beatrice verständnislos an. Eingebeulte Kaulquappen ziehen an seinem inneren Auge vorbei.

»Ein Kind?«

»Ja, ein Kind. Zwei Hände, zwei Füße. Windeln. Viel Geschrei.«

Ben fühlt sich wie ein Fisch in einem Aquarium. Beatrice sieht ihm zu.

»Du bist schwanger?«

»Ja.«

Sie ist aufgesprungen, dreht ihm den Rücken zu, blickt in den dunklen Garten.

»Das – das kann nicht sein.«

Beatrice zuckt mit den Schultern. »Es hat eben geklappt. Im letzten Monat.«

Ben schluckt, holt tief Luft. »Tja, dann. Wenn das so ist – herzlichen Glückwunsch. Dann hast du bekommen, was du dir gewünscht hast. Mal wieder.«

»Ja«, sagt sie tonlos. »Ich habe bekommen, was ich mir gewünscht habe. Das Ding ist nur, ich freue mich kein bisschen.«

»Wieso nicht?«

»Die Boston Consulting hat zugesagt.« Sie macht eine Bewegung mit dem Kinn in Richtung des Telefons auf dem Beistelltisch. »Sie wollen mich haben. Sofort.«

»Typisch Beatrice. Alles funktioniert wie am

Schnürchen. Manchmal funktioniert sogar zu viel zur gleichen Zeit.«

Beas Schultern zucken. Er wird sich bewusst, dass sie weint. »He«, sagt er eine Spur versöhnlicher. »Ein Kind ist kein Weltuntergang. Man hat auch schon mal gehört, dass Leute sich freuen über ein Kind. Werdende Mütter, meine ich, manche freuen sich regelrecht. Du … du … wir werden das schon schaffen.«

»Die Boston Consulting will mich sofort«, sagt Bea tonlos.

Ben zuckt mit den Schultern. »Dann geh doch hin. Nach zwei Monaten sagst du ihnen, dass du schwanger bist, und dann nimmst du eine Auszeit. Du bist ja nicht die erste Mutter auf Erden.«

Beatrice dreht sich um. Schmales, weißes Gesicht. Sehr wütend.

»Du hast einfach keine Ahnung, das ist dein Problem.«

»Vielleicht habe ich doch eine Ahnung. Das wäre dann dein Problem.«

»Du hast überhaupt keine Ahnung!« Sie schreit jetzt. »Du kapierst überhaupt nichts. Nichts, nichts, kapierst du, du bist vollkommen ahnungslos. Du hast noch nie irgendwas kapiert.«

Ben spürt seine Überlegenheit. Ein neues Gefühl macht sich in ihm breit. Coolness. Klarheit. Durchblick. Er wippt mit dem Fuß. Leert sein Glas Rotwein in einem Zug.

Sagt: »Na dann. Der ahnungslose Typ, den du zum Glück nicht geheiratet hast, verabschiedet sich jetzt. Geht zu Bett. Die Couch ist frei.«

Er steht auf, geht. Auf dem Weg nach oben hört er es klirren. Er zuckt mit den Schultern, sagt einem weiteren Rotweinkelch adieu.

Heute gehört das Schlafzimmer ihm.

Als er morgens wach wird, ist Bea verschwunden.

Pfeifend macht er sich fertig, fährt zur Schule. Merkt schon kurz vor dem Lehrerzimmer, dass etwas nicht stimmt. Ludwig Dittrichs, der Klassenlehrer der 9c, hat seinen Laptop aufgeklappt. Eine dunkle, verwackelte Aufnahme erscheint. Goofy steht auf einer Bank, sagt: »Johanna, ich steh' total auf dich.« Goofy springt, stolpert, weitere Figuren kommen ins Bild. Es gibt Gerangel, Füße treten. Hämische Worte, es geht um Goofys Tagebuch, *Johanna, meine Hippolyta, jetzt weiß ich, dass ich dich liebe.*

In seinem Fach findet Ben Zimmermann einen Zettel von Merkwart: *Besprechung bei mir. Nach der großen Pause.*

Chronisch müde sitzt die Mittelstufe in der Schulmesse. Es ist die erste seit Wochen. Mit mildem Desinteresse richten sich knapp vierhundert Augenpaare auf Michael Rübsam, den neuen Schulpriester. Die ersten Spitznamen kursieren bereits. Rübezahl steht hoch im Kurs. Oder Samenspender.

Das Kollegium sitzt in den ersten Reihen, in ihrer Mitte ragt die hagere Silhouette des Direktors Friedrich Merkwart auf. Gestern Abend haben die beiden noch lange telefoniert: Die jüngsten Unregelmäßigkeiten *ansprechen,* ohne sie *auszusprechen*, so lautet Michael Rübsams Auftrag.

Es ist seine erste Stelle.

Seine erste Predigt nach der Primiz.

Die erste Schulpredigt je.

Ben Zimmermann, den er noch von der Uni kennt, blinzelt ihm aufmunternd zu.

Michael Rübsams Apfelbäckchen leuchten wie das Ewige Licht.

Er verzichtet auf die rituelle Formel des Schuldbekenntnisses. Lässt die Schüler aufstehen, sie in sich gehen: *Wo habe ich mich in dieser Woche schlecht verhalten? Wem habe ich geschadet, wen habe ich gekränkt, wo habe ich es unterlassen, Gutes zu tun?*

Sein Blick schweift über die müde gesenkten Köpfe. Verweilt auf einem leeren Stuhl in den Reihen der 9c. Das ist Goofys Platz.

Schwer plumpsen die Schüler auf ihre Plätze zurück. Michael Rübsam kann im Halbdunkel der Schulkirche nicht alles erkennen – nicht die Luftküsse, auch nicht, wie im Schutze der Mäntel und Jacken die Handys gezückt werden.

Der ist sü-üß!

Finde ich a-auch!

Können wir dem ALLES beichten??;-)

»Die Fastenzeit«, sagt Michael Rübsam, »ist traditionell als Zeit der Entsagung bekannt. Viele Menschen verzichten in dieser Zeit auf einen Genuss, etwa auf Alkohol oder Fleisch.«

S-E-X buchstabiert Markus lautlos, und diesmal bewirkt das Rumoren, dass der Direktor sich umdreht, seinen Blick dorthin bohrt, wo er mit sicherer Intuition die Unruhestifter vermutet.

»Manches ist dabei zur Hülse verkommen. Nicht Selbstkasteiung ist das Ziel, die Fastenzeit ist kein Wettbewerb. Wer verzichtet hier am besten? Wer hält es am längsten ohne Alkohol, Süßigkeiten oder Fernsehen aus? Das kann nicht die Frage sein. Der Verzicht ist kein Zweck, sondern Mittel zum Zweck. In der Mitte der Fastenzeit sollte der

Wille zur Umkehr stehen. Zur Umkehr, Einkehr, zur Ausrichtung auf Ostern. Ich stelle nun eine Frage, die sich jeder in Stille beantworten möge.«

Er hört und überhört ein Gähnen ziemlich weit vorne.

»Vielleicht fallen euch ein oder auch zwei Ereignisse ein, von denen ihr wünscht, sie hätten sich nie zugetragen? Genau das ist die Art von Ereignis, um die es in der Fastenzeit geht. Natürlich seid ihr viel zu erwachsen, um auf plumpe Manipulationen hereinzufallen.«

Michael Rübsam sieht neben dem leeren Stuhl einen blonden Schopf. Eingeschlafen. Der Kopf dazu ruht auf der Schulter eines unglaublich dünnen, unglaublich dunklen Geschöpfes. Der Priester sieht das mit Rührung. Und ohne Groll. Notorisch ist das Schlafdefizit von Teenagern. Kein Grund zu verzagen. Weiter im Text.

»Ihr wisst ja, Gott sieht alles. Aber nicht, weil Gott alles sieht, sondern *obwohl* er alles sieht, besinnt sich der Mensch in der Fastenzeit zur Umkehr. Einsicht, nicht Furcht bestimmt unser Handeln als mündige Menschen. Und: Gott erhört jedes Gebet. Vor allem unsere Gebete in der Fastenzeit.«

Michael Rübsam gibt den Schülern vor dem Glaubensbekenntnis noch zwei Minuten der Stille. Er weiht die Hostien mit Hingabe und legt sie dann, durchaus beseelt von seiner neuen

Aufgabe, in viele hundert Hände, die die Spuren eines jungen Lebens tragen. Tinte, Telefonnummern, Liebesschwüre, die sich ihm nun darbieten wie die Wundmale Christi.* Sendet einen Stoßseufzer gen Himmel, als die Abschlusstöne auf dem elektrischen Piano erklingen, das der Musiklehrer vor jeder Messe aus der Sakristei in die Kapelle rollt.

Die Stimmung im Lehrerzimmer ist aufgeräumt. Ben Zimmermann kassiert einen Fünfer von dem notorischen Nörgler, dem Sportlehrer Franz Manderleit, der mit ihm gewettet hat, dass Michael Rübsam *verfrühstückt* werden würde. Jenseits der üblichen Unruhe bei den üblichen Verdächtigen, das hat der wie immer unbestechliche Ludwig Dittrichs festgestellt, sei die Schulmesse passabel verlaufen. Und noch eine Nachricht hat er: Neuigkeiten zu den Handyaufnahmen, die im Internet kursieren. Es sei ihm, Ludwig Dittrichs, hier schimmert echter Informatiker-Stolz auf, gelungen, die IP-Adresse des Geräts zu knacken, von dem aus die Aufnahmen hochgeladen wurden.

---

* *Zu meiner Zeit wurde der katholische Ritus im Verborgenen gefeiert. Im Studierzimmer meines Vaters verhängten wir die Fenster mit Pferdedecken. Eine Kerze stand auf jenem Totenschädel, der mich später zu meinem Hamlet inspirierte. Mir rieselten Schauer über den Rücken, wenn mein Vater den Priester, der sich als Bettler verkleidet hatte, durch die Hintertür einließ. Wie lange das her ist … »Demnächst ein halbes Jahrhundert, wenn die Zeit weiterhin so schnell vergeht«, bemerkt Oberon trocken.*

Es stünde in Fürstenberg, wo ein gutes Drittel der Schüler des Hubertus lebt.

Manche in den Villen mit Waldblick, andere in bescheideneren Einfamilien- und Reihenhäusern.

Friedrich Merkwart sieht ihn fragend an.

Ludwig Dittrich zieht die Sache in die Länge.

»Mit einigem Knobeln, auch dank der Ratschläge eines ehemaligen Kommilitonen, der an der TU Daten- und Informationstechnik unterrichtet, ist es mir gelungen, die Position des Endgeräts noch genauer zu bestimmen, von dem aus die Bilder hochgeladen wurden. Die Spur führt ins Dichterviertel, genauer in die Theodor-Storm-Straße. Ein Abgleich mit der Adressenliste der 9c lässt kaum einen Zweifel zu.«

Der Mathematiklehrer macht eine gewichtige Pause, bevor er den Namen des Schülers nennt, der die Bilder unter dem Titel *Goofy total verknallt* ins Netz gestellt hat.

»Allerdings hat Maximilian Vanderbilt nicht alleine gehandelt. Die Stimmen, die auf den Aufnahmen zu vernehmen sind, lassen den Schluss zu, dass zwei oder drei andere Schüler beteiligt waren.«

Friedrich Merkwart unterdrückt einen Fluch.

Ludwig Dittrichs zieht eine Augenbraue hoch.

»Namen. Adressen!«, sagt Friedrich Merkwart.

Ludwig Dittrichs schüttelt bedauernd den Kopf. Er empfiehlt, das soziale Umfeld, den Freundeskreis des Schülers Vanderbilt auszuloten. Nach seiner Beobachtung habe er in letzter Zeit viel mit dem Schüler Ivan Stankowski zu tun gehabt. Der Kollege Zimmermann wisse sicher mehr: Er sei Vertrauenslehrer und sehe die Schüler häufig bei den Proben.

»Ben Zimmermann kommt nach der Pause.«

»Fragen Sie ihn«, empfiehlt Ludwig Dittrichs.

Johanna hat das Klassenbuch unter ihrem Arm. Sie überquert den Schulhof, der normalerweise um diese Zeit leer ist. Hinter dem Fahrradschuppen sieht sie Ivan und Max, die ihre Köpfe eng zusammengesteckt haben. Ein Tütchen wechselt den Besitzer. Dann zieht Max etwas aus seiner Tasche. Sieht wie ein Portemonnaie aus, ja, da sind Geldscheine. Ivan sieht Johanna, sie beschleunigt ihre Schritte. Ivan ruft etwas. Johanna rennt los, ins Hauptgebäude, lässt die Tür schnell hinter sich ins Schloss fallen. Düst ins Lehrerzimmer, wo alle anderen Klassenbücher schon liegen.

»Du bist aber außer Atem«, sagt die Schulsekretärin freundlich. Sie nimmt das Buch in Empfang. Johanna rührt sich nicht von der Stelle. »War noch was?«

»Ach nö. Ich wollte nur … nur sagen, dass heute alle da waren. Keine Fehlstunden. B-bis auf Goofy, ich meine, Johan ist nicht da.«

Das stimmt nicht ganz, denn auch Mireille hatte heute wieder Fehlstunden. Johanna deckt sie, sie kann die Unterschrift der Freundin fälschen.

»Gut.« Die Schulsekretärin nickt. »Gut, dass alle da waren. Und gut, dass du da warst nach dem … nach den … gut, dass du einfach weiter zur Schule gekommen bist.«

»Ja«, sagt Johanna, und überlegt, wie sie noch etwas Zeit schinden kann. Ihr fällt nichts mehr ein, was sie mit der Sekretärin besprechen könnte. Sie macht vorsichtig die Tür auf. Keiner da. Sie nimmt Kurs aufs Mädchenklo.

An dem Abend im Mäckes ist etwas gekippt. Sie hätte nicht sehen dürfen, wie Ivan von dem Typ in der Lederhose fertiggemacht wurde, so viel ist klar. Und sie ist ziemlich sicher, dass Ivan in die Sache mit Goofy verwickelt ist. Sie geht Ivan aus dem Weg. Ivan möglichst nicht zu begegnen ist die sicherste Lösung.

Ben wirft sich in Schale. Frische Jeans, weißes Hemd, Leinensneaker. Er denkt über Blumen nach, verwirft den Gedanken. Mary Jane ist ja nur auf Durchreise.

Er schiebt Elvis Costello rein: *I want you* … einer ihrer Songs von damals. Mary Janes Gesicht taucht auf. Die roten Locken, die Zähne, die etwas zu spitz sind. Die Pfirsichhaut und der Geruch, der zur Pfirsichhaut gehört. Seine Vorfreude mischt sich mit Panik. Was soll er mit Mary Jane anfangen? Zwei Stunden haben sie Zeit. Reicht das, um ein Zimmer zu finden, einander die Kleider vom Leib zu reißen, mit fliegenden Händen so wie damals?

A cup of coffee hat Mary Jane angekündigt. Wohl kaum.

Er parkt und gibt dem Typen mit den Aldi-Tüten einen Euro. Das Gesicht des Penners kommt ihm bekannt vor, er weiß nicht, woher, gehört er nicht zum Stadtbahnhof? Irgendwas mit Wartehalle? Haben Penner Bettelreviere? Und wenn ja, was macht er hier am ICE-Bahnhof, der sich wie ein Handschuh, den ein Riese fallen ließ, in den braunen Feldern zwischen zwei deutschen Kleinstädten mittlerer Größe duckt? Die rauen Fingerkuppen des Bettlers berühren kurz Bens Hand, er schaudert. Irgendwas stimmt nicht mit den Augen, Ben kriegt es auf die Schnelle nicht raus.*

In der Bahnhofsvorhalle kauft Ben doch eine einzelne weiße Rose. Entscheidet, dass das kein Verrat an Bea ist. Nicht mehr! Er hastet zum Gleis, wo der ICE schon eingefahren ist. Hoffentlich hat er Mary Jane nicht verpasst.

Er erkennt sie sofort. Sie trägt eine halblange

---

* *Eine gängige Irritation. Angehörige des Wandernden Volkes können ihre Augäpfel einzeln bewegen, auch nach Belieben fixieren.*

Wolljacke, eine schmal geschnittene Hose, praktische, halbhohe Schuhe. Eine dezente Eleganz umgibt sie. Die Haare sind schulterlang, sie kräuseln sich im Nieselregen. Sie zieht einen kleinen Rollkoffer. Er lächelt, sie lächelt, zeigt die kleinen spitzen Zähne. Er ist unsicher, wie er sie begrüßen soll. Sie nimmt ihm die Entscheidung ab, schlingt ihre Arme um seinen Hals: »So good to see you.« Er hält sie fest, atmet ein, atmet aus, genießt den Schwindel, der sich einstellt, blickt über ihre Schulter in das Menschengewühl auf dem Bahnsteig.

Beatrice steht an der geöffneten ICE-Tür. Der Typ, der sie hält, der seine Nase in ihre braune Haarflut steckt, ist hochgewachsen. Der Typ, der sie gerade festhält, ist nicht Ben.

So viel erkennt Ben auf den ersten Blick.

Eine Hand ruht auf Beatrices' Rücken, die nicht seine Hand ist. Ein Mund drängt sich jetzt an ihren Mund, das Paar steht eng umschlungen, dann lösen sich die beiden, umarmen einander erneut, der Pfiff an der Bahnsteigkante ertönt.

»How have you been keeping«, sagt Mary Jane und sieht ihn erwartungsvoll an. Dreht sich dann um, folgt seinem Blick.

»Are you all right?«

»I am fine.«

Sich schließende Türen, winkende Passanten, jetzt eilt der hochaufgeschossene Typ an Ben und

Mary Jane vorbei, würdigt sie keines Blickes, verschwindet im Treppenaufgang. Neben ihm steht immer noch Mary Jane, geduldig, wartend, aufmerksam. Ben spürt, wie schnell sie begreift. Er weiß nicht, wie ihm geschieht, in welcher Parallelwelt er sich befindet. Ob seine Liebe mit dem ICE entschwindet. Ob seine Liebe mit dem ICE gekommen ist. Ben Zimmermanns Inneres schrumpft zu einem Tennisball. Mary Janes Hand fasst seine, zieht ihn mit sich.

»You are a litte pale, my dear. Are you all right?«

Von ferne.

»I am fine.«

Sie sitzen in dem Brücken-Restaurant mit Blick über die Gleise, die Tische sind in Zweiergruppen angeordnet. Unter ihnen fahren die Züge durch.

Ein ICE, denkt Ben Zimmermann, dieses Restaurant stellt das Innere eines ICE nach.

Mary Jane scherzt mit dem Kellner, und der blüht auf, strahlt regelrecht.

Genau so war es, Ben erinnert sich, aus allen Menschen scheint ein Licht, wenn Mary Jane mit ihnen spricht.

Der Kellner bringt zwei Bier.

»My cup of coffee.« Mary Jane lacht, und ihm fällt wieder ein, dass sie trinkfest ist und fröhlich und dass sie nicht schnell friert, nicht im Regen und nicht im Winter, und dass sie mit einer Bohrmaschine umgehen kann, und dass sie nie direkte Fragen stellt. Lauter unzusammenhängende Sachen fallen ihm ein, die in der Summe Mary Jane ergeben, die erste große Liebe seines Lebens.

»German lager«, sagt Mary Jane und leckt sich den Schaum mit einer famosen Zungenspitze von ihren Lippen.

Die Worte *happy* und *teacher* erreichen ihn und er nickt, ja, er ist glücklich, ja, er ist Lehrer. Es folgt ein Moment der Stille, Mary Jane hat ihre Augen auf die Stelle in seinem Inneren gerichtet, wo der Tennisball sitzt, *family* hört er, und er schüttelt den Kopf, nein, er ist nicht verheiratet, er hat auch keine Kinder, und dann merkt er, dass er falsch geantwortet hat.

Mary Jane hat sich nach seinen Eltern erkundigt, die sie damals kennengelernt hat, nach der Aufführung von ›Was ihr wollt‹ saßen sie alle beim Italiener. Sie hatte es geschafft, mit Bens wortkargem Vater ein langes Gespräch über Märklin-Eisenbahnen zu führen.

Ben entscheidet sich, Haltung zu bewahren. Er fragt zurück, ist sie verheiratet, hat sie Kinder?

Mary Jane reckt zwei sehr schlanke Finger in die Höhe, »a boy and a girl«.

Ben ist dankbar dafür, dass sie nicht ihre praktische Handtasche aufmachen und nach Fotos kramen wird, denn ihr Blick ist immer noch auf ihn gerichtet.

Sie bestellen Eisbein, und er sieht, wie sie mit den Händen zugreift, sich das Fett von ihren schmalen Fingern leckt. Sie plaudern jetzt, tauschen Erinnerungen an Kommilitonen aus und natürlich an ihre gemeinsame Aufführung von ›Was ihr wollt‹, den Obsthut hat sie noch!

Mary Jane sieht auf ihre Armbanduhr, schmale goldene Glieder, eine altmodische Uhr, wie sie seine Mutter trug. Ben wird sich bewusst, dass er Bea deswegen eine goldene Uhr geschenkt hat.

»It's time to go«, sagt Mary Jane, und dann stehen sie schon wieder an der Bahnsteigkante. Auch das erinnert er wieder – ihren untrüglichen Sinn für die Zeit, wie sie jeden Termin einhält, ohne jemals in Eile zu geraten. Sie umarmt ihn noch einmal, »take good care«. Ben sieht dem ICE schon hinterher, als ihm bewusst wird, dass sie nicht von einem Wiedersehen gesprochen hat. Was in Mary Janes Sprache heißt, dass es kein Wiedersehen geben wird.

Als Max mit einiger Verspätung an der Eiche eintrifft, hat er es mit Rosetta zu tun. Er ist kleinlauter als sonst: Sein Vater hat ihm die Leviten gelesen, er hat mehr mitbekommen, als Max lieb ist. Er hat ihm sogar mit dem Internat gedroht, sein iPhone konfisziert, eine totale Kontaktsperre zu seinem Mitschüler Ivan verhängt.

Weshalb dessen Hilferuf jetzt auf Rosettas Handy eingeht: *Wo seid ihr? Is dringend.*

»Nicht antworten«, sagt Max.

»Wieso?«

Max erklärt ihr die Lage. Entweder Ivan ist dran oder sie alle.

Einer fliegt von der Schule, oder sie müssen alle gehen.

Das leuchtet Rosetta ein. Sie schaltet ihr Handy aus. Worauf sich ein großer Friede im Wäldchen ausbreitet.

»Schau dir den Penner an«, sagt Max.

Auf der Parkbank gegenüber schläft der Alte vom Bahnhof, er hat sich eine Aldi-Tüte unter den Kopf geschoben. »Ich kapier einfach nich, dass so einer wie der überall schlafen darf.«

»Na ja, wenn er kein eigenes Haus hat.«

»Könnte er doch haben, wenn er arbeitet. Müssen andere Leute doch auch.«

»Weiß nich.«

»Außerdem soll der Park doch für alle da sein, nich nur für Penner.«

»Is mir egal. Los, wir gehen zu Starbucks«, sagt Rosetta.

Später liegt der Park verlassen. Niemand ist in der Nähe, der bezeugen könnte, dass sich eine silberne Aureole um den Alten und sein dürftiges

Nachtlager legt. Eine Art Nebelschweif,* der den Schlafenden wie eine Decke umhüllt.

* *Ich frage Oberon nach Titania. Er wird unpräzise. Weicht aus. Gibt dann zu, dass er Titania schlichtweg verloren hat. Ausgerechnet in London, an der ehemaligen Stätte meines Wirkens, sei sie ihm um die Jahrtausendwende entwischt. Eben habe sie noch Zuckerwatte genascht, dann sei sie von der Bildfläche verschwunden: Spurlos. Ihr Gefolge sei in heller Aufregung gewesen. »Jetzt folgen sie mir auf Schritt und Tritt.«*

Am nächsten Tag beginnen die Befragungen. Einzeln, in alphabetischer Reihenfolge, treten die Schüler der 9c bei Friedrich Merkwart an. Diese Idee ist ihm über Nacht gekommen: Wenn er alle fragt, kann er die Identität des Täters für sich behalten, bis er entschieden hat, was er tun wird.

Der Schüler Nick Burkhardt wirkt vollkommen ahnungslos.

Mireille Fürbaß sieht ihn aus dunklen Augen so vorwurfsvoll an, dass ihm unbehaglich wird.

Karlotta Henlein sagt: »Johanna war's auf jeden Fall.«

Markus Lützow bietet eine ganze Reihe von Verdächtigen, zwei Drittel der Klasse besitzen ein iPhone.

Rosetta Martoni kaut nervös auf ihren Fingernägeln rum und sagt dann, dass sie gar nicht weiß, wie man ein Video online stellt.

Valeria Martoni sagt und tut dasselbe, in der umgekehrten Reihenfolge.

Ivan Stankowski behauptet, er habe an diesem

Abend Einkäufe für seine bettlägerige Großmutter getätigt.

Johanna Wonnefelder rutscht unbehaglich auf ihrem Stuhl herum. Sie wirkt nervös und verhaspelt sich. Später stellt sich heraus, dass sie mit Goofy gesprochen hat. Der wisse mehr.

Friedrich Merkwart zieht die Augenbrauen hoch.

Max Vanderbilt: »Ohne meinen Anwalt sage ich gar nichts.«

Philipp Zurhausen bricht in ein markerschütterndes Gelächter aus, das Friedrich Merkwart eine Gänsehaut über den Rücken jagt.

Als Johanna rauskommt, steht Ivan vor ihr. Sie will schnell an ihm vorbeigehen, doch er versperrt ihr den Weg. Er steht so nah, dass sie seine Lederjacke riechen kann. »Ich habe gehört, dass du dich neuerdings mit Goofy triffst.«

»Und wenn schon. Das geht keinen was an.«

Ivan nimmt sie am Handgelenk, genau wie damals im Mäckes. Johanna merkt, dass sie anfängt zu zittern, sie ärgert sich über sich selbst.

»Mich geht es was an. Goofy soll dich in Ruhe lassen, sonst bekommt er es mit mir zu tun.«

»Goofy lässt mich in Ruhe.«

»Ach nee. Du redest von dem Perversen, der lauter Mist ins Internet stellt?«

»Goofy stellt gar nichts ins Internet.«

»Wie jetzt? Wie war das gleich noch mal mit JOHANNA ICH STEH TOTAL AUF DICH? Goofy ist ’ne alte Sau, und ich gebe dir einen Tipp: Halt dich auf Abstand.«

»Lass mich los.«

»Erst sagst du mir, dass mit Goofy Schluss ist.«

»Von dir lasse ich mir gar nichts sagen. Und das Video ist auch nicht von Goofy. Das weißt du genau so gut wie ich.«

Ivan schüttelt sie jetzt durch. »Noch so ein Punkt. Das Video ist sehr wohl von Goofy. Es gibt Beweise.«

»Lass mich sofort los, sonst schreie ich.« Johanna hört, wie ihre Stimme zittert.

»Kein Stress jetzt. Du bist gewarnt. Kein Goofy, keine falschen Infos über Videos im Internet.« Ivan lässt sie tatsächlich los. Er wischt sich ein Stäubchen von der Lederjacke und grinst. Es soll cool aussehen, wird aber irgendwie schief. Johanna sieht ihn an, und plötzlich weiß sie, dass Ivan Schiss hat.

Sie holt tief Luft.

»Was ich wann sage, ist immer noch mein Ding. Aber du kannst dich entspannen. Ich bin keine Petze. Und jetzt hau ab und lass mich in Ruhe.«

Friedrich Merkwart hat fünf Namen eingekreist. Fünf Tornister hat er sich in sein Büro bringen lassen. Es sind die Schultaschen der Schüler Henlein, Martoni, Stankowski und Vanderbilt. Sein Telefon klingelt.

– Marcel Vanderbilt. Steckt mein Sohn in Schwierigkeiten?
– Nicht dass ich wüsste. Vorerst steckt niemand in Schwierigkeiten. Oder die gesamte Schülerschaft, wenn man so will.
– Wie meinen Sie das?
– Sie wissen sicher, dass es zu … zu Vorkommnissen gekommen ist, die sich mit den Gepflogenheiten des Hubertus-Gymnasiums nicht vereinbaren lassen?
– Gibt es ein Schriftstück?
– Bitte?
– Kann man das nachlesen?
– Was?
– Was an Ihrer Schule erlaubt ist und was nicht?
– Nun, es gelten die allgemeinen Regeln des Erzbistums für Schulen in kirchlicher Trägerschaft, in denen festgehalten ist, dass … dass sich die Schüler allzeit mit Respekt …
– Verständlich. Wenn es darüber hinaus einen Passus gibt, der festlegt, was Ihre Schüler in der Freizeit tun und lassen dürfen, würde mich das sehr interessieren.
– Gewiss doch. In jedem Fall gilt …

Friedrich Merkwart verliert den Faden.

– Egal, was gilt, ich gehe davon aus, dass mein

Sohn nicht mit außerschulischen Fragen behelligt wird. Was macht Ihr Neubau?
– Der Neubau? Äh, ja, der geht gut voran.
– Bestens. Dann ist ja alles in bester Ordnung. Das freut mich wirklich. Ich wünsche einen angenehmen Tag.

Friedrich Merkwart unterdrückt einen Fluch. Er holt tief Luft und widmet sich den Tornistern. Die Schultaschen der Schwestern Martoni liefern Spickzettel für die Bio- und die Französischarbeit. In der Innentasche des Tornisters von Karlotta Henlein steckt ein Rezept für die Pille. Im Federmäppchen des Schülers Vanderbilt findet er ein Tütchen mit zwei kleinen weißen Tabletten. Sonst nichts, nicht mal ein Handy.

Der Ranzen des Schülers Stankowski enthält ein iPad, ein Röhrchen mit einer größeren Menge weißer Pillen (Amphetaminen, wie sich später im Schullabor herausstellen wird), und ein Tütchen mit synthetischem Marihuana.

Schwer atmend lässt sich Friedrich Merkwart auf seinen Bürostuhl sinken. Er wischt sich die Stirn. Dann weiß er, was zu tun ist. Er nimmt die Tütchen und das Röhrchen und lässt alles in seiner Schublade verschwinden.

Mit roten, leeren Augen und trockenem Mund sitzt Ben in seinem Lehnstuhl. Hier hat er alle Soaps gesehen, die ihm den Anschluss an seine Schüler erlaubten: ›Shop and Chick‹, ›The Inbetweeners‹, ›The Ladykillers‹. Sein Blick schweift über die Fotos auf dem Sideboard. Bea und er auf der Finca in Malle. Bea als Siebenjährige im Garten ihres Elternhauses. Ein Foto, das er besonders liebt: Der große Ernst, mit dem sie den Fotografen anschaut.

Er steht auf, Blick über die Terrasse in den Garten, sieht das Windspiel, die Kaskade von Ostereiern mit Solarbatterie im Garten des Nachbarn.

Nimmt das Foto der siebenjährigen Bea.

Geht nach oben, packt seine Adidas-Tasche.

Lässt einen Zettel in der Küche, den letzten:

I know you know I know it's not my child. Ben.

Die Samstagsprobe beginnt in gedämpfter Stimmung. Ivan fehlt immer noch. Bis zur Entscheidung der Disziplinarkonferenz darf Ivan weder am Unterricht noch an den Proben teilnehmen. Ben Zimmermann fragt sich, wie er auch das noch hinkriegen soll – auf die Schnelle einen neuen Oberon finden. Kann er etwa zaubern? Falls Ivan wirklich fliegt, wovon im Moment alle ausgehen, braucht er dringend Ersatz.

Die Blumenszene im Dritten Akt – Oberon befiehlt Puck, Helena zu finden; er selbst träufelt den Liebesnektar in Demetrius' Auge –, darauf hat Ben sich besonders gefreut. Die Raffinesse, mit der Shakespeare seine Paare immer neu verblendet, immer neu zusammenführt! Nun lieben beide, Demetrius und Lysander, die schöne, ehemals verschmähte Helena.

Schön ist seine Helena auch. Seine Bea. Bea, die die Seine war.

Verschmäht war sie nie! Jedenfalls nicht von ihm, Ben Zimmermann.

Er bindet seinen Schnürsenkel, bis ihm das Blut

in den Kopf schießt. Fragt sich, was genau er falsch gemacht hat. Natürlich ist er nicht so *dishy* wie der Typ, der am Bahnhof an ihm vorbeigewetzt ist. Kann man das von ihm, Ben Zimmermann, einem nicht ganz untalentierten Lehrer, kann man das, muss man das von ihm erwarten?

Vielleicht, denkt Ben, war es ein Fehler, in sich selbst den Spielleiter Squenz zu sehen. Darf ich vorstellen, Ben Zimmermann, Englischlehrer, der Trottel der Inszenierung, deren Teil er geworden ist. Was hält ihn eigentlich davon ab, einen feschen Athener zu geben oder auch gleich den König Theseus?

Theseus – auch Goofy ist nicht da. Er ist entschuldigt, bis entschieden ist, ob er die Schule wechseln wird. Wenn Ben auch noch Goofy neu besetzten muss, wird die Sache kippen. Das schafft er nicht. Und das will er nicht: Auf Goofy will er nicht verzichten. Goofy als Theseus ist einer seiner größten Triumphe. Wie linkisch und doch nicht ohne Königswürde er sich Johanna nähert … wer hätte das gedacht!

Max und Markus sind schon da, sie lehnen an der Sprossenwand und starren auf ein Display, als verberge sich dahinter der Schatz der Nibelungen. Valeria und Rosetta trudeln gerade ein.

Ben Zimmermann holt tief Luft, klatscht dann in die Hände.

»Also, Leute. Wir sind alle etwas mitgenommen.

Das soll uns aber nicht von einer tollen Probe abhalten. Heute gibt es nämlich den maximalen Kawumms. Heute lieben zwei Männer dieselbe Frau. Aber nur einer von beiden ist der Richtige. Nur einer darf Helena behalten. Das wird Demetrius sein. Also du, Markus. Los geht's.«

Später auf dem Parkplatz steht Ben eine Minute ratlos da, dann fällt es ihm wieder ein. Sein Auto, das Auto, das Bea gehört, das er immer gefahren hat, steht im heimischen Carport und stellt keine Fragen. Wundert sich nicht, wo er, Ben Zimmermann, wohl bleibt. Wankelmütig ist die Natur der Kleinwagen. Er sollte einen Mercedes fahren.

Er geht durch dunkle Straßen zurück zu der Pension, in der er Unterschlupf gefunden hat. Hält kurz an einem Dönerstand an: Nun kann er essen, was er will, ohne dass Bea sich um Cholesterinwerte oder Pickel sorgt, sie sich deswegen in die Haare geraten.

The true beginning of our end.

*Lemniskate drei**

Allein
In Theseus' Reich
In Schutt und Asche liegt Theben
Theseus & Co.
Heulen sich die Augen aus
Vorbei ist die Pracht
Aus Marmor und Palast
Aber immerhin –
Aber immerhin –
Noch lebt Thebens Königin:
Johanna!

* *Goofys drittes Gedicht, welches das Mysterium seiner sich wandelnden Existenz beschreibt*

Montag in der großen Pause stromert Max ziellos über den Schulhof. Er hat sich in einen Diener ohne Herren verwandelt. Seine Beine und Hände zittern. Ihn treibt das Verlangen nach einer neuen Glückspille. Er weiß nicht, woher er sie nehmen soll. Sein Vater hat ihm den Kontakt zu Ivan untersagt. Die Zwillinge sind nirgendwo zu sehen.

Daneben plagt ihn sein schlechtes Gewissen.* Es war sein Handy gewesen. Ivan hat gefilmt, Rosetta gesimst, Valeria sich als Johanna ausgegeben.

Alle waren sie beteiligt an der Aktion.

Er findet die Zwillinge hinter dem Fahrradschuppen.

Er küsst Valeria, die ihrer Schwester einen triumphierenden Blick zuwirft.

»Wir sollten zum Direx gehen.«

»Bist du verrückt?«

»Wir haben alle mitgemacht.«

---

* *Eine Nebenwirkung der Schulmesse, meint nicht nur Oberon. Auch wenn sarkastische Gemüter dies abstreiten – seine Wirkung hat sich der alte Ritus auch im neuen Jahrtausend bewahrt.*

»Quatsch. Ivan hat uns angestiftet.«
»Keiner hat uns gezwungen.«
»Wir streiten alles ab, wenn du uns verpfeifst.«
»Ich will euch nicht verpfeifen.«
»Dann geh gefälligst nicht zum Direx.«

Die Disziplinarkonferenz tagt in der sechsten Stunde. Ludwig Dittrichs und der Vertrauenslehrer Ben Zimmermann sind anwesend. Eine schriftliche Einladung, die an den Erziehungsberechtigten des Schülers, eine gewisse Claudia Stankowski, ging, blieb ohne Resonanz. Ivan hat keine weitere Vertrauensperson benannt. Auch keinen Freund, der ihn begleiten soll.

Weswegen die Runde äußerst klein ist. Friedrich Merkwart ist entschlossen, die Sache schnell über die Bühne zu bringen.

Was das Video angehe, sagt Friedrich Merkwart, so ließe sich der Schuldige nicht einwandfrei ermitteln (er ignoriert, dass Ludwig Dittrichs eine Augenbraue hochzieht). Die Aufnahmen hätten die Grenzen des guten Geschmacks, die Kameradschaft unter den Schülern und die ethischen und moralischen Leitlinien des Hubertus-Gymnasiums schwer verletzt, doch seien ihm die Hände gebunden.

Weder betreffe der Vorfall das Schulleben an sich – sie seien ja auch nicht auf dem Schulgelände entstanden –, noch ließe sich, wie gesagt, der

Besitzer des Handys, von dem die Aufnahmen getätigt worden seien, zweifelsfrei ermitteln.

Mit dem Besitz, möglicherweise auch dem Handel von Drogen auf dem Schulgelände sei es eine andere Sache. Da gäbe es Richtlinien, auch seine Befugnisse als Schulleiter seien klar umrissen. Ob Ivan sich in dieser Sache erklären wolle?

Trotzig schüttelt Ivan den Kopf.

Ruhig erklärt ihm Friedrich Merkwart die Lage.

Ben Zimmermann, dem sichtlich unwohl ist in seiner Haut, spricht sich wie erwartet für eine Verwarnung aus.

Ludwig Dittrichs sieht ihn fragend an und vergewissert sich, dass er, Friedrich Merkwart, die Sache mit dem Video auf sich beruhen lasse wolle? In dem Fall sei auch für ihn die Lage klar.

In einer Viertelstunde ist der Zauber vorbei.

Er will sein Büro schon abschließen, als Max Vanderbilt bei ihm auftaucht.

»Max!«

»Darf ich reinkommen?«

»Sicher.«

»Es ist wegen – weil – ich bin wegen Ivan hier.«

»Wegen Ivan?«

»Es ist nämlich so, dass … Ivan hat das ja nicht alleine gemacht. Eigentlich hat er gar nicht so viel gemacht. Es waren noch andere Leute dabei. Zum Beispiel ich, ich auch.«

»Du redest von den Aufnahmen?«

Max nickt ergeben. Er sitzt auf der Stuhlkante. Friedrich Merkwart betrachtet sein niedergeschlagenes Gesicht. Auf der Stirn blüht Akne, die Hände verkrampft er in seinem Schoß.

»Ich finde es sehr mutig, dass du herkommst. Ist Ivan dein Freund? Ja? Dachte ich mir. Und nun willst du mir sagen, dass er nicht alleine seinen Mitschüler Johan Gotthart unter falschen Angaben an Ort und Stelle gelockt und gefilmt hat? Es waren noch andere Schüler dabei und du auch?«

»Ja.«

»Verstehe. Du findest, nicht nur einer sollte zur Rechenschaft gezogen werden?«

»Ja.«

»Das ist, wie gesagt, sehr mutig. Die Sache ist nur die – wir sind uns einig, dass die Aufnahmen unangebracht waren?«

»Ja.«

»Gut. Diese Auffassung teile ich in der Tat. Allerdings ist das ein Vorfall, der uns als Schule zwar betrifft, wegen dem ich aber keine Sanktionen verhängen kann. So unerfreulich es sein mag: Letztlich handelt es sich um einen Streich. Wie alle Streiche dieser Art, wird die Angelegenheit über kurz oder lang … vergessen sein.«

Max sieht ihn fragend an.

»Schwerer wiegen hingegen der Besitz von Drogen und stimulierenden Substanzen.« Er zieht seine Schreibtischschublade auf und zeigt Max die Tütchen und die Pillen.

Max' Gesicht nimmt die Farbe der Wand an.

Friedrich Merkwart lässt seinen Worten Raum. Dann sagt er: »Drogen sind an meiner Schule verboten. Wen ich mit Drogen erwische, der muss sofort gehen. Deshalb wird Ivan morgen auch nicht mehr zum Unterricht kommen.«

Max ist sprachlos.

»Gut. Ich dachte mir, dass du das verstehst. Ivan Stankowski, über dessen Freundschaft du dringend nachdenken solltest, führte entsprechende *Substanzen* in größerer Menge bei sich. In einer Stückzahl, die den Schluss nahelegt, dass er sie nicht nur selbst genommen, sondern andere Schüler damit versorgt hat. Dies kann ich als Schulleiter des Hubertus-Gymnasiums nicht tolerieren.«

Max sieht auf seine Hände.

»Herr Merkwart, ich …«

Der Direktor klopft ihm begütigend auf die Schulter.

»Ich kann mir vorstellen, dass dich das alles sehr mitnimmt. Niemand verliert gerne einen Freund. Aber glaube mir: Falsche Freunde gibt es wie Sand am Meer. Du solltest Ivan nicht allzu lange nachweinen.«

Er steht auf und gibt zu erkennen, dass die Unterredung beendet ist. Lässt Maximilians Vater grüßen. Lächelt, begleitet den verwirrten Jungen zur Tür. Dann greift er zum Telefon und ruft Goofys Mutter an: Wie versprochen sei der Schuldige gefunden und der Schule verwiesen worden. Er würde sich sehr freuen, wenn sie ihre Entscheidung, ihren Sohn an einer anderen Schule anzumelden, noch einmal überdenken wolle.

Am nächsten Tag ist Goofy wieder da.

Johanna holt ihn morgens ab, weicht in der S-Bahn nicht von seiner Seite. Am Schultor warten Struppi und Mireille.

Johanna, die ihre Freundin Mireille seit einer gefühlten Ewigkeit nicht gesehen hat, fällt ihr mit einem kleinen Freudenschrei um den Hals.

»Wo hast du denn die ganze Zeit gesteckt?«

Mireille zuckt mit den Schultern.

»Mal hier, mal da.«

»Ich habe ständig bei dir geklingelt. Und bei deinem Vater.« Johanna nimmt Mireille in Augenschein. Die Haare, nicht mehr ganz so kurz, legen sich in Kringeln um ihren schmalen Kopf. Sie trägt zum ersten Mal wieder bunt. Das T-Shirt ist von Hipster. Und noch etwas ist neu: Mireille und Struppi halten Händchen. Struppi grinst selig.

»Na, denn mal los.«

Sie eskortieren Goofy über den Schulhof in den Neubau. Das erste Gekicher kommt von einer Gruppe Quintaner, die auf den Stufen des Atriums sitzen und Matheaufgaben vergleichen.

»Schnauze.«

Auch im Gang mit den Naturkundesälen gibt es Gerempel, Finger zeigen auf Goofy, jemand ruft ihm nach.

»Nicht hinhören«, flüstert Johanna.

»Einfach nicht beachten«, empfiehlt Struppi.

In einer Viererkette erreichen sie den Physiksaal. Sie peilen die Lage: Ivans Platz ist frei. Max kippelt auf seinem Stuhl, kaut an einem Bleistift. Die Zwillinge haben die Köpfe über einem Handy zusammengesteckt.

Karlotta sieht Goofy, stößt Markus an. Der ruft: »Goofy schwer verliebt!« Johannas Blick ist tödlich.

Sie nehmen die vier Plätze in der ersten Reihe. Goofy vertieft sich in den Anblick des Periodensystems. Dann kommt Frau Weishaupt. Sie beginnt umstandslos mit ihren Erklärungen zum Ohm'schen Gesetz.

Ludwig Dittrichs gibt die zweite Stunde, er nickt Goofy aufmunternd zu. Liest seiner Klasse noch einmal die Leviten: Ein bestimmter Schüler dieser Klasse stünde ab sofort unter seinem persönlichen Schutz. Sollte es den kleinsten Übergriff geben, dazu zählten auch verbale Entgleisungen, würde er, Ludwig Dittrichs, dafür sorgen, dass die Übeltäter erst gevierteilt, dann der Schule verwiesen würden. Das sei kein Scherz.

Alfons Brinkemeier, der die dritte Stunde unterrichtet, ist in Topform. Er nimmt weder Notiz von Goofys Anwesenheit noch von dem leeren Platz neben Max. Er lässt sie einen seiner verhassten Aufsätze schreiben: *Vom Nutzen und der Gefahr sozialer Plattformen im Internet.*

Goofys Kopf nimmt wieder Signalfarbe an.

Struppi erinnert sich daran, dass er Brinke den Tod wünscht.

Vierter Aufzug
April

In der Nacht zum Sonntag wird Ben Zimmermann von einem Geräusch geweckt. Die Leuchtzeiger seiner Armbanduhr stehen auf 23.59 Uhr.

Das Geräusch war ein schriller Ton unbekannter Herkunft. Wie Kreide auf Tafel, nur lauter. Wie ein Katzenbaby, das man ertränkt, nur hundertfach.

Milchig dringt das Licht der Straßenlaterne in sein Zimmer. Es ist spärlich möbliert, ein Stuhl, ein Tisch, ein Kleiderschrank. Bens Nackenhaare richten sich auf.

Er wankt zum Fenster.

Eine schlanke, hochgewachsene Dame* läuft durch die Straße. Sie ist elegant gekleidet, trägt einen Trenchcoat und Pumps. Doch ihre Absätze machen kein Geräusch, es scheint sogar, als berührten ihre Füße kaum den Boden. Sie trägt den Kopf hoch und geht erstaunlich schnell – zielsicher. Ihr Gesicht ist blass, die Wangen-

---

* *Allegorische Figur. Zu meiner Zeit sehr gefragt. Ich wundere mich dennoch, dass sie hier auftaucht. Ich kam ohne solche Hilfsmittel aus – für den Tod reichte mir stets ein Schädel.*

knochen treten hervor; ihre Haut ist dünn, pergamentartig und durchscheinend. Ein Eindruck, der durch einen straff gebundenen Haarzopf noch verstärkt wird. Es ist, als ziehe der Zopf das Gesicht zur Maske. Das Gesicht wirkt alterslos, womöglich geliftet, doch sind hier andere Kräfte am Werk als die der modernen Gesichtschirurgie.

Bens Herz rast, sein Atem stockt. Eine eisige Hand greift nach ihm. Wendete die Dame jetzt ihren Kopf, denkt er, dann müsste etwas zum Stillstand kommen. Etwas oder alles, in ihm oder um ihn herum – vielleicht die ganze Welt.

Doch die Gestalt geht weiter.

Verschwindet aus seinem Blickfeld.

Taucht sie ein in die Schatten der Vorsprünge und Toreinfahrten, wirkt sie alt. Taucht sie wieder auf, nimmt sie Kontur an in dem Licht von Straßenlaternen und wird wieder jung. Jetzt hat sie Struppis Haus erreicht; es liegt gar nicht so weit von der Pension, in der Ben Zimmermann seit drei Wochen wohnt.

Dort zögert die Gestalt, nimmt Witterung auf. Dann geht sie weiter, findet den Haupteingang des Sophienhospitals, geht sehr aufrecht und ohne dass sie jemand aufhält – ja, fast scheint es, als nicke der Nachtpförtner ihr zu – weiter zur Station B im zweiten Stock.

Dort liegt Struppis Mutter im Bett. Die Dame

bleibt stehen. Sie wird bereits erwartet: Ihr Widersacher steht am Kopfende.

»Es ist Zeit«, sagt die Dame.

»Nein«, sagt Gabriele Lewinskis Leben. »Es ist eine andere Stunde.«

Die Dame seufzt unhörbar. Sie ist solche Gespräche gewöhnt, einerseits. Andererseits ist dies ihre vorletzte Verpflichtung am Ende eines langen, arbeitsreichen Tages.

»Es ist die rechte Stunde«, sagt die Dame.

»Noch eine Weile. Es ist zu früh. Wenigstens zehn Jahre.«

So geht es meistens. Sie wird das letzte Wort haben, das weiß auch Gabriele Lewinskis Leben. Andererseits gehört das Reden dazu, das Verhandeln, manchmal sogar ein Disput, je nach Temperament und Tagesform.

Frühmorgens genießt die Dame solche Debatten, aber jetzt ist sie ermattet von ihres Tages Geschäft.

»Sie ist noch keine vierzig.«

»Perfektes Alter.«

Die Dame beugt sich über Gabriele und betrachtet sie aufmerksam.

»Sie hat zwei Kinder. Eins ist noch ganz klein.«

»Papperlapapp.«

»Die Kinder sind dann Waisen.«

»So ist der Lauf der Dinge.«

»Wer soll die Kinder versorgen?«

»Seht die Lilien auf dem Felde.« Die Dame richtet sich auf und unterdrückt ein Gähnen. Zitate verkürzen meist das Prozedere, man befindet sich dann auf neutralem Terrain.

»Bitte.«

»Nein.« Die Dame im Trenchcoat legt den Charme einer Sachbearbeiterin in diese Auskunft.

»This passion, and the death of a dear friend would go near to make a man look sad.«

»Ah«, sagt die Dame, nun etwas angeregter. »Shakespeare! Ich halte es lieber mit Antonius und Cleopatra: *The stroke of death is as a lover's pinch which hurts and is desired.«*

Das Leben seufzt. Sehr sanft, durch eine Berührung seiner Hand an ihrer Wange, weckt es Gabriele.

Die schlägt die Augen auf. Blickt verwirrt um sich, sieht die Gestalt im Trenchcoat am Fuß ihres Bettes. Ihre Augen weiten sich vor Schreck. Die Gestalt verschwimmt. Gabriele sieht ein weißes Licht. Sieht, wie sie in das Innere des Krankenwagens geschoben wird, das kühle Blinken der Geräte. Wie sie am Morgen davor aufgestanden ist, wie das Verlangen nach einem einzigen, nur einem einzigen winzigen Schluck fast unerträglich wurde. Wie sie angefangen hat zu zittern, die Wohnung durchwühlt hat, jedes Fach geräumt, sogar unter dem Sofa hat sie nachgeschaut, bis sie dort eine einzige, winzige Flasche gefunden hat, aus der sie einen einzigen, winzigen Schluck nehmen konnte.

Wie sie in den Tagen und Wochen davor von besten Vorsätzen beseelt war, sogar Hausputz gehalten hat. Weiter zurück zu dem Tag, an dem sie Babette im Arm hält, dem Tag, an dem Struppi geboren wird und die Hebamme flüstert: »Der wird wohl immer etwas schmächtig bleiben, das ist so bei Säuferkindern.«

Das hat Gabriele genau gehört.

Weiter zurück zu der Zeit, als sie selbst ein Kind war und die Flaschen ihres Vaters weggeräumt hat. Noch weiter, als sie unter dem Birnbaum ein Erdbeerbeet anlegt.

Das weiße Licht erfasst sie jetzt und hebt sie aus dem Krankenhausbett. Sie sieht sich selbst dort liegen: Nicht mehr ganz jung, noch nicht sehr alt, immer noch ansehnlich, das sieht sie genau.

Da geschieht etwas Unerwartetes. Auch der Tod hat seine Launen.

»Na gut«, sagt die Dame im Trenchcoat. Sie lässt Gabriele fallen.

Das weiße Licht verschwindet. Gabriele spürt den Klingelknopf in ihrem Rücken.

Ein eisiger Hauch weht durchs Zimmer.

Gabrieles Leben beugt sich vor. Es wird jetzt streng. Flüstert ihr ins Ohr: »Das war knapp. Allerletzte Chance. Jetzt oder nie.«

Neben der Nachtpforte zieht die Dame eine

schmale Lesebrille aus ihrem Trenchcoat. In der anderen Manteltasche hat sie einen Zettel und einen Stift. Sie hüstelt, streicht Gabrieles Namen durch und schaut auf den letzten Empfänger des Tages: *Alfons Brinkemeier, Feldmannstraße 51. Beruf: Deutschlehrer.*

Am nächsten Morgen schaut Struppi in dem Laden für Scherzartikel vorbei.

Bezahlen kann er mit seinem eigenen Geld: Er steht jetzt stundenweise an der Tanke, verkauft Hotdogs und Süßigkeiten. Die beruhigenden Münzen, seine Währung für die schlechten Tage, klimpern wieder in seiner Hosentasche. Das ist ein Teil seiner Glückssträhne. Wenn Struppis Telefon neuerdings summt, ist es immer eine Nachricht von Mireille.

Was machste grade?

Kaufe Furzkissen.

Mathe?

Keine Peilung.

Ich auch nicht!

Macht nichts.

Später im Wäldchen?

Jep

Und so läuft das Glück durch Struppis Tage.

Die 9c hat beschlossen, dass Aprilscherze nicht unter ihrer Würde sind, und Struppi ist ihr Meldegänger.

Die Tür zum Naturkundesaal haben die Schüler mit Zeitungen verklebt und nur einen 30 cm großen Schlitz in Bodenhöhe gelassen. Die dürre Frau Weishaupt hat sich tatsächlich auf den Bauch gelegt und ist darunter durchgekrochen. Sie hat sich das Kostüm abgeklopft und weitergemacht im Text des Tages, der den doppelten Stromkreis betrifft. In der Achtung ihrer Schüler ist sie gestiegen, manch einer fasst die besten Vorsätze für seine Mitarbeit in ihrem gewöhnlich sterbenslangweiligen Unterricht.

Ben Zimmermann haben sie Kreide und Schwamm versteckt. Der Englischlehrer, der in letzter Zeit so fahrig wirkt, der einmal sogar ohne seine Bücher zum Unterricht gekommen ist, schickt Johanna zum Sekretariat. Sie kommt mit leeren Händen zurück. Ben geht selbst los, und als er mit Kreide wiederkommt, ist die Klasse leergefegt. Auf dem Pult liegt eine Nachricht: *Wir haben Freistunde!*

Zum Deutschunterricht sind sie wieder da. Sie legen Alfons Brinkemeier das Furzkissen auf den Stuhl.

Alfons Brinkemeier erscheint nicht. Das Furzkissen bleibt unbenutzt, es wandert zurück in Struppis Tornister. Alfons Brinkemeier kommt auch am nächsten Tag nicht, als seine Zwölfer ihre Probeklausur schreiben sollen.

Friedrich Merkwart lässt sich mit der Nachricht Zeit bis Freitag. Dann ruft er die Schüler in der Turnhalle zusammen. Eine Stufe nach der anderen lässt er sie antreten. Struppi hört die Mitteilung des Direktors und ist wie betäubt: Alle seine Wünsche haben sich erfüllt. Sogar Brinke wird ihn nun in Ruhe lassen.

Betreten blicken die Schüler der 9c um sich: Sie sind eine Weile ratlos. Ihr Geschnatter und Geschubse nehmen sie erst auf der Treppe wieder auf. Das Ganze bringt, findet Markus, doch eine Menge Gutes. »Die nächste Deutscharbeit fällt jedenfalls flach.«

»Wenn nicht ein neuer Pauker da ist.«

»Wo wollen sie den so schnell hernehmen?«

»Werden schon einen finden.«

Struppi schweigt.

Zur Probe fährt Ben mit dem Fahrrad, das er sich von dem ersten Gehalt gekauft hat, das nicht mehr von der Hypothek aufgefressen wird. Bea wird das Haus behalten. Sie wird ihn auszahlen. Vielleicht. Vielleicht auch nicht.

Eigentlich egal, was Bea macht. Er kann jetzt in die Pedale treten. Eine neue Leichtigkeit stellt sich ein, die ihn überrascht, mit der er nicht gerechnet hat.

Caterina steht schon vor der Treppe, heute nicht im roten Webpelz, das Jahr ist zu weit fortgeschritten. Sie trägt eine Bikerjacke. Sie lacht, haucht ihm einen Kuss auf die Wangen.

Die Proben bestreiten sie jetzt gemeinsam. Alle Proben: Sie habe derzeit sowieso nicht allzu viel zu tun, außer samstags mit ihrer Mutter zu essen, sagt Caterina Valente.

Sie proben den vierten Akt: Titania versöhnt sich mit Oberon.

Goofy hat Ben Zimmermann versichert, dass er auch den Oberon sprechen könnte. »Jedenfalls bis auf weiteres – so lange, b-b-bis Sie einen Ersatz gef-funden haben.«

Besorgt registriert Ben Zimmermann, dass Johan Gotthart stottert. Eine Veränderung, die sich seit seiner Abwesenheit von der Schule zugetragen hat. Hat er einen bleibenden Schaden durch die Aktion mit dem Video genommen?

Auf der Bühne aber ist Goofys Stottern wie weggeblasen. Er gibt einen ganzen Oberon. Souverän scheucht dieser Oberon Puck, mit spöttischer Zärtlichkeit wendet er sich an Titania: *»Nun komm, Gemahlin! Hand in Hand gefügt, / Und dieser Schläfer Ruheplatz gewiegt!«*

Goofy reicht Mireille die Hand. Die Sextaner legen einen passablen Elfenreigen hin. Caterina zwinkert ihm fröhlich zu, und Ben wird von einer neuen Woge der Zuversicht erfasst. Die 725-Jahr-Feier kann kommen: Er ist mit seinem Sommernachtstraum dabei.

Nach der Probe gehen sie zu Mireille, werfen Hotdogs in den Backofen, der einen merkwürdigen Geruch nach Fabrik verströmt, er wird zum ersten Mal benutzt. Struppi ist immer noch schweigsam, und irgendwann fällt es seinen Freunden auf.

»Was ist los?«, will Goofy wissen.

»Mmm.«

»Jemand zu Hause?« Mireille boxt Struppi in die Seite.

»Weiß nich.«

»Spuck's aus.«

»Es ist wegen Brinke.«

»Brinke?«

»Ich habe Brinke abgemurkst.«

»Du hast was????«

»Brinke. Abgemurkst.«

»Wie jetzt.«

»Ich hab ihm den Tod gewünscht. Schon seit Wochen. Weil er alle möglichen Leute fertigmacht. Mich vor allem. Und dann ist er gestorben.«

Mireille lässt ihren Hotdog sinken. »Krass.«

»Wow«, sagt Johanna.

»Mensch, Struppi.«

Die Freunde schweigen andächtig.

»Kannst du das auch sonst?«, will Goofy dann wissen. »Ich hätte da eine Liste.«

»Quatsch nich doof rum.«

»Den Manderleit zum Beispiel. Den hätte ich

gerne ums Reck gewickelt und doppelt verknotet. Er kann verdorren am Reck, keiner kriegt ihn dort runter, nicht mal die Feuerwehr.«

Alle lachen.

Johanna setzt Ivan auf die Sterbeliste, und Mireille die Neue ihres Vaters: »Eine supereitle Tusse. Tut immer so, als wäre ich ein Alien. Und sie der Nabel der Welt.«

Mireille läuft als Beatrice durch die Küche. Trägt ihre Nase weit oben, fasst die Pizzakartons mit spitzen Fingern an: »Mensch, ist das ein Saustall hier. Alexander, so geht das nicht. Räum mal auf. Sage der Putzfrau, dass sie putzen soll!«

Johanna prustet los.

»Wartet.« Mireille stürmt aus der Küche, kommt mit Beas Sachen wieder. Sie trägt ihren Kaschmirpulli, ihre Stöckelschuhe, ihren Schmuck, führt ein imaginäres iPhone an ihr Ohr, telefoniert mit Boston und New York, schmachtet Goofy an: »Liebling, lass uns verschwinden. Ein paar Tage Toskana, nur du und ich!«

Alle kreischen vor Vergnügen.

»B-bravo!«, sagt Goofy.

Ein Pizzakarton fliegt durch die Luft.

»Liebling, lass uns Champagner trinken«, schreit Mireille. »Wo habe ich denn meine zweitausend Jahre alte Flasche?« Sie steckt ihren Kopf in den Kühlschrank, wackelt mit dem Hintern, der in einem von Beas Bleistiftröcken steckt.

Als Beatrice Nowakowski die Tür zur Küche aufmacht, tanzt ihr Rock vorm Kühlschrank. Sie braucht genau zwei Sekunden, um zu begreifen. Prescht dann nach vorne, in die Küche, packt Mireille am Arm, schüttelt sie durch.

»Was fällt dir ein?«

»Lass mich los!«

»Du unverschämter Balg!«

»Selber unverschämt, du Dreckstück.«

Es setzt eine Ohrfeige.

»He, he«, sagt Struppi, aber er kommt nicht rein in das Knäuel aus Mädchen und Frau. Die beiden krachen ins Küchenregal, stehen in einem Regen aus Glasscherben. Toben weiter, fegen Küchenkräuter von der Fensterbank, eine Flasche mit kaltgepresstem Olivenöl geht zu Bruch, ein feiner Klebefilm verteilt sich über der Arbeitsfläche, tröpfelt zu Boden.

Bei Mireille brennen die Sicherungen durch. Jetzt erst merkt sie, wie wütend sie all die Tage und Wochen war. Sie schlittert über den Küchenfußboden, reißt eine wimmernde Bea an den Haaren. Fegt einen Stapel Teller vom Büfett, schreit: »Du Nutte! Ich hasse dich! Verschwinde endlich, hau ab!«

Dann gelingt es Goofy und Struppi, die rasende Mireille zu umklammern. Johanna hilft einer keuchenden Beatrice auf die Beine. Ihre Strümpfe sind zerfetzt, aus einem Knie sickert Blut.

Die beiden stehen einander gegenüber. Mireilles Blick auf Beatrice ist voller Hass. Beatrice sieht diesen Blick. Richtet sich jetzt auf. Wird kerzengerade. Schüttelt Johanna ab.

Sehr kalt, sehr beherrscht sagt sie: »Du bist verrückt. Das sag ich deinem Vater schon seit Wochen: dass du verrückt bist. Mich wundert es nicht, wenn du in der Anstalt landest. Genau wie deine Mutter.«

Mireille stößt ein Wutgeheul aus und will sich abermals auf Beatrice stürzen, doch sie kann sich nicht aus der Umklammerung ihrer Freunde befreien.

Mit zitternden Knien, aber in dem Bewusstsein, dass sie ihre Würde wiedergefunden hat, wirft Beatrice die Küchentür hinter sich zu. Sie macht sich nicht die Mühe, zu packen. Handtasche genügt.

Ben und Caterina sitzen in der Koala Bar beim dritten Mojito. Es ist warm, über die Tanzfläche schiebt sich ein engumschlungenes Paar. Caterina sitzt noch näher an ihm dran als beim letzten Mal.

Ben stehen kleine Schweißperlen auf der Stirn. Warum eigentlich nicht, denkt er. Caterina ist gar nicht so übel, wenn man von dem roten Webpelz absieht, und der scheint im Kleiderschrank verschwunden. Keine Mary Jane, auf gar keinen Fall. Schon gar keine Bea. Aber gar nicht so übel.

»Kannst du eigentlich tanzen?«

»Nö.«

Sie zieht ihn hoch und mit sich. »Ich führe dich, mach einfach mit. Nicht auf die Füße gucken.«

Ihre Hüfte stößt an seine, ihre Brust berührt seinen Arm. Bens Männlichkeit regt sich. Was soll's? Er muss sich keine Sorgen machen. Bea ist weg. Ein Kind wird er nicht zeugen.

Scheiß drauf, denkt Ben.

Caterina macht ihm allerhand Angebote. Sie zeigt einen bemerkenswert schönen Hals, das fällt beim Tanzen richtig auf. Ihre Lippen sind sinnlich, geschminkt. Sie lacht und wechselt den Schritt. Ein neuer Rhythmus, das hört der Jazzmusiker, der in Ben steckt, sofort. Caterinas Haare fliegen, ihnen gelingt eine Drehung, in der er nicht das Gleichgewicht verliert.

Das Handy in seiner Hosentasche vibriert.

Caterina sagt ihm was ins Ohr. Sie strahlt.

Ben will jetzt dringend nachsehen, was auf seinem Handy so los ist. Er gestikuliert, dass er eine Pause braucht, befreit sich aus der tanzenden Umklammerung und verschwindet in Richtung Toilette.

Brauche Hilfe. Dringend. Bea.

Wo?

Bahnhof.

Hastig erklärt Ben der verdutzten Caterina, dass er dringend losmüsse. Ein Freund in Not. Er greift nach seiner Jeansjacke, drückt seiner Begleiterin, die ihr enttäuschtes Gesicht zu verbergen sucht, einen Kuss auf die Wange.

»Bis Freitag. Zur Probe.«

Draußen unterdrückt er einen Fluch: Sein nagelneues Fahrrad ist gestohlen. Nur noch das Vorderrad steckt im Schloss.

Für ein Taxi reicht sein Geld nicht. Der Bus fährt ihm vor der Nase davon.

Ben joggt zum Bahnhof. Steht keuchend rekordverdächtige zwölfeinhalb Minuten später in der Vorhalle. Hat keine Ahnung, wo er Bea finden soll, folgt einfach seinen Füßen, die den richtigen Weg einschlagen.

Bea sitzt zusammengekrümmt im Bahnhofsrestaurant. Sie ist blass. Er stürzt auf sie zu.

»Ben.« Sie weint.

Er kann sich nicht erinnern, wann er Bea zuletzt hat weinen sehen. Hat er Bea überhaupt schon einmal weinen sehen?

»Was ist los?«

»Schmerzen«, flüstert Bea. Sie presst ihre Handtasche vor den Bauch. Ihre Knie sind verschrammt, ihre Strümpfe gerissen, ein Auge geschwollen.

»Ist schon gut«, sagt Ben, obwohl hier wenig gut aussieht.

»Bring mich nach Hause«, sagt Bea.

»Was ist passiert?«

»Psst«, presst Bea hervor. »Später.«

Ben bugsiert Bea in die Bahnhofsvorhalle.

Jemand tippt ihm auf die Schulter. Es ist der Typ aus dem Wartesaal. Er stinkt.

»Nicht jetzt«, sagt Ben. »Aus dem Weg.«

»Ich habe ein Taxi gerufen«, sagt der Penner. »Es wartet vorne.« Er hält seine Klaue hin, rissige, schrundige Haut.

Angewidert kramt Ben nach einer Münze in seiner Hosentasche. Findet eine, reicht sie ihm. Dann zerrt er Bea weiter zu dem Taxi, das tatsächlich vorgefahren ist und auf sie zu warten scheint. Auf der Fahrt sinkt Bea zusammen, lehnt sich an seine Schulter. Er braucht die Hilfe des Taxifahrers, um sie aus dem Auto zu bugsieren.

Eine gefühlte Ewigkeit lang war er nicht mehr vor dieser grünen Haustür, Ahornweg 10. Er merkt, dass er keinen Schlüssel hat. Bea reicht ihm stumm ihre Handtasche.

Die Tür klemmt, dahinter liegt ein Berg an Post und Werbebriefen. Ben wird klar, dass hier seit drei Wochen niemand gewohnt hat.

Sie liegt jetzt blass in ihrem alten Bett, das er schnell und mit geübten Griffen bezogen hat. Dann fährt er das ganze Programm auf, Wundsalbe, Kräutertee und Wärmflasche. Er geht in die Küche, schmeißt die schimmeligen Dips weg und schaut, was die Tiefkühltruhe hergibt. Aber Bea will nichts essen, sie will nur seine Hand halten.

Sie sagt ständig »Ben«, und weint dann gleich wieder.

Es ist nach Mitternacht, als ihm die Sache unheimlich wird. Er beschließt, Bea in die Notaufnahme zu fahren. Sein wankelmütiger Kleinwagen scheint ihn wiederzuerkennen, jedenfalls springt er sofort an. Der Mann an der Pförtnerloge nickt geschäftsmäßig, dann verschwindet Bea sehr schnell aus seinem Blickfeld hinter einer Glastür. Für Ben beginnt das Warten neben einem Kaffeeautomaten.

Jemand tippt ihm auf die Schulter. Ben sieht den Leuchtzeiger seiner Armbanduhr. Es ist nach drei. Ein junger Arzt steht vor ihm, jung selbst für Bens Verhältnisse. Er bittet Ben in ein spärlich möbliertes Büro. Der Arzt hat Ringe unter den Augen, er sieht aus wie jemand, der zum Umfallen müde ist. Er kommt direkt zur Sache: Bea sei keine Minute zu spät in die Klinik gekommen. Sie werde wenigstens zwei Wochen liegen müssen, aber ja, es gebe eine gute Nachricht. Man habe das Kind retten können.

Als Ben nicht reagiert, zieht der Arzt eine Augenbraue hoch. Es sei Ben sicher bewusst, dass seine Frau im dritten Monat schwanger ist?

»Ja doch, klar doch«, sagt Ben. »Meine Frau … Ja.«

»Gut.« Der Arzt und räuspert sich.

Der zweite Teil des Gesprächs ist ihm sichtlich unangenehm. In vergleichbaren Fällen, in denen ein Verdacht auf häusliche Gewalt vorliege, müsse er normalerweise eine Meldung machen.

»Häusliche Gewalt?«

»Nun ja, die Schürfwunden und Prellungen Ihrer Frau lassen den Schluss zu, dass es zwischen Ihnen eine Art … eine Art Auseinandersetzung gab?«

Ben Zimmermann reibt sich die Stirn.

»Darf ich mir eine Frage erlauben?«

»Ja?«

»Sind Sie der werdende Vater?«

Ben Zimmermann zögert nicht. »Ja. Der bin ich.«

»Und es gab zwischen Ihnen und … Frau … Frau …« Der Arzt schielt sichtlich erschöpft nach der Krankenakte.

»Nowakowski«, sagt Ben. »Beatrice Nowakowski.«

»Danke. Es gab zwischen Ihnen und Frau Nowakowski in den letzten Stunden keine Meinungsverschiedenheiten?«

»Nein«, sagt Ben. »Keine Meinungsverschiedenheiten.«

Der Arzt atmet erleichtert auf.

»Das deckt sich mit der Stellungnahme der Patientin. Ich werde die Sache auf sich beruhen lassen. Wenn Sie wollen, können Sie jetzt zu ihr.« Er unterdrückt ein Gähnen.

Beatrice liegt schmal in ihrem Kissen. Sie streckt wieder die Hand nach ihm aus und sie lächelt, zum ersten Mal in dieser langen Nacht.

Goofy und Struppi sind gegangen. Johanna und Mireille räumen auf, beseitigen die Scherben, wischen die Küche.

»Au weia, das gibt Stress«, sagt Johanna.

Mireille beißt sich auf die Lippen.

»Wann kommt denn dein Vater?«

»Keine Ahnung.«

Da nimmt Johanna Mireille kurzerhand mit zu sich nach Hause. Es ist das erste Mal seit einer gefühlten Ewigkeit, dass sie wieder bei Johanna sind. Die beiden Freundinnen betreten ein Bild aus einer längst vergessenen Zeit. Dazu gehört es, dass sie im Schein der Lampe um den runden Küchentisch sitzen, dem Geplänkel von Herrn und Frau Wonnefelder zuhören, der heute riecht wie ein Blumenstrauß, denn genau das war sein Tagewerk. Er hat einen grünen Basisduft für Blumengeschäfte entwickelt, dabei kam die schottische Heckenrose zum Einsatz, die er auch für seine andere Kreation, sein Meisterwerk, gebraucht hat.

Moschus war ein Irrweg, aber ein Tropfen Zibetin genau das Richtige!

Die Worte fliegen kreuz und quer über den Tisch. Dann spielen sie Tischtennis mit Bo. Später sitzen sie in den Sitzsäcken in Johannas Zimmer.

»Weißt du, ich habe dich vermisst.«

Mireille schnieft. »Ich dich auch.«

»Wo warst du denn die ganze Zeit?«

»Wenn ich nicht in der Schule war und so?«

»Ja.«

Mireille wischt sich mit dem Handrücken durch das Gesicht. »Mal hier, mal da.«

»Wie jetzt?«

»Ich habe Mama gesagt, dass ich bei Papa bin. Papa habe ich gesagt, dass ich bei Mama bin.«

»Und wo warst du?«

»Immer da, wo gerade keiner von beiden war.«

»Mann.« Sie schweigen eine Weile. Dann sagt Johanna: »Ich habe aber oft geklingelt. Zu Hause und bei deinem Vater.«

»Ich weiß«, sagt Mireille. »Ich habe nicht aufgemacht. Ich wollte allein sein.«

»Mensch, du«, sagt Johanna. »Und jetzt?«

»Jetzt will ich nicht mehr allein sein.«

»Und, bist du?«

»Was?«

»Allein?«

»Nein. Ich bin nicht allein. Ich habe ja dich.«

»Und du hast Struppi.«

»Und du hast Goofy.«

»Bist du verknallt?«

»Ja. Und du?«

»Ich auch. Total verknallt.«

»Was magst du denn an Goofy?«

»Goofy ist irgendwie … schräg. Und lieb. Und weißt du, was?«

»Was?«

»Er glaubt an den Weltuntergang. Er will mich unbedingt küssen, bevor die Welt untergeht. Und er sagt, dass wir uns beeilen müssen.«

»Wie jetzt?«

»Ja, noch ungefähr zwei Wochen, sagt Goofy.«

»Da müsst ihr euch aber wirklich beeilen. Vielleicht schon mal üben!« Mireille kichert.

»Habt ihr schon …?«

»Was?«

»Geübt? Geküsst??«

»Vielleicht«, sagt Mireille geheimnisvoll und boxt ihre Freundin in die Rippen. »Mehr wird nicht verraten.«

»Das ist gemein.«

»Klar, so bin ich. Voll gemein. Was ist eigentlich mit Ivan? Du hast doch total auf ihn gestanden.«

Johanna zuckt zusammen. »Der war nicht echt. Er war so … er war einfach blöd.« Voller Unbehagen denkt Johanna an den Abend im Mäckes und die Szene vor der Tür des Direx' zurück. Seither ist sie Ivan aus dem Weg gegangen, so gut es geht.

»Und die Sache mit dem Video?«

»Das war auch Ivan«, sagt Johanna. »Und ich glaube, Max und die Zwillinge waren mit dabei. Es war voll gemein, wie sie Goofy reingelegt haben.«

»Echt jetzt? Max und die Zwillinge waren auch dabei?«

»Glaube schon.«

»Das ist wirklich gemein. Das musst du Benni sagen.«

»Gepetzt wird nicht«, sagt Johanna. »Erzähl mir was von Struppi.«

»Struppi ist sooo süß! Er schreibt mir die ganze Zeit und macht mir auch Geschenke. Hier.« Mireille zeigt Johanna das Vampirgebiss, das Struppi ihr gegeben hat. Eine Erinnerung an ihren ersten Abend im Ekk. Die Mädchen flüstern und lachen leise. Stellen fest, dass sie etwas gemeinsam haben. Sie haben ihren ersten Freund aufgrund einer Verwechslung gefunden! Nun sind sie zu viert und wollen in den Osterferien so viel Zeit wie möglich miteinander verbringen, nur Goofy wird mit seinen Eltern ein paar Tage in Venedig sein. Leise schleicht die Nacht durch Ritzen in das Zimmer. Mireille liegt jetzt auf der Matratze neben Johannas Bett, ein Platz, den sie seit der Grundschule kennt, sie weiß genau, wie das erste Licht des Tages durch die Lamellen von Johannas Jalousie fallen wird. Zum ersten Mal seit langer Zeit kann sie sich wieder darüber freuen, eine solche Freundin zu haben. Sie beschließt, dass sie nicht mehr bei ihrem Vater wohnen will. Sie hat genug von ihm und von all den Frauen, die immer vorbeikommen, die ständig anrufen. Ihre Mutter wird in zwei Wochen nach Hause kommen. Ihre Reha ist vorbei.

»Super«, sagt Johanna.

»Sehr super«, sagt Mireille.

Um halb vier ist ihr Vorrat an Geheimnissen immer noch nicht erschöpft. Sie flüstern leise weiter, werden müde, können aber nicht schlafen.

»Ich mache uns einen Kakao«, sagt Johanna.

»Ich komme mit.«

Leer liegt die nächtliche Küche. Der Blumenduft hat zugenommen.

Die beiden stehen still, schnuppern erstaunt, sehen einander an. Nicht schwer, aber betörend schwebt er in der Luft. Johanna und Mireille atmen tief ein, schließen die Augen.

Sie sehen knorzige Baumstämme, gehen barfuß auf Moos, hören ein leises Rauschen, ein noch leiseres Läuten. Blasse Wesen huschen zwischen schlanken Halmen, an einer Wasserquelle spielt ein Schatten. Johanna berührt Mireilles Hand. Sie zuckt zusammen, macht die Augen auf. Johanna hat einen Finger auf die Lippen gelegt. »Komm«, flüstert sie. Zieht Mireille durch den dunklen Flur mit in den Anbau, in die Werkstatt ihres Vaters.

Herr Wonnefelder schnarcht leise, sein Kopf ist auf seinen Tisch gesunken. Neben dem Durcheinander aus Flaschen, Phiolen, angetrockneten Duftstreifen und Luftpostbriefen stehen zwei fertig beschriftete Flakons: *Destillierte Worte* hat

Martin Wonnefelder in seiner krakeligen Apothekerschrift auf das Etikett geschrieben. Johanna nimmt einen Flakon. Eine honigfarbene, zähe Substanz schwappt darin. Flüssiger Bernstein. Rauchiges Gold.

Mireille sieht sie an, Augenbrauen hochgezogen.

Johannas Verlangen wächst ins Unermessliche. Wieder legt sie einen Finger auf die Lippen. Sie schließt ihre Hand um den Flakon und zieht die Tür zum Labor ihres Vaters leise zu.

Sie sitzt im Bett, liest, sieht besser aus als gestern. Sie kühlt ihr Auge, das eine bläuliche Färbung annimmt.

Als sie ihn sieht, lächelt sie, legt den Icepack weg.

»Hey.«

»Hey.« Er gibt ihr einen Kuss, überreicht ihr Rosen und kandierten Ingwer, alles vom Feinsten. Er hat auch ihr iPad mitgebracht. Sie winkt ab. »Hat Zeit.«

»Du hast mir einen ganz schönen Schrecken eingejagt.«

»Ich mir auch. War knapp, sagt der Arzt.«

Er nickt. »Hab ich auch gehört. Außerdem hat er gefragt, ob ich dich vermöbelt habe.«

»Mich auch.«

»Klar.«

»Hui, Ben der Schlägertyp. Da entdecke ich aber ganz neue Seiten an dir. Ich sollte mich wohl vorsehen!«

»Im Ernst.«

»Im Ernst, was?«

»Wer war's?«

Beas Blick wird dunkel. Ihr Gesicht geht zu.

»Wer war's?«

»Ben. Bitte lass gut sein.«

»Ich muss das wissen.«

»Musst du nicht. Lass uns einfach … einen Schlussstrich drunterziehen.«

»Du willst das einfach vergessen?«

»Ja.«

»Einfach so?«

»Ja.«

»Wie kann ich sicher sein, dass dir so was nicht wieder passiert?«

»Wird es nicht.«

»Bea, bitte.«

»Nein.«

Er seufzt. Ihre Sturheit ist legendär. Er beschließt, die Frage zu verschieben, bis sie wieder zu Hause ist. Er zieht sich einen Stuhl an ihr Bett. Erzählt ihr von seinem Leben in den letzten Wochen. Von Caterina erzählt er nicht. Auch nicht von Mary Jane. Er lässt die ganze Bahnhofangelegenheit aus.

Manchmal sieht Bea ihn prüfend an. Dann weiß er, dass sie die Luftmaschen in seinem Bericht hört. Sie fragt nicht nach. Auch er wird nicht zu viele Fragen stellen. Sie treffen ein stilles Übereinkommen, nicht nach Ereignissen zu fragen, die in ihrer jeweiligen Erinnerung besser aufgehoben sind.

Hoffentlich haben sie ihre Texte gelernt … Ben Zimmermann putzt und wischt, rubbelt über die Fensterscheibe des Bügelzimmers. Er jedenfalls ist in den letzten beiden Wochen alles in Gedanken noch einmal durchgegangen. Ihm ist klar geworden, dass Goofy im letzten Akt einen sehr schnellen Rollenwechsel haben wird, der frisch verheiratete Menschenkönig Theseus geht ab, der Elfenkönig Oberon tritt auf, um das Haus und die jungen Paare darin mit Nachwuchs zu segnen: *Kommt zum besten Brautbett hin, / dass es Heil durch uns gewinn!* Vielleicht ein Umhang, der sich wenden lässt, außen Theseus, innen Oberon, das will er am Montag dringend mit Caterina besprechen. Ben rubbelt über die Fensterscheibe, beseitigt die Unordnung im Bügelzimmer, bringt die Bastelarbeit an seinem PC zu Ende, indem er das Gerät kurzerhand für den Sperrmüll reserviert. Ist es zu früh, über die künftige Gestaltung des Zimmers nachzudenken?

Nicht zu früh, findet Ben Zimmermann und schaut bei eBay nach einer gebrauchten Wiege.

Dann widmet er sich seinem Schreibtisch, lässt lächelnd einen gelben Klebezettel nach dem anderen im Papierkorb verschwinden. Wenigstens drei tragen den Namen *Mireille Fürbaß*. Ihn zwicken Schuldgefühle. Die Schülerin scheint sich gefangen zu haben, die Kleider sind nicht mehr schwarz, die Haare wachsen. Aber trotzdem. Ein Gespräch mit den Eltern ist mehr als überfällig! Er nimmt die Elternliste zur Hand.

Dies ist das Telefon von Alexander Fürbaß. Ihre Nachricht nach dem Tonsignal.

Please leave a message after the tone. Veuillez laisser un message après le bip sonore.

Der Festnetzanschluss läutet, ohne dass jemand abnimmt.

Ben macht sich keinen neuen Zettel. Es ist der letzte Samstag in den Ferien, da müssten die Eltern eigentlich zu Hause sein.

Aus lauter Gewohnheit zählt Struppi auf dem Weg zur Tanke Ritzen. Er verliert den Faden, kann sich nicht entscheiden, ob es eine gerade oder ungerade Anzahl von Ritzen ist.

Es ist sowieso der falsche Weg: Ritzen auf dem Weg zur Tanke zählen nicht.

Und es ist die falsche Frage.

Von nun an wird es nur noch gute Tage geben. Er hat jetzt Mireille, und er hat noch mehr. Struppi hat Freunde.

Außerdem kommt bald seine Mutter wieder. Sie hat eine Kur hinter sich, irgendwas mit Entgiftung. Hat ihm versprochen, dass alles gut wird. Das hat sie auch schon früher, doch diesmal hört es sich anders an.

»Ich bin Alkoholikerin«, hat seine Mutter gesagt.

Babette war dabei. Sogar Babette hat es gehört!

Struppis Wangen glühten. Seine Mutter hat ganz laut geredet. Als wäre es das Selbstverständlichste der Welt, Alkoholikerin zu sein.

»Bist du nicht.«

»Bin ich doch.«

»Bist du nicht. Du trinkst nur manchmal über den Durst.«

»Peter.«

»Ja?«

»Das habe ich dir viele Jahre lang gesagt.«

»Es stimmt ja auch.«

»Nein, es stimmt nicht. Es hat nie gestimmt. Es war eine Lüge. Ich habe dich belogen.«

Struppi hat leise angefangen zu weinen. Seine Mutter hat sein Kinn hochgehoben und gesagt: »Alles wird gut. Ich verspreche es.«

Es hat sich anders angehört als früher. Und weil Struppi seiner Mutter glaubt, braucht er keine Ritzen mehr zu zählen.

Ivan rempelt ihn an. »Wohin des Wegs, Kleiner?«

»Mach Platz.«

»Nicht bevor du mir sagst, wohin du gehst.«

»Ich muss zur Arbeit.«

»Ach nee, was du nicht sagst. Wo arbeitest du denn?«

»Tanke.«

Ivan läuft jetzt neben ihm. Er folgt ihm wie ein Schatten, lässt sich nicht abschütteln.

Struppi will alleine sein mit seinen Gedanken. Mit seiner Vorfreude auf sein neues Leben. Sie würde eine neue Arbeit finden, hat seine Mutter gesagt, und dann würden sie umziehen und Struppi würde ein eigenes Zimmer bekommen.

»Tanke ist gut. Da komme ich ein Stück mit.«

Nur die Sache mit Brinke lastet noch auf Struppis schmalen Schultern.

Er muss sich noch um die Sache mit Brinke kümmern.

»Weißt du, was das ist?«, fragt Ivan jetzt. Er wedelt mit einem Tütchen vor Struppis Augen.

»Nee.«

»Das sind Glücksbärchen. Machen dich total scharf. Danach stehen alle Weiber auf dich.«

»Brauche ich nicht. Hau ab mit deinem Zeugs.«

»Kriegst du auch nicht. Aber ich verrate dir was. Max hat davon genommen. Und nicht zu knapp. Der brave Max Vanderbilt ist ein richtiger Glücksbärchenheld.«

»Mir egal.«

»Mir aber nicht.«

Ivan stellt sich in seinen Weg.

»Jetzt hörst du mir mal ganz gut zu, Kleiner. Ich hab 'ne Info für dich.«

»Lass mich durch.«

»Nicht so eilig.

Struppi gibt sich geschlagen.

»Na gut. Was gibt's?«

»Find ich gut, dass du Vernunft annimmst. Du und ich, wir haben nämlich eine Menge gemeinsam. Wir sollten zusammenhalten.«

»Ich habe nichts gemeinsam mit dir.«

»Hast du doch. Wir sind nämlich hier die Vorzeigeassis aus der 9c. Ist dir schon mal aufgefallen, dass wir gar nicht richtig mithalten können? Shoppen in New York, Hotelurlaube auf den Malediven und so?«

Struppi wird blass.

»Ich weiß genau, in was für einer Gegend du wohnst. Und ich habe gesehen, dass deine Alte Schnaps an der Tanke kauft.« Ivan setzt sich eine unsichtbare Flasche an den Hals. Struppi ballt die Hand in seiner Tasche zur Faust.

»Wir sind hier die Underdogs. So einen oder zwei brauchen sie in jedem Jahrgang. Damit die Quote stimmt. Damit es nicht heißt, das Hubertus würde nur die reichen Kids aufnehmen. Deshalb sind wir da. Aber eigentlich braucht uns niemand. Eigentlich sind wir der Welt egal.«

»Ich dachte, dein Vater hat 'ne Yacht oder zwei.«

Ivan macht eine wegwerfende Handbewegung. »Vergiss es.«

»Was willst du?«

»Ich habe eine Nachricht für dich. Und ich will, dass du mir gut zuhörst und gleich am Montag dafür sorgst, dass sie an den richtigen Mann kommt.«

»Und wenn ich das nicht tue?«

Ivan zieht ein Taschenmesser aus der Hosentasche. Wirbelt es durch die Luft, fängt es wieder auf. Grinst. »Du hast doch so eine süße Schwester. Du und ich, wir würden sicher nicht wollen, dass ihr demnächst was fehlt? Ein paar Haarspitzen oder ein winziges Stückchen Fingernagel?«

Struppis Beine schlottern, als er bei der Tanke ankommt. Er macht seine Schicht wie in Trance. Es dämmert, als er den Heimweg antritt. Er sieht etwas im Rinnstein liegen, was ihn magisch anzieht.

Tritt näher, hebt es auf, wischt Erde und Dreck ab.

Es ist eine kleine, verbeulte rostige Münze. Die Inschrift ist kaum noch erkennbar.

Doch Struppis Herz schlägt höher. Sein Archäologengespür sagt ihm, dass diese Münze Wert hat.

Es ist sein erstes Fundstück in der echten Welt, außerhalb von ›Diggit‹! Wer weiß, wie lange es diese Münze schon gibt. Hunderte, vielleicht Tausende von Jahren; eben an die Oberfläche der Zeit gespült, eben angekommen in Struppis Welt.*

Er nimmt die Münze als Glückszeichen und steckt sie ein.

Johanna und Mireille schaffen Ordnung, bevor Mireilles Mutter nach Hause kommt. Sie tragen ihre zerfetzten Kleider raus. Leeren das Arzneimittelschränkchen. Werfen schimmeliges Obst weg, waschen den Kühlschrank aus.

»So ein Saustall«, sagt Johanna. »Wann ist hier denn das letzte Mal geputzt worden?«

»Ist ’n bisschen her. Die Putzfrau hat noch zwei Mal geklingelt, nachdem Mama weg war, aber ich habe sie nicht reingelassen. Danach hat sie’s aufgegeben.«

Johanna trägt den Müll raus, als ein fremdes Auto vor der Einfahrt hält.

Ben Zimmermann steigt aus.

»He«, sagt er. »Ist jemand zu Hause? Mireilles Eltern, sind sie da?«

»Nee, aber Mireille ist da. Wir … wir machen gerade etwas Ordnung. Mireille, Besuch!«

---

* *Die Münze ist tatsächlich aus Troja. Ein Numismatiker hat sie am Vortag verloren. Oberon persönlich will dafür gesorgt haben, dass sie liegen blieb.*

Ben sieht Mireille an, die wirklich besorgniserregend dünn ist. In den Klamotten, die sie jetzt trägt, Leggins und T-Shirt, sieht er das genau. Es ist gut, dass er hergekommen ist.

»Oh, hallo, Mireille. Ich hoffe, ich störe nicht. Ich suche deine Eltern. Es lag gerade auf dem Weg. Ich dachte, ich schaue mal vorbei. Ob bei dir, bei euch, ich meine, ob alles in Ordnung ist?«

Panik flattert in Mireilles Blick auf, dann hat sie ihr Gesicht wieder unter Kontrolle. »Klar doch«, sagt sie. »Alles ist in Ordnung, nur, tja, meine Eltern sind gerade unterwegs. Ausgeflogen.«

Johanna sieht sie prüfend an.

»Wie schade«, sagt Ben. »Kann ich eine Nachricht hinterlassen?«

»Klar doch.«

»Sie sollen mich bitte anrufen. Deine Mutter oder dein Vater. Jederzeit.«

»Klar, richte ich aus.«

Ben schreibt zur Sicherheit noch mal seine Nummer auf. Seine alte Nummer, die jetzt seine neue ist.

»Warum hast du das gemacht?«, fragt Johanna, als der Lehrer gegangen ist.

»Was gemacht?«

»Benni angelogen. Wegen deiner Eltern und so.«

»Was hier los ist, geht keinen was an«, sagt Mireille böse.

»He, ist ja gut«, sagt Johanna.

Ben findet die Begegnung verquer. Auf der Fahrt durch das Dichterviertel überlegt er, welcher Film ihm da gerade vorgespielt wurde. Etwas stimmte nicht mit der Szene, und dann fällt es ihm ein. Es ist das Unkraut, das im Vorgarten wächst und vor Mireilles Haustür aus den Fugen der Granitplatten sprießt.

Genau wie der Ahornweg 10 ist Mireilles Haus ein Haus, das länger unbewohnt war. Und genau wie er an diesem Vormittag waren die Mädchen damit beschäftigt, ihre Rückkehr in dieses Haus vorzubereiten.

Montag nach der sechsten Stunde hat Struppi einen Termin bei Michael Rübsam. Er hat ihn noch vor den Ferien vereinbart, weil der Priester gesagt hat, dass die Schüler mit jeder Sorge zu ihm kommen könnten. Struppi ist schwach geworden. Jetzt bereut er seinen Entschluss.

Er sitzt schon eine gefühlte Ewigkeit im Besprechungsraum neben dem Sekretariat und kaut auf seinen Nägeln. Die Uhr zeigt zwanzig Minuten nach zwei, und Struppi hofft, dass Michael Rübsam die Verabredung vergessen hat. Gerade will er sich auf den Weg machen, da kommt der Priester durch die Tür, in Jeans und Pulli sieht er aus wie ein Schüler der Oberstufe. Er zieht einen Stuhl zu Struppi.

»Wo brennt's denn?«

Struppi holt tief Luft. Dann erklärt er, dass er Alfons Brinkemeier umgebracht hat.

»Moment mal.«

Struppi erläutert ihm den ganzen Hergang.

Michael Rübsam hört aufmerksam zu. »Das ist eine ernste Sache. Du glaubst also, dass … dass dein Wunsch, den Lehrer, also Herrn Brinkemeier, tot zu sehen, ihm den Tod gebracht hat?«

Struppi nickt.

Michael Rübsam kaut auf seiner Unterlippe. »In der Tat ist es immer wichtig, darauf zu achten, woran wir denken. Denn auch unsere Gedanken sind eine Form von Wirklichkeit.«

Struppi schaut unglücklich drein.

»In diesem Falle aber … was wäre, wenn ich dir verraten würde, auch wenn ich das eigentlich nicht darf, dass besagter Lehrer ein langjähriges Leiden hatte, dem er schließlich erlegen ist? Ein Leiden, von dem du nichts wusstest und mit dem du folglich nichts zu tun hast? Trotz deiner Gedanken. Eigentlich darf ich das nicht tun, denn Krankheiten sind Privatsache, auch wenn man bereits daran gestorben ist.«

Struppis Miene hellt sich auf.

Der Schulpriester winkt ihn zu sich und flüstert ihm etwas ins Ohr.

Ein Gewicht fällt von Struppis Schultern. Plumps.

»Im Übrigen wurde mir berichtet, und auch das geht aus deinen Erzählungen hervor, dass Herr Brinkemeier manchmal ein ganz schönes Scheusal sein konnte, stimmt's?«

»Ja.«

»So ist die Natur der Dinge. Auch Scheusale entgehen nicht ihrem wohlverdienten Ende. *Me-*

mento mori – bedenke, dass du sterben wirst! Ich muss dich darauf aufmerksam machen, dass diese Information unter uns bleibt. Ich kann mich auf dich verlassen?«

»Klar doch.« Struppi erlaubt sich ein halbes Grinsen

»Schlag ein.«

Struppi schlägt ein.

»Gibt es sonst noch was, was ich für dich tun kann?«

»Ja«, sagt Struppi. »Und der Teil ist jetzt zum Weitersagen da.«

Nachdem Struppi gegangen ist, sitzt Michael Rübsam noch eine Weile nachdenklich im Besprechungszimmer. Dann schürzt er die Lippen. Er wird seinen Freund Ben Zimmermann anrufen, die beiden kennen sich aus dem Studium.

Ben hat an diesem Montag Struppi, Mireille, die Handwerker und seinen neuen Oberon Goofy einbestellt.

Auch Caterina ist gekommen, sie begrüßt ihn freundlich, wenn auch eine Spur distanzierter als üblich, was Ben mit Erleichterung zur Kenntnis nimmt.

Noch ist er nicht zu weit gegangen: Noch ist nichts zwischen ihnen beiden vorgefallen, was einer Erklärung bedürfte.

Mireille sitzt in ihrem elfenfürstlichen Bett

(derzeit noch auf einem Haufen Turnbeutel) und wiegt Struppis Eselskopf in ihrem Schoß: *»Schlaf du! Dich soll indes mein Arm umwinden. / Ihr Elfen, weg! Nach allen Seiten fort!«*

Struppi genießt die Situation nach Leibeskräften, was sich mit Bens Regieanweisung deckt. Er schmettert seine Eselstöne in den Raum, feuert Mireille zu heftigen Liebesbezeugungen an.

»Mireille, könntest du dir vorstellen, Zettel an dieser Stelle zu küssen?«

»Klar doch.«

Ben kann sich nicht erklären, wo diese Unbefangenheit der beiden plötzlich herkommt. Es ist nicht so lange her, da ging zwischen ihnen gar nichts. Es ist auch noch nicht so lange her, da hat er darüber nachgedacht, den ganzen Krempel hinzuwerfen. Und nun gibt es so viele glückliche Fügungen!

Wenn er es genau bedenkt, hat alles mit dem plötzlichen Ableben des Kollegen Alfons Brinkemeier begonnen. Ben tadelt sich für diesen Gedanken. Und doch: Wie konnte ein einziger Lehrer derart die Stimmung verpesten!

Dann muss Ben selbst auf die Bühne, und unter allgemeinem Gejohle feuert er seine Handwerker Schnock, Zettel, Flaut, Schnauz und Schlucker zu Höchstleistungen an. Als sie dann *Die höchst klägliche Komödie und der höchst grausame Tod des Pyramus und der Thisbe* geben, nimmt er auf einem

Hocker Platz und verteilt die Regieanweisungen des Zimmermanns Squenz: Höher die Wand! Heller der Mond! Lauter der Löwe!

Es ist Struppis Idee, diese Szene gar nicht ganz zu besprechen, damit sie nicht allzu fertig wirkt.

In gelöster Stimmung verabschiedet er seine Schüler: »Nicht vergessen, am Samstag ist Durchlaufprobe. Bitte sagt allen noch einmal Bescheid.«

»Schlechtes Datum«, sagt Goofy. »W-Wahrscheinlich Weltuntergang.« Seit Wochen rechnet er rum und ist sich seiner Sache sicher.

»Goofy?«, sagt Ben. »Alles in Ordnung? Wenn an diesem Samstag die Welt untergeht, schaffen wir es ja gar nicht bis zur 725-Jahr-Feier!«

Goofys Kopf wird tomatenrot. Die Sache ist ihm rausgerutscht, und schon wieder steht er als der Volltrottel da. Johanna, die gekommen ist, um Goofy abzuholen, rettet die Situation: »Vielleicht hat Goofy sich ja verrechnet. Lasst uns doch einfach abwarten, was passiert.«

Auf dem Weg zum Park fragt sie Goofy: »Sag mal, glaubst du den Kram wirklich?«

»Ja«, sagt Goofy. »So steht's im Inka-Kalender. Und in ›Doktor Alchimus und der magische Zirkel‹. Außerdem kann ich's sehen.«

»Du kannst das Datum des Weltuntergangs sehen?«

»Ja.«

»Wie das denn?«

»Ich k-kann eben Zahlen sehen. 28. April. Türkis für die Zwei, Grün für die Acht, Rot für Vier. Rot und Grün k-kann ich nicht gut auseinanderhalten. W-wird wohl nichts mit einem Führerschein später, sagt unser Hausarzt.«

Johanna umschlingt Goofy. »Du bist ein komischer Vogel.«

»Ich w-weiß.«

Mireilles Mutter mag dieses altmodische Café wegen seiner behaglichen gestrigen Anmutung, hier kann man Eier im Glas bestellen, und der Kaffee wird schwarz serviert, Kondensmilch in winzigen silbernen Kännchen. Die weißhaarige Besitzerin grüßt Geraldine mit einem kurzen Kopfnicken, sie ist verbindlich und diskret. Sie kennt die Gesichter der Stammkunden auf Zeit, meistens sind es Tagesgäste der nahe gelegenen städtischen Kliniken.

Geraldine Fürbaß hält die Tür im Blick. Sie hat Mireille gesagt, dass sie ein Taxi nehmen soll, aber Mireille, die am Telefon so fröhlich klang, viel fröhlicher, als sie ihre Tochter in Erinnerung hat – Mireille hat sie wissen lassen, dass Struppi nur Bus fährt. Ein Paar kommt zur Tür herein, das Gesicht des jungen Mannes kommt ihr vage bekannt vor, ein Schatten aus ihrer Zeit vor dem schwarzen Loch, in das sie gefallen ist. Ist es einer ihrer Yoga-Lehrer von damals? Kalligraphie,

Töpfern in der Toskana? Sie kann sein offenes, freundliches Gesicht nicht platzieren, und auch er schaut eine Sekunde zu lang in ihre Richtung, irritiert, als suche er nach ihrem Namen.

Dann führt er seine hübsche Begleiterin am Ellbogen zu einem Zweiertisch in ihrer Nähe. Eine Fürsorge, die Geraldine rührend findet. Er nimmt ihren Mantel, als sei der unendlich kostbar.

Wahrscheinlich schwanger, denkt Geraldine Fürbaß, und es gibt ihr einen Stich: So hat Alexander sie nie behandelt, auch nicht, als sie mit Mireille schwanger war. Der Mistkerl, *mon dieu!*

Das Paar steckt die Köpfe zusammen, tuschelt und lacht, bestellt Kaffee und Rührei für zwei, und dann folgt ein erster, inniger Kuss.

Diskret richtet Geraldine Fürbaß den Blick zur Tür, in der jetzt Struppi und Mireille auftauchen. Etwas in ihr schmilzt, als sie das junge Geschubse sieht, wer kommt als Erstes durch die Tür? Wie zwei Welpen, denkt sie, und sieht das erhitzte, glückliche Gesicht ihrer Tochter. Wie konnte sie jemals daran denken, aus der Welt zu gehen, dieses Mädchen alleine zu lassen?

Sie steht auf.

»Mama«, ruft Mireille und wirft sich in ihre Arme. »Mama, ich habe Struppi mitgebracht. Das hier ist Struppi.«

Der junge Mann am Nebentisch schaut jetzt zu ihnen hin, die Überraschung ist ihm ins Gesicht geschrieben. »He, Mireille, Struppi, was macht ihr denn hier?«, sagt er und hebt die Hand zum Gruß.

Seine Begleiterin dreht sich um, und dann sieht Mireille Bea, und Bea sieht Mireille. Blitzschnell steht Bea auf, sie stößt gegen den Tisch, Kaffee schwappt über das Tischtuch. Sie fasst Bens Arm, und ihre Hand ist eiskalt.

»Los, Ben, lass uns verschwinden.«

»Eine Sekunde, Bea, ich wollte nur …«

»Lass uns gehen, jetzt sofort.«

Ein Befehl, keine Bitte.

»Aber das sind meine Schüler, ich wollte nur …«

»Jetzt sofort. Wir gehen. Ben! Jetzt sofort.«

Ben nickt ergeben.

Aus den Augenwinkeln sieht er, dass Mireille wie versteinert steht. Dann hat er mit Beas Mantel zu tun, er will seine Verwirrung meistern, der Enttäuschung Herr werden, die in ihm aufwallt. In seiner Manteltasche wartet ein Diamantring.

Als er mit ihr zum Auto geht, merkt er, dass Bea zittert.

Sie steigen ein, aber er fährt nicht los.

»Was war das eben?«, fragt er. »Ich will endlich wissen, was hier gespielt wird.«

Zwei Tage später trifft sich Ben mit Michael Rübsam auf ein Bier. Die Koala-Bar lassen sie links liegen, sie nehmen die alte Kneipe über dem Jazzkeller.

Michael Rübsam hört aufmerksam zu.

»Wie geht es Bea?«, fragt er dann.

»Sie will, dass ich meinen Job kündige. Sie will weg von hier, neu anfangen, niemanden mehr treffen, der mit der … der Sache zu tun hat.«

»Wäre das eine Option?«

»Ich weiß nicht. Jedenfalls nicht vor Ende der Proben, nicht vor dem Sommer.«

»Du nimmst das Stück so ernst?«

»Ja. Es ist irgendwie … es hat mein Leben verändert.«

»Zum Guten?«

Ben nimmt einen großen Schluck. Lässt sich Zeit mit der Antwort. Erst gestern hat er mit Geraldine Fürbaß gesprochen. Er hat sich höchste Professionalität auferlegt. Er spricht mit der Mutter einer Schülerin – nicht mit der Ehefrau des Mannes, dessen Kind er aufziehen wird. Und er spricht über Mireille, seine Schülerin – nicht über die Furie, die seine Bea so übel zugerichtet hat, dass er sie am liebsten selbst in die Mangel nehmen würde. Das Gespräch ist gut gelaufen, Geraldine Fürbaß weiß weniger als er. Sie hat ihm versichert, dass Mireille in Bälde eine Therapie wegen ihrer Essstörung beginnen werde.

»Im Großen und Ganzen: ja. Es ist viel passiert … und es hat Bea und mich wieder zusammengeführt.«

»Verstehe. Übrigens glaube ich inzwischen, dass nicht alles reiner Zufall war. Hinter dem Stück, hinter eurem Sommernachtstraum, ist so etwas wie … ein zweites Schauspiel abgelaufen.«

»Weißt du was, was ich nicht weiß?«

Michael Rübsam erzählt Ben, was er von Struppi über Max und Ivan gehört hat.

»Holy shit.« Ben versinkt wieder in Schweigen, setzt ein Puzzleteil zum anderen, fängt an zu begreifen. »Und Merkwart? Was weiß der?«

»Schwer zu sagen. Jedenfalls will ich morgen mit ihm reden. In der siebten Stunde. Habe schon einen Termin.«

»Ich bin dabei.«

»Ich weiß nicht, ob das eine gute Idee ist. Merkwart will unbedingt seine gute Aufführung. Seine gelungene 725-Jahr-Feier. Deshalb stehst du unter Artenschutz. Ob er auf dich persönlich so gut zu sprechen ist, steht auf einem anderen Blatt.«

»Ist mir egal, ob der alte Schnösel mich toll findet. Ich komme mit. Das bin ich meinen Schülern schuldig.«

»Es steigt der Mut mit der Gelegenheit«, sagt Michael Rübsam. »Das war übrigens Shakespeare.«

»King John: *For courage mounteth with occasion.*«

»Angeber. Ich nehme noch drei Bier.«

»Wann hast du dich eigentlich in mich verliebt?« Johanna fragt es beiläufig, sie zwirbelt an ihrem Zopf und schaut aus Goofys Fenster in den Vorgarten, der langsam dunkel wird.

»Freitag, 15. Februar um 19.37. Bei der P-Probe. Ich hab d-deine Sommersprossen gesehen. G-gezählt hab ich auch. Es war'n neunundneunzig. D-doppelt Blau.«

»Meine Sommersprossen? Nee. Die sind doof.« Johanna rubbelt sich über ihre Nase. »Die hätte ich aber lieber weg.«

»I-ich find sie schön«, sagt Goofy leise. Seine abstehenden Ohren erstrahlen in einem sanften Rosa. »Ich f-find alles an dir schön.« Er zieht Johanna näher zu sich und noch ein Stück näher. Johanna spürt Goofys Schulterknochen, und er sieht ihr Ohrläppchen. So dicht haben sie noch nie zusammengesessen. Goofy fühlt sich, als hätte er zwei Herzen, denn er spürt beide in sich klopfen. Er schiebt den Zopf weg und streicht mit seinen Fingern über die zarte Stelle in ihrem Nacken, wo die Haare ganz fein und dünn sind. Johanna zittert ganz leicht und hebt ihr Gesicht. Sie hat einen Leberfleck neben dem Mundwinkel, das sieht Goofy jetzt erst. Ihre Lippen sind zartrosa und feucht. Ganz vorsichtig streicht er um diese Lippen, die sich ein wenig öffnen. Es ist sehr still.

Jetzt denkt Goofy, und er denkt es ohne Stottern; er denkt es als Theseus. Er hebt Johannas Kinn. Ihre Lippen sind das Weichste, was er je gespürt hat. Er hört einen kleinen Seufzer, wie Samt, und dann öffnen sich diese Lippen, lassen ihn ein in eine weiche Dunkelheit.

Sie sitzen auf den Bauhaus-Stühlen. Friedrich Merkwart serviert Getränke: Espresso, Jasmintee, Wasser.

»Der Brandy ist leider aus«, sagt er.

Sie lächeln: Michael Rübsam beflissen, Ben Zimmermann gequält.

»Also, wo drückt der Schuh?«

»Es geht um Ivan.«

Friedrich Merkwart zieht die Augenbrauen hoch. »Ja?«

»Ivan Stankowski.«

»Das dachte ich mir.«

Michael Rübsam räuspert sich. »Der Schule verwiesen wurde er, weil, also wegen der Drogen. Das Video soll demnach nichts damit zu tun gehabt haben?«

»Wir haben eine Nulltoleranz bei Drogen. *Zero Tolerance.* Wer mit Drogen erwischt wird, fliegt. Egal, was davor oder sonst noch war.«

Michael Rübsam nickt. »Nach dieser Regel müsste aber noch ein zweiter Schüler gehen. Ich habe sichere Hinweise darauf, dass Max Vanderbilt ebenfalls Drogen genommen hat. Amphetamine, von unseren Schülern auch *Glücksbärchen* genannt. Er hat sie direkt von Ivan bekommen.«

»Wer sagt das?«

»Ivan selbst. Ich habe es über Peter Lewinski erfahren.«

Friedrich Merkwart lässt sich Zeit.

»Sie kommen zu mir, weil sie über zwei Ecken etwas gehört haben wollen, was einem Schüler mit bisher tadelloser Schulakte einen schlechten Leumund gibt? Haben Sie eigentlich eine Vorstellung, wie viel an einer solchen Schule mit fast neunhundert Schülern täglich geredet wird? Soll ich da jedem Gerücht nachgehen?«

Verblüfft sieht Michael Rübsam den Schulleiter an.

»Sie wollen … Sie wollen nicht?«

Friedrich Merkwart gießt sich Tee in eine zierliche Tasse ein. »Mich auf der Basis von Gerüchten bewegen? Nein. Wie käme ich dazu?«

»Aber ich dachte, im Falle von Drogen …?«

»Die Angelegenheit ist geklärt.«

Ben Zimmermann schaltet sich ein.

»Herr Merkwart, das ist nur ein Teil der Geschichte. Es scheint in der 9c auch bekannt zu sein, dass Ivan das Video von Johan nicht alleine gemacht hat. Es waren mindestens drei weitere Schüler beteiligt, und auch hier soll Max Vanderbilt mit von der Partie gewesen sein.«

»Die anderen wären?«

»Die Zwillinge, Valeria und Rosetta Martoni.«

Friedrich Merkwart kramt in seinem Gedächtnis nach einem Bild, wird fündig bei der Rotary-Veranstaltung vom März. Der Vater der Zwillinge ist ein kahlköpfiger, athletisch gebauter Endfünfziger; in seiner Jugend soll er ein Vermögen als Fußballer gemacht haben. »Verstehe.« Akkurat setzt Friedrich Merkwart seine Teetasse auf den Unterteller. »Das ist in der Tat eine neue Information.«

Erwartungsvoll sehen Ben Zimmermann und Michael Rübsam ihn an.

»Was wollen Sie, dass ich unternehme? Soll ich drei weitere Schüler von der Schule verweisen? Haben Sie sich schon mal ein Bild von der Außenwirkung einer solchen Maßnahme gemacht? Drogen an der ersten Schule unserer Stadt? Der einzigen Schule des Bistums?«

Das ist für Ben Zimmermann zu viel. »Herr Merkwart, es geht um Gerechtigkeit. Hier wird ein Schüler bestraft für einen Vorfall, der zwei oder auch vier Schüler betrifft.«

»Gerechtigkeit ist ein hohes Gut, aber ich als Schulleiter muss das Gesamte im Blick behalten. Im Übrigen mache ich Sie darauf aufmerksam, dass diese … diese Aufnahme, die dann im Internet gelandet ist, nicht auf dem Schulgelände entstanden ist. Strikt genommen geht uns dieser bedauerliche Vorfall nichts an.«

Jetzt ist Ben Zimmermann verblüfft. »Sie meinen …?«

»Ich meine, dass mir die Hände gebunden sind.«

»Nein, Sie meinen, dass es ein Bauernopfer gibt, damit der gute Ruf der Schule nicht beschädigt wird. Übrigens ein preiswertes Bauernopfer, soweit ich weiß, hat Ivan keine … keine besonders einflussreichen Eltern, die für ihn in die Bresche springen. Das sieht bei Max Vanderbilt und den Schwestern Martoni anders aus.«

»Erlauben Sie.« Merkwarts Stimme ist ruhig. »Sind Sie sich im Klaren darüber, was Sie hier behaupten?«

Ben bleibt ebenfalls ruhig. »Jedenfalls könnte man zu diesem Schluss kommen. Der Eindruck drängt sich auf.«

Eine Zornesader klopft an Friedrich Merkwarts Schläfe. »Ich verbitte mir eine solche unglaubliche Unterstellung. Darf ich Sie auf meine Kompetenzen als Schulleiter verweisen? *In Disziplinarangelegenheit hat der Schulleiter das letzte Wort?*«

»Darf ich Sie auf Ihre Sorgfaltspflicht verweisen? *Der Schulleiter ist für das Wohl aller Schüler zuständig?*«

Ben Zimmermann und Friedrich Merkwart stehen sich jetzt gegenüber. Auch Michael Rübsam ist aufgestanden.

»Ich kündige«, sagt Ben Zimmermann. »Ich kündige zum Ende des Schuljahres.«

Er wirft die Tür ins Schloss.
»He, warte!«, sagt sein Freund.

Ivan steht hinter dem Passbildautomaten am Bahnhof und gibt die Kohle ab an den Typen in der Lederhose. Ivan bewundert die Lässigkeit, mit der sein Dealer die zusammengerollten Geldscheine in seiner Hosentasche verschwinden lässt.

Der Typ zählt nie sofort nach. Und er macht nie einen Fehler. Die neue Ware wechselt immer in einer Dose Hundefutter den Besitzer. Ivan hat weder rausgefunden, warum Hundefutter und nicht Erbsen oder Sauerkraut, noch weiß er, wie man eine leere Konservendose aufs Neue so verschweißt, dass sie aussieht, als sei sie nie geöffnet worden.

Trotz aller Lässigkeit ist erkennbar, dass die Situation nicht viel Spielraum lässt: Ivan ist immer froh, wenn die Übergabe vorbei ist und er sich trollen kann, vorbei am Wartesaal, in dem der graue Typ sitzt, vorbei am Mäckes, zack und raus, zurück in sein eigenes Leben.

Er überlegt, kurz bei Struppi vorbeizuschauen, entscheidet sich aber dagegen: Er will noch für seine Oma einkaufen. Die ist seit einem halben Jahr bettlägerig, sie braucht nicht mehr viel, aber sie freut sich immer, wenn er vorbeikommt.

Seine Schulden könnte er aber noch eintreiben.

Seit Wochen antwortet Max nicht auf seine SMS. Da ist ein Hausbesuch fällig.

Es ist schon dunkel, als er durch das Dichterviertel geht. Das Haus Vanderbilt ist von einem blickdichten Zaun umgeben, eine Kamera und ein Zahlencode sind die Wächter dieser Trutzburg.

Ivan klingelt. Die Kamera surrt in Position, Ivan kann förmlich spüren, wie er digitalisiert und sein Bild nach drinnen gesogen wird.

»Ja bitte?«

Eine Männerstimme.

»Ich will zu Max.«

Eine Pause.

»Max erwartet niemanden.«

»Ich bin auch nicht niemand.«

Wieder eine Pause, dann öffnet sich das Tor tatsächlich. Rutscht leise surrend zur Seite.

Weißer Kies knirscht unter Ivans Füßen, irgendwo plätschert Wasser. Der Weg zur Haustür ist gesäumt von bescheuerten Marmorbüsten. Neben der Haustür drei Garagen, Ivan kann sich vorstellen, welche Karossen dahinter schlummern.

Der Typ steht in der Tür, mustert ihn mit der Sympathie, den man einem Staubsaugervertreter entgegenbringt. Grauer Anzug, randlose Brille, beknackter Langhaarschnitt, soll wohl lässig aussehen.

»Max ist nicht da. Du bist Ivan, nehme ich an?«

Ivan nickt.

»Wie viel?«

Das bringt Ivan aus dem Konzept.

»Wie viel dafür, dass du hier nie mehr aufkreuzt?«

»Also eigentlich …«

»Wie viel, habe ich gefragt?«

»Max schuldet mir einen Hunni.«

Der Typ zieht seine Brieftasche aus der Gesäßtasche. Unglaublich, was für dicke Brieftaschen solche aufgeblasenen Typen wie der einfach mit sich rumschleppen. Macht sie auf und nimmt, als wäre nichts gewesen, drei Hunderter raus.

Marcel Vanderbilt hält sie Ivan hin: »Das sollte genügen. Und hier ist der Deal: keine Anrufe mehr. Keine Textnachrichten. Max hat übrigens eine neue Nummer. Und vor allem: keine Hausbesuche. Du kennst Max nicht. Max kennt dich nicht. Ihr habt euch nie getroffen. Du weißt nicht, wo Max wohnt. Verstanden?«

Ivan nickt. Er greift die Hunderter. Dreht sich um und geht. Hört, wie sich das Tor hinter ihm schließt.

Eine weiße Wut wallt in ihm auf. Der Typ schmeißt ihm einfach die Hunnis in den Rachen und glaubt, dass sich damit alles erledigt?

Hallo? Was wird denn hier gespielt?

Er ist Ivan Stankowski. Und so springt man nicht mit einem Stankowski um.

Der Samstag der Durchlaufprobe beginnt kühl, es weht ein eisiger Ostwind, die Sonne scheint frühlingshaft drauflos. Das Windspiel in Bens Nachbargarten dreht durch, sogar die Zwerge scheinen zu wanken. Er nimmt sich vor, am Supermarkt zu halten, kurz einzukaufen. Äpfel, Saft und Gummibärchen – die erste Durchlaufprobe muss gefeiert werden, findet er. Heute wird er nicht eingreifen, egal was passiert. Wenn sie nicht weiterwissen, müssen die jungen Schauspieler improvisieren. Zudem hat Caterina einen Souffleusekasten aus Pappkarton gebaut, diesen schwarz gestrichen und in einer Ecke versteckt. Ben gefällt, was die Lateinklasse schon mal als Kulisse hergestellt hat: Einen Wald aus stehenden und hängenden Sonnen- und Regenschirmen. Spätestens bei der Generalprobe soll ein Projektor Licht und Schatten werfen, Baumstämme, Lichtungen oder Aufnahmen griechischer Tempel an die Wand projizieren. Auch ein Tonband ist entstanden, Vogelgezwitscher, Wasserquellen, das entfernte Summen einer Autobahn können jetzt eingespielt werden.

Mit den Schülern, die sich um Maske, Lichtregie und Technik kümmern, will Ben Zimmermann bis zur Premiere noch weiter arbeiten. Er ist nun zuversichtlich, dass er gut in der Zeit liegt: Er hat Friedrich Merkwart für die Generalprobe eingeladen. Die Aufführung wird gelingen, das spürt Ben heute deutlich, als er in die gespannten Gesichter seiner Schüler blickt.

Er hat ihnen noch nicht gesagt, dass er das Hubertus zum Sommer verlässt. Nach den Ereignissen der letzten Monate will er alles vermeiden, was weitere Unruhe verbreitet.

Die ersten Schüler treffen ein. Statt Kostümen tragen sie heute eine Farbe ihrer Wahl. Für Goofy und Phillip alias Theseus, Oberon und Puck hat Ben schwarz vorgeschlagen, alle anderen sollten ihren Vorstellungen folgen. Zu seiner Überraschung erscheint Mireille in einem Kleid in zartem Aprikosenton. Sie hat sich das kurze Haar mit Gel straff zurückgekämmt, was die Wirkung ihrer hohen Wangenknochen und ihrer dunklen Augen unterstreicht: Eine fast androgyn wirkende Titania ist das Ergebnis ihrer Bemühungen. Eigenwillig, aber auch passend für eine Elfenkönigin, findet Ben. Johanna als Hippolyta hat ein stahlblaues, tailliertes Kleid gewählt, das in Konkurrenz zu ihren blonden Haaren tritt; sie sieht Jahre älter aus, durchaus königlich. Auch Markus und Max haben Geschick bewiesen, wie die Zwillinge hatten sie die Vorgabe, sich einheitlich zu kleiden. Die beiden Jungen sind in Jeans, Turnschuhen und einem magentafarbenen Hemd erschienen. Die Mädchen in grünen Hemdenblusen, cremefarbenen Shorts, sie tragen goldene Kreolen. Valeria hat sich die Haare hochgebunden, Rosetta trägt sie offen – so können die Zuschauer sie unterscheiden.

Die Handwerker tragen Gummistiefel und haben sich eine Küchenschürze umgebunden; für Henri den Löwen liegt eine Karnevalsmaske und eine gelbe Decke bereit. Die Sextaner sind bunt gekleidet und haben Sonnenbrillen dabei, eine Idee, die Ben gerne aufgreifen will. Struppi wird sich mit einer vorläufigen Eselskappe aus Eierkartons bescheiden, eine neue ist in Arbeit.

Ben hat den Boden der Turnhalle mit Kreide bestäubt, er lässt alle Waldwesen barfuß antreten. Er gibt letzte Anweisungen, dann zieht er sich mit klopfendem Herzen zurück auf seinen Stuhl nahe der Tür.

Auftritt Goofy und Johanna von links: *»Nun rückt, Hippolyta, die Hochzeitsstunde / Mit Eil heran; vier frohe Tage bringen / Den neuen Mond: doch, o wie langsam nimmt / Der alte ab …«*

Ben schließt die Augen, überlässt sich dem vertrauten Klang der Worte, die mehr sind als Worte, viel eher verlässliche Freunde. *Now, fair Hippolyta, our nuptial hour draws on apace* … Und waren diese

Worte je wegweisender? Er hat sich mit Bea auf eine kleine Kirche in Verona* geeinigt. Er sei ein alter Romantiker, hat sie ihn aufgezogen. Er ist standhaft geblieben.

Michael Rübsam hat sich angeboten, die Sache in die Hand zu nehmen, danach ist an ein kleines Essen im engsten Kreis auf dem Campo Santa Margherita gedacht, nur sie drei und die beiden Trauzeugen.

Dann hört Ben ein merkwürdiges Geräusch.

Ivan würde Max' Fahrrad unter Tausenden wiedererkennen, ein schlankes Rennrad mit Carbonsattel, doppelter Gabelfederung, LED-Beleuchtung, natürlich hat es allen Schnickschnack, den ein Fahrrad so haben kann. Er musste eine Weile suchen, häufig lässt Max es ja übers Wochenende einfach an den Fahrradständern stehen. Heute aber steht es vor der Tür der beknackten Turnhalle, wieso eigentlich da? Wahrscheinlich findet gerade wieder irgendeine bescheuerte Probe statt. Ist er froh, dass er diesen Scheiß hinter sich hat. Ivan schiebt das Fahrrad nach drinnen. Die Jungsumkleide ist verschlossen, aber der Geräteraum steht offen. Er hebt das Fahrrad auf die dicke Matte, hochmütig steht es da. Ivan überlegt kurz, ob Fahrräder überhaupt brennen. Den Benzinkanis-

* *Ich necke Oberon wegen dieser Ortswahl. Immer diese Imitate …*

ter hat er von der Tanke, er kippt den Inhalt über das Rad, hält ein Streichholz dran. Nichts passiert, nur die Reifen schmoren und kokeln. Ein zweites Streichholz, und dann läuft ein Feuerstreifen über die Matte. Nichts wie weg, denkt Ivan.

In der Turnhalle flackert das Licht. Ben hört ein merkwürdiges Geräusch im Geräteraum. Er macht die Tür auf. Eine Wand aus schwarzem Rauch empfängt ihn, der Luftstoß bringt jetzt züngelnde Flammen vor, die über den Türrahmen hinausschlagen, nach der Holzdecke der Turnhalle greifen. »ALLE RAUS«, schreit er, und versucht sich an die Feuerübungen in der Schule zu erinnern. In geschlossenen Zweierreihen aus der Turnhalle marschieren? War das so? Auch aus der Eingangstür quillt nun Rauch. Ben will die Tür zum Geräteraum schließen, doch die ist schon so heiß, dass er sich die Haut an seinen Fingern verbrennt. Die alte Wandverkleidung in der Turnhalle krümmt sich. Es stinkt nach Schmorbrand. Seine Schüler schreien und laufen durcheinander. Caterina ist schon bei ihm, schnell, sie rütteln an der hinteren Tür, dem Notausgang, und finden ihn verschlossen. Immer mehr Qualm zieht auf, dann fangen einige Springböcke Feuer und stehen in Flammen. Ben merkt, wie Panik in ihm aufsteigt.

Caterina ist da, sie schüttelt ihn. *Fenster* formen ihre Lippen. Sie deutet zu den Oberlichtern. Ben sucht und findet einen der Medizinbälle und wirft das Fenster ein, was eine gute Idee war und auch wieder nicht. Es kommt ein frischer Windstoß, der die Flammen weiter anfacht.

Leiter, denkt Ben, ich brauche eine Leiter.

Als hätte sie seine Gedanken gehört, deutet Caterina zur Sprossenwand. Daneben ist noch ein Fenster, und auch dieses wirft Ben jetzt ein. Es wird heiß, Ben kann immer weniger sehen, er schreit nach den Schülern, seinen Schülern, und da sind sie. Einem nach dem anderen hilft er auf die Sprossenleiter, bedeutet ihnen, durch das Fenster zu springen. Springen? Wie hoch ist die Halle? Er weiß jetzt wieder, dass auf der anderen Seite Büsche wachsen, ja, es ist sicher, zu springen. Goofy will nicht auf die Leiter gehen, er schüttelt den Kopf, seine Lippen zusammengepresst. Er bleibt neben Ben Zimmermann stehen, hilft den Sextanern, rennt weg, findet noch einen, der verschreckt unter einem Bock kauert, zerrt ihn herbei, auf die Leiter, durch das Fenster und raus. Irgendwann klettern auch Goofy und Caterina. Ben, hustend, mit beißender Lunge und tränenden Augen folgt zuletzt, er kann kaum noch etwas sehen, wo ist das Fenster? Er findet es, zwängt sich hindurch, Frischluft, er kann atmen und fällt in Dunkelheit. Die Sträucher stechen und kratzen ihn blutig, er schlägt auf. Er hat höllische Schmerzen in einem Auge, sieht nichts, fühlt, dass ihm Blut über die Wange rinnt. Er kommt auf die Beine, findet seine Schüler, ein verschrecktes Häufchen, am Schultor und dann hört er Struppis sich vor Panik überschlagende Stimme: »MIREILLE, wo ist Mireille?«

Caterina will ihn zurückhalten, doch Ben schüttelt sie einfach ab. Diesmal wählt er den Haupteingang, er rennt zurück in das Feuer, er kennt den Weg, und die Hölle empfängt ihn, stechend, kratzend, heiß, er taumelt weiter, versucht zu rufen, »Mireille, Mireille!!!« Mireille war längstens schon vor die Schule gerannt, um die Feuerwehr zu rufen.* Er sei selbst auch schon auf dem Weg gewesen, sagt Oberon. Ganz mein Elf, feuerfest und ohne Furcht

Er verliert die Orientierung, sein Blut rauscht in den Ohren, es ist laut, es ist eine laute Hitze, die Fenster bersten. Da ist die Turnhalle, ist da nicht ein Schatten, eine Bewegung, in deren Richtung er taumeln will. Ihm wird schwarz vor Augen. Dann hört er das Martinshorn, und er weiß, die Rettung ist nah. Es ist sehr laut, noch mehr Fenster bersten, und dann sieht er die Gestalt.

Sie geht ganz leicht, trägt feuerfeste Kleidung. Eine Art Trenchcoat, der sie vollständig umhüllt,

* Er sei selbst auch schon auf dem Weg gewesen, sagt Oberon. Ganz mein Elf, feuerfest und ohne Furcht.

an dem die Flammen lecken, dem sie aber nichts anhaben können. Sie reicht Ben eine schlanke, kühle Hand und sagt: *Komm, es ist Zeit zu gehen.*

Es scheint ihm, als wäre da noch eine zweite Gestalt, eine, die zu ihm gehört. Sie weicht nicht von seiner Seite. Die beiden führen einen Disput.

»Er will noch Vater werden.«

»Soso«, sagt die Frau im Trenchcoat.

Sie ist heute milde gestimmt. Sie hat einigen Respekt vor dem Heldentod, auch in seiner vergeblichen Variante.

Ben sieht lauter merkwürdige Dinge. Er sieht, wie er heute Morgen die Gummibärchen gekauft hat, wie er Bea einen Café Latte ans Bett gebracht hat, wie er zu viel Bier mit Michael Rübsam getrunken hat, wie er dem alten Penner am Bahnhof eine Münze in die Hand gedrückt hat, wie er mit Mary Jane auf der Bühne steht. Schneller werden die Bilder jetzt, er fährt mit dem Mofa zur Universität, versteckt seinem ältesten Bruder Simon den Turnschuh, öffnet die Tür zum Kindergarten und krabbelt über den Teppich mit Blumenmuster in seinem Elternhaus und dann:

Es ist Zeit, sagt die Dame.

Ein anonymer Anrufer hat Friedrich Merkwart nach draußen getrieben. Er presst sich ein Taschentuch vor die Nase, um dem Ruß und dem Gestank zu entgehen. Schaut fassungslos auf die brandigen

Mauern der Turnhalle. Irgendwann tritt einer der Feuerwehrmänner zu ihm, legt ihm die Hand auf die Schulter. Der erfahrene Helfer kennt das. Zeugen, die Überlebenden, die Angehörigen, stehen am Ort des Geschehens, die Füße wie angewurzelt.

»Gehen Sie nach Hause«, sagt er. »Ruhen Sie sich aus.«

Doch Friedrich Merkwart kann sich nicht ausruhen. Er findet keinen Schlaf, in dieser Nacht nicht und auch nicht in der nächsten.

Montags tritt er aschfahl vor seine Schüler, für die es nun weder eine Aula noch eine Turnhalle gibt, in die er sie rufen könnte. Er lässt sie sich im Treppenaufgang des Hauptgebäudes versammeln. Mit brüchiger Stimme würdigt Friedrich Merkwart die Verdienste Ben Zimmermanns, der mit einer schweren Rauchvergiftung und zahlreichen Verbrennungen im Krankenhaus liege, zwischen Leben und Tod schwebe. Ein Lehrer, der sich seinem Beruf mit Haut und Haaren verschrieben habe, dessen Engagement nicht hoch genug gewürdigt werden könne. Im Kollegium sei Ben Zimmermann wegen seiner Integrität beliebt, den Schülern ein Freund. Jede freie Minute habe er seit Monaten einem Projekt gewidmet, für das ihm die Schule Dank schuldig sei, auch wenn es, wie viele große Taten, unvollendet bleiben müsse:

»Eine Aufführung des Sommernachtstraums wird nicht stattfinden.«

Fünfter Aufzug
Mai

Die jungen Blätter der Eiche leuchten in frischem Grün. Sie sind allein. Allein, bis auf den Penner, der auf der Parkbank schläft. Seine Plastiktüten nebst Schuhen hat er abgestellt. Seine Strümpfe sind löchrig, die Zehen schmutzig. Sonst ist niemand da. Niemand erwartet sie, niemand schaut ihnen zu. Phillip hat bunte Luftballons mitgebracht. Sie lassen die Ballons steigen. Ein Schriftzug steigt in den dunkler werdenden, abendlichen Himmel.

Für unseren Lehrer Ben Zimmermann

Goofy dreht sich zu Johanna: *»Nun rückt, Hippolyta, die Hochzeitsstunde / Mit Eil' heran; vier frohe Tage bringen / Den neuen Mond …«*

Theseus nimmt Hippolyta bei den Händen, sie hört ihm zu, lächelt, beschwichtigt und tröstet, erklärt, wie schnell die Zeit vergehen wird: *»Vier Tage tauchen sich ja schnell in Nächte …«*

Hippolyta geht – nein, sie schreitet einmal um die Eiche. Dann zieht sie die kleine Flasche mit bernsteinfarbener Flüssigkeit aus ihrer Jackentasche, öffnet den Schraubverschluss. Ein Duft wie frische Minze, wie regennasser Frühling breitet sich aus. Ein Duft, der, einmal eingeatmet, seine eigene Wirkung tut. Ihre noch rauchigen Lungen werden freier, die Verkehrsgeräusche der Stadt entfernen sich. Glanz ist jetzt auf Menschen und Büsche gestreut, sie gehen barfuß über Moos, hören ein leises Rauschen, ein noch leiseres Läuten. Blasse Wesen huschen zwischen schlanken Halmen, an einer Wasserquelle spielt ein Schatten.

Oben im Palast ruft der König Hermia hinterher: *»Doch die gepflückte Ros' ist irdischer beglückt, / Als die, am unberührten Dorne welkend, / Wächst, lebt und stirbt in heil'ger Einsamkeit.«*

Hermia findet das auch! Sie hat dem wilden Fluchtplan Lysanders zugestimmt:

»Drum lass Geduld uns durch die Prüfung lernen …«

Willig folgt sie ihm in das Dickicht, ungeachtet der Warnung, die Helena eben noch aussprach. *»Drum nennt man ja den Gott der Liebe blind.«*

Als sich die Handwerker zusammenfinden, stehen sie einen Moment ratlos da. Dann tritt Goofy als Peter Squenz nach vorne: *»Ist unsre ganze Kompanie beisammen?«* Sieht er Ben Zimmermann gerade wirklich ähnlich? Seine Mitschüler sind zu überrascht, um sich zu wundern. Alles ist wie ein Traum … jetzt stehen sie an einem ganz anderen

Ort! Dort, unter einer knorrigen Eiche, erkennt eine Elfe den Puck: *»Wenn du nicht ganz dich zu verstellen weißt, / So bist du jener schlaue Poltergeist, …«*

Puck zieht eine schelmische Grimasse: *»Du hast's geraten, / Ich schwärme nachts umher auf solche Taten.«*

Schauer laufen ihnen über den Rücken. Hinter Gehölz und Dickicht lugen helle Augen hervor. Ein winziges Geschöpf klettert aus einer Baumhöhle. Eine Fledermaus flattert auf. Eine alte, ehrwürdige Präsenz verschafft sich Raum. Oberon tritt in ihre Mitte. Sie weichen zurück. Er sieht aus wie der Typ vom Bahnhof, aber sie wissen es jetzt, es ist Oberon! Seine Füße sind nackt, er hat lange Zehen, sieben an der Zahl. Seine Ohren laufen spitz zu, und hinter dem linken Ohr steckt ein Zweig mit Eichenlaub. Er sieht die Elfenkönigin, er hat sie nicht erwartet: *»Schlimm treffen wir bei Mondenlicht, du stolze / Titania!«*

Sie folgen seinem Blick entlang der mächtigen Stämme nach oben, und wirklich, über den Baumwipfeln schwimmt ein blasser, neuer Mond. Oberon fixiert Titania: Mireille. Sie zögert, ihre Knie werden weich, doch der Fremde wartet einfach, bis sie es schafft, seinem Blick standzuhalten, der aus unterschiedlichen Richtungen zu kommen scheint. Als ihre Beine gehorchen, ihre Stimme fest genug ist, ihm zu antworten, sagt Titania: *»Wie? Oberon ist hier? / Der Eifersücht'ge?*

Elfen, schlüpft von hinnen, / Denn ich verschwor sein Bett und sein Gespräch.«

Ein schimmernder Elfenreigen heftet sich an Titanias Fersen, als sie abgeht.

Demetrius und Helena stolpern in der Dunkelheit über einen Baumstumpf. Helena fällt auf den Geliebten, was ihm Gelegenheit gibt, sie weit von sich zu stoßen. Valeria fällt, rollt und bemerkt, wie weich der Boden ist. Sie steht auf, umschlingt Markus mit katzenhaften Bewegungen: *»Um Liebe kämpft ein Mann wohl mit den Waffen; / Wir sind, um euch zu werben, nicht geschaffen.«*

Wieder schleicht sich Puck heran. Er weiß, was sein Herr will; Oberon braucht nicht zu sprechen.

»Verlasst Euch, Herr, auf Eures Knechtes Treu'.« Ein Grinsen flackert über sein Gesicht. Das ruft ein spiegelndes, wissendes Lächeln auf Oberons Gesicht: Er weiß diese Treue zu schätzen.

Für Titania wurde derweil ein Bett aus Efeu, Geißblatt und wilden Blumen bereitet. Sie fällt in einen tiefen Schlaf. Beim Aufwachen erfasst sie eine heiße Liebe zu dem Fremden mit den schönen Ohren. Ihren Elfenstaat scheucht sie, und dutzende winzige, flirrende, surrende Wesen schleppen an, was der Esel wünscht: Tautropfen, Honig, Met und Heu.

Um ihr Bett herum geht die Verwirrung weiter: Jetzt lieben beide Männer Helena, die sich mit Hermia einen kreischenden Ringkampf liefert. Fledermäuse schreien leise, ein Uhu fliegt mit lautlosen Schwingen davon.

Mit einem Händeklatschen bereitet Oberon dem nächtlichen Spuk ein Ende. Er versetzt die Liebenden in einen tiefen Schlaf. Titania weckt er und befreit sie von ihrer Verblendung: Sie schlingt ihren Arm um Oberons Taille:

»Komm, Gemahl, und sage du / Mir im Fliehn, wie es ging zu, / Dass man diese Nacht im Schlaf / Bei den Sterblichen mich traf?«

Theseus wacht als Erster auf. Goofy wundert sich: *»Sie machten ohne Zweifel früh sich auf, / Den Mai zu feiern, …?«*

Sie liegen unter der alten Eiche. Der Wald ist verschwunden, die Parkbank steht wieder am Platz. Sie frösteln, reiben sich die Augen, ziehen Grashalme aus ihren Haaren. Was war das, was haben sie geträumt? Wo ist der geheimnisvolle Fremde, der den Oberon gespielt hat? Waren da Elfen?

Auf der Parkbank finden die Schüler eine Plastiktüte. Öffnen sie mit klammen Fingern. Darin sind Taschenmesser, Bindfaden, Tabak, Streichhölzer, eine Flasche Fusel, einige Münzen, ein Kamm und ein zerfleddertes Buch, das nach all dem riecht.

Goofy öffnet das Buch, blättert fleckige, braune Seiten um.

Ein Zettel fällt heraus, darauf in großen Buchstaben eine krakelige Nachricht:

Die letzte Zeile ist gelesen! Oberon.

Epilog

Und das«, meint Oberon, der sichtlich ermüdet vor mir steht, »ist alles, was ich von der Begebenheit zu berichten weiß.«

Im Übrigen habe er beschlossen, keiner weiteren Aufführung seines Stücks mehr beizuwohnen. Auch sei er des Vagabundierens überdrüssig, könne die Sorge für Titanias Hofstaat nicht länger tragen, der auf der Erde herumirre: »Zu wenig Marschland, zu wenige Eichenhaine, zu wenige Hecken; zu viel saurer Regen, das setzt ihrer zarten Haut zu.«

Kurzum, nach mehr als vierhundert Jahren in meinen Diensten bittet Oberon um seine Entlassung.

Ich tue mich mit diesem Ansinnen, das mich keineswegs unerwartet ereilt, schwerer als gedacht.

Oberon tritt vor mich, den Kopf gesenkt. Er kniet sogar! (Das hat er nicht in meinen Diensten gelernt.) Ich lege meine Hand auf seine Schulter. Spüre den irren Dreischlag seines Herzens noch durch diese Schulter schlagen. Es ist ein wilder Ritt, ein starkes Herz: Mit einem solchen Herzen wird Oberon niemals von alleine sterben.

Ich spreche die lösenden Worte. Turns them to

shapes … gives to airy nothing … a local habitation and a name … thy shape, thy habit and thy name … be airy nothing … be sea and wind …

Oberon nickt dankbar. Ich fange eine Träne auf, die über sein faltiges Gesicht rollt. Beobachte in ihrer klaren Oberfläche, wie Oberons Antlitz schwächer wird. Er ist ein Schatten seiner selbst. Ein Flackern meiner Erinnerung, die mit einem leichten Wind vergeht.

Nachwort und Danksagung der Autorin

An einem Frühlingsabend des Jahres 2014 klingelte ein mir unbekannter Herr an meiner Tür. Er trug einen Schlapphut und er hatte einen merkwürdig starren Blick. Ich hätte doch etwas mit Büchern zu tun?

Der Fremde zog ein schmales, heftartiges Bündel aus einer Plastiktüte. Wickelte altes Zeitungspapier ab, brachte ein Buch mit modrig riechenden, stark vergilbten Seiten zum Vorschein. Es war eine Quarto-Ausgabe des Shakespeare-Stücks ›A Midsummer Night's Dream‹, datiert auf das Jahr 1594. Der Mann hatte meine Aufmerksamkeit. Ich bat ihn herein.

An vielen folgenden Abenden erzählte mir Ben Zimmermann dann diese Geschichte. Einigem konnte ich auf Anhieb folgen, anderes ließ mich ungläubig zurück. Ben Zimmermann zeigte mir die Narben an seinen Armen und Beinen. Er nahm sein Glasauge heraus und warf es in die Luft. Er berichtete, wie der Tramp nachts an seinem Bett im Krankenhaus aufgetaucht sei und ihm seine Hände aufgelegt habe.

Dann schenkte er mir sein altes Adressbuch.

Die meisten Personen, die an dieser Geschichte beteiligt waren, habe ich ausfindig machen können. Ihre Namen habe ich geändert, auch den der Schule, an der sich alles abgespielt hat. Sollte also jemand eine Ähnlichkeit zwischen sich und den geschilderten Figuren entdecken, ohne dass er oder sie dabei waren, dann ist das Zufall.

Ich bin im Zweifel stets der wahrscheinlichsten Version der Ereignisse gefolgt. Was ich nicht wusste, habe ich erfragt. Dabei haben mir Freunde und Weggefährten mit ihrer Sachkenntnis ausgeholfen. Mein Dank geht an:

Willi Achten, Thomas Brackvogel, Ulrich Brandt, Johannes Gillrath, Angela Gutzeit, Sean Hogan, Birgitta Juchems, Marion Kohler, Uwe Manasse, Ursula und Stefan Nowak, Paula Peretti, Birgit Schmitz, Tilman Spreckelsen, Hajo Steinert, Lisa Völker, den Schreibkreis Columbus 12.

Alexandra Rak danke ich für die vertrauensvolle Zusammenarbeit. Meiner Familie danke ich für ihre große Geduld. Marie-Louise für nützliche Hinweise zu neunten Klassen. Tomás für seine einfühlsamen Worte zu Struppi und Goofy sowie für seine Hilfe bei der Rekonstruktion der im Park beschädigten Lemniskate zwei.

Meinem Mann danke ich für alles.

Ben Zimmermanns Schüler haben ihr Stück in englischer Sprache aufgeführt. Der größeren

Lesbarkeit halber gebe ich die Textpassagen in deutscher Sprache wieder. Diese folgt nach Ben Zimmermanns Wünschen der Übersetzung von August Wilhelm Schlegel. Den Satz *Glanz ist auf Menschen und Büsche gestreut* verdanke ich A. S. Byatts Roman ›Das Buch der Kinder‹. Der Satz ist so schön, dass dieser Sommernachtstraum nicht ohne ihn auskommen wollte.

Die größten Freiheiten habe ich mir mit jenem rätselhaften Tramp genommen, der fast allen Beteiligten zu einem gewissen Zeitpunkt erschienen ist. Ohnehin soll ein besonderer Zauber über den geschilderten Ereignissen gelegen haben (*Magie, Traum, Anderswelt, Verwirrung, Schabernack, Präsenz, Erscheinungen, Feenwelt, Anverwandlung, Geisterspuk* waren einige Worte, mit denen die Zeugen das Erlebte zum Ausdruck brachten). Aus all dem entstand die Erzählstimme, die sich im Prolog und in den Fußnoten zu Wort meldet. Sie ist William Shakespeare gewidmet. Ich danke meiner Lektorin, dem Herausgeber und dem Fischer Verlag, die dies möglich gemacht haben.

Die Arbeit an diesem Manuskript wurde ermöglicht durch ein Stipendium des Landes Nordrhein-Westfalen, das mir eine unschätzbare Hilfe auf dem Weg war. Danke.

Düsseldorf, 400 Jahre nach William Shakespeare
Tanya Lieske

Tilmann Spreckelsen ist Redakteur der »Frankfurter Allgemeinen Sonntagszeitung« und vielseitiger Autor. In der Reihe mit dem »Blauen Band« erscheinen Bücher, die er als Kind geliebt hat – oder solche, die er gerne gelesen hätte. Bücher für den Kopf, für das Herz, Bücher, die einen ein Leben lang begleiten können.

DIE BÜCHER MIT DEM BLAUEN BAND
Herausgegeben von Tilman Spreckelsen

Dieter Bartetzko, *Türme, Paläste und Kathedralen. Eine Zeitreise durch die Geschichte der Architektur*
John Boyne, *Der Junge im gestreiften Pyjama. Mit farbigen Bildern von Gianni De Conno*
Nadia Budde, *Such dir was aus, aber beeil dich!*
John Christopher, *Der Fürst von morgen*
Dr. Seuss, *Grünes Ei mit Speck. Das Allerbeste von Dr. Seuss*
Susanne Fischer, *Der Aufstand der Kinder*
Susanne Fischer, *Der Aufstand der Kinder. Die Rückkehr der Feuerbande*
John D. Fitzgerald, *Mein genialer Bruder und ich*
Louise Fitzhugh, *Harriett – Spionage aller Art*
Clement Freud, *Grimpel*
Robert Gernhardt, *Ein gutes Wort ist nie verschenkt. Gedichte und Geschichten für Kinder*
Marie Hamsun, *Die Langerudkinder*
Ludwig Harig, *Wie die Wörter tanzen lernten. Eine erlebte Poetik*
Herbert Heckmann, *Geschichten vom Löffelchen*
Oscar Hijuelos, *Runaway*
Felicitas Hoppe, *Iwein Löwenritter*
Regina Kehn (Hg.), *Das literarische Kaleidoskop*
Ole Lund Kirkegaard, *Hodja im Orient*

Michael Morpurgo, *Nur Meer und Himmel. Die Geschichte meines Großvaters*

Marie-Aude Murail, *Das ganz und gar unbedeutende Leben der Charity Tiddler*

Peggy Parnass, *Kindheit. Wie unsere Mutter uns vor den Nazis rettete. Mit Farbholzschnitten von Tita do Rêgo Silva*

Alexandra Rak (Hg.), *Mitten im Leben sind wir vom Tod umfangen. Erzählungen über den Ersten Weltkrieg*

Gianni Rodari, *Gutenachtgeschichten am Telefon*

Georg Rüschemeyer, *Menschen und andere Tiere. Vom Wunsch, einander zu verstehen*

Silke Scheuermann, *Emma James und die Zukunft der Schmetterlinge*

Robert M. Sonntag, *Die Scanner*

Wolfgang Spreckelsen (Hg.), *Das Haus hinter Mitternacht. Unheimliche Geschichten zum Erzählen*

Theodor Storm, *Mondschein über dem Deich. Spukgeschichten und Märchen*

Richard von Volkmann Leander, *Die Traumbuche und andere Träumereien an französischen Kaminen*

Volker Weidermann, *Ma.Lu.Lu.Ka. – Ein Ratekrimi*

Martina Wildner, *Grenzland*

Johann David Wyss, *Der schweizerische Robinson. Nacherzählt von Peter Stamm*

Weitere Bände sind in Vorbereitung